芥川賞の偏差値

小谷野敦

二見書房

目次

まえがき

「芥川龍之介賞」は、まことに奇妙な文学賞である。これは元来、昭和十年に菊池寛の文藝春秋社が、前年、直木三十五《さんじゅうご》が若くして死んだことから、純文学には八年前に死んだ友人の芥川龍之介、大衆文藝には直木の名を冠して、芥川龍之介賞、直木三十五賞として創設したのが始まりである。

いずれも、本来は新人賞である。当時、フランスには数百の文学賞があると言われており、日本には文学賞が少ないというので「文壇の大御所」菊池が創設したのである。選考委員は、当初は「評議員」と呼ばれ、両賞共通で、菊池と友人の久米正雄らが入り、芥川賞は、新進の横光利一、川端康成らも加わった。二人は菊池の門下で、川端は当時三十六歳であり、今日にいたるまで選考委員の最年少記録である。

菊池寛は、芥川、久米、成瀬正一《せいいち》、松岡譲と、大正五年（一九一六）に第四次『新思潮』を出した作家で、ほかの四人は東京帝大の学生だったが、菊池だけは京都帝大だった。それというのも、菊池は第一高等学校の生徒だったが、当時同性愛で、その相手が佐野文夫という、のち共産党幹部になる男だったのだが、その佐野が、倉田百三の妹とデートするのに他人のマントを無断で拝借して後日質に入れてしまい、菊池がその罪をひきうけて退校になったため、東大へ進めず、事実を知る教師の配慮で京大へ入ったのである。京大には上田敏がいたが、当時の京大生は文学に関心がなく、上田も失望していたし、菊池も仲間がなく不遇だった。その時、第四次『新思潮』を創刊したのだが、これは明治末に小山内薫が刊行したのが第一次、谷崎潤一郎や和辻哲郎が出したのが第二次、菊池や久米も末席に加わって豊島与志雄や山本有三が出したのが第三次である。第六次が川端康成らで、戦後は三浦朱門らが出し、最後は第十九次で、松浦寿輝や沼野充義が参加していたのが最後になった。

京都で孤独だった菊池は、「無名作家の日記」などという私小説めいたもので、自分が東京の芥川らから冷遇されているように書いたが、これはフィクションで、芥川とは友人だった。その一方、漱石の死後、その長女・筆子に恋慕した久米が、結局筆子が松岡と結婚したために失恋して大騒ぎをした。菊池は京大卒業後東京へ戻って「時事新報」という福沢諭吉創刊の新聞で記者をしていたが、久米を元気づけるため、「時事新報」に小説を連載させた。

新聞連載小説というのは、一般には通俗小説である。漱石や鷗外、藤村なども連載したがあれは特殊例である。戦後は、中間小説的なものが多くなったが、大江健三郎などは新聞連載小説は書いていない。

芥川賞とも関係してくることだが、いわゆる純文学作品は、『新潮』『文章世界』『太陽』のほか、同人誌『スバル』などに短編として掲載されることが多かった。だがこういう雑誌を読むのは、主として文学青年（男女）であり、当時は『文章倶楽部』などに盛んに文学青年が投稿して、それが縁で知りあってカップルになることもあった。女の文学青年も少なくなく、その一人が、田山花袋《かたい》に弟子入りして、「蒲団」の横山芳子のモデルになった岡田美知代で、ここで出てくる恋人のモデルである永代静雄《ながよ》という文学青年と結婚している。

さて、大正七年（一九一八）に「時事新報」に連載された久米の「螢草」は、自身の失恋体験をもとに、女をめぐる三角関係を毒々しく描いてヒットし、久米は通俗作家としての地位を確立した。菊池は自分が世話をした久米のほうが先に有名になってしまったわけだが、二年後には、「大阪毎日新聞」「東京日日新聞」に「真珠夫人」を連載してこれは久米以上にヒットして、作家としての地位を築いた。

現在の大新聞は、一九四〇年以降に軍部の指令で統一されるまで、東京と大阪で別々に出し、連載小説などは共通ということが多かった。「大阪毎日新聞」が東京に進出する時、すでに東京に「東京毎日新聞」という別の新聞があったが、「東京日日新聞」を買収し、系列下に置いた。これがのち統合されて「毎日新聞」になるが、当時は略して「大毎東日《だいまいとうにち》」といわれた。

菊池といえば、「藤十郎の恋」「恩讐の彼方に」などのテーマ小説や「父帰る」などの戯曲で知られるが、ほかに「啓吉もの」と呼ばれる私小説がある。だがこれらは、文藝雑誌に載せたのであり、新聞、そして婦人雑誌に通俗小説を連載して、それで財産を作ったのである。これをもとに、大正十二年（一九二三）、『文藝春秋』を創刊した。「文藝春秋」は、それより前に出した菊池の随筆集の題名だが、それを雑誌に使ったのである。最初は文壇ゴシップ雑誌のような、いわば『噂の眞相』みたいな、かつごく薄い雑誌だった。これが売れて、菊池は成功者になり、雑誌も分厚くなっていく。四十になるやならずで、文壇の大御所になるのである。

菊池は讃岐の高松出身で、こんぴら歌舞伎を観ていたから歌舞伎に詳しく、中学時代には本格的な男色をやっていた。だがそれもやめたのか、親の紹介する女と静かに結婚した。ぶ男だから、カネができるとカネの力で愛人を作った。かなりの量の通俗小説を連載し、中には『受難華《じゆなんげ》』のような名作もある。川端康成や横光利一、直木三十五や佐々木味津三といった新進作家の面倒をみて、「菊池派」あるいは「文春派」にした。『文藝春秋』創刊の翌年、川端らは、新たな同人誌『文藝時代』を創刊し、「新感覚派」と呼ばれる。同年、『文藝春秋』に「文壇諸家価値調査表」というおふざけ記事が載り、今東光《こんとうこう》と横光が怒り、東光は菊池と決裂した。もっともこれは、直木が、自分が書いたんだ、さあ殴れ、と書いたのだが、別に直木を殴りには行かなかったのが不思議である。

菊池の通俗小説は、代作が多かった。川端にやらせたこともあるし、横光が書いたという噂もある。佐藤碧子《みどりこ》という美人秘書がいて、戦後「小磯なつ子」の名で直木賞候補になるが、彼女も代作した。だが当時の代作は、文学志望者にカネを与えるためという意味もあった。

菊池は「生活第一、芸術第二」と唱えて、文筆家の生活の安定をはかり、現在の日本文藝家協会を作った。純文学作家の収入は、当時も今もかなり厳しい。三島由紀夫などは通俗小説やエッセイで稼いだが、あとはさまざまで、特にあまり有名でない純文学作家は、それこそ芥川賞をとってもあとあと喰うに困る。

だから久米は「純文学余技説」を唱えた。久米は、私小説こそ純文学の精髄だと言ったが、私小説は売れないから食えない。だから久米や菊池は通俗小説で生計を立てて、余技として純文学を書くというのである。

明治から昭和初年にかけての「通俗小説」というのは、だいたい現代ものの女の悲運ものである。

徳冨蘆花の『不如帰』や菊池の『真珠夫人』が知られるが、それ以外は、ものすごくくだらない。私は久米正雄の伝記を書くために久米の長編通俗小説をあらかた読んだが、ひたすら恋愛のごてごてやら妊娠やら堕胎やら別れたくっついたがくり返されて辟易した。のち小島政二郎《まさじろう》は、生活のために、新聞記者が用意した筋立てどおりに『人妻椿』を書いて大ヒットしたが、顔から火が出るほど恥ずかしかったと言っている。

現代において、純文学と通俗・大衆小説の区別をなくせなどという人がいるが、そういう人が通俗・大衆小説と言っているのは、山本周五郎とか吉川英治、松本清張あたりの高級な通俗小説で、この久米・小島の通俗小説なんか、だいたいは読んだことがないのである。現代のラノベのほうがよっぽど高級だと思えるくらいで、まあ現代でもハーレクイン・ロマンスみたいなのはある。だがそれが売れるのだから、今でもあまり事態は変わらないとも言える。

また大正末から、時代・歴史小説が流行した。中里介山、白井喬二《きょうじ》、吉川英治、直木などが書いたのだが、これが「大衆小説・大衆文学」と呼ばれた。だから谷崎潤一郎が「乱菊物語」を連載した時、「谷崎氏初の大衆もの」と言われたのは、時代小説という意味だったのである。

のちに「大衆小説」が現代ものも含むようになると、「通俗小説」との間でちょっと用語の混乱が生じてくる。

昭和二年（一九二七）には芥川龍之介が自殺した。この年から、改造社が率先して売り出した『現代日本文学全集』などの円本が売れて、作家が潤《うるお》ったというが、それはこの集に入るくらいの大物作家に限られた話である。日本の金融恐慌に、世界恐慌が続いて、貧苦にあえぐ国民を救ったのは、戦争だった。

昭和十二年（一九三七）には、川端が『雪国』で文藝懇話会賞を受賞しているが、文藝懇話会というのは、警保局長の松本学が作ったもので、資金源は右翼団体だとも言われた。この会は、日本文学報国会ができると解消するが、第一回の受賞は横光の『紋章』と室生犀星の「あにいもうと」（『神々のへど』所収）だった。だが実は本来二位は島木健作の「獄」だったが、左翼小説だというので忌避されて犀星が繰り上がったのだと言われ、文壇で論議が起きていた。

第一回芥川・直木賞の発表は、そんな喧騒の中でだった。候補作品が、五点から七点という感じで公表されるようになるまでは紆余曲折があった。昭和三十年頃までは、新人賞ということで、候補作は同人誌から選ばれるのが一般的だった。

当時の、純文学短編を載せる雑誌としては、総合雑誌の『中央公論』『改造』、文藝雑誌では『新潮』、宝文館の『若草』などがあった。『若草』は少女風味の雑誌だが、文藝雑誌でもある。

大正五年（一九一六）に、中条《ちゅうじょう》百合子という十七歳の少女の「貧しき人々の群れ」が『中央公論』に掲載された。のちの宮本百合子だが、その当時『中央公論』に創作が掲載されるというのは、今なら芥川賞受賞くらいのインパクトがあったもので、それから数年、中条百合子は天才少女としてマスコミの注視の的になっていた。

現在でも、芥川賞候補作は、五大文藝雑誌に載ったものから選ばれるのが普通で、時おり『早稲田文学』が混じる。こういう体制になったのは一九九九年頃からで、以後は同人誌から選ばれることがなくなった。

世間では、このことを知らず、単行本で出たものも芥川賞候補になると思っていたりする。そもそも芥川賞創設の際に、候補となるのは「新聞、雑誌に掲載された創作」となっている。芥川賞以前から、いわゆる文壇では、雑誌に載ったものを重視する傾向があり、島田清次郎の『地上』や、江馬《えま》修《しゅう》の『受難者』のように、単行本で出てベストセラーになったようなものは、文壇からは疎外されていた。『新潮』で開かれた合評会も、雑誌掲載作品が中心で、現代の『文學界』の新人小説月評や新聞の文藝時評にもそれが引き継がれている。このことは当時も疑問に思う人がいて、なぜ文壇は雑誌中心なのか、と言った人もいた。

直木賞のほうは「直木三十五賞は個人賞にして広く各新聞雑誌（同人雑誌を含む）に発表されたる無名若しくは新進作家の大衆文芸中最も優秀なるものに呈す」とされている。ということは、直木賞も規定からいうと、雑誌や新聞に載っていなければいけないはずなのだが、知る通り、直木賞は単行本で出ても候補になる。だから芥川賞が雑誌掲載作にこだわることは、直木賞との関係でいうと、根拠は乏しいのである。

なお芥川賞のほうは「大衆文藝」のところが「創作」になっている。この語にひっかかって、鈴木貞美《さだみ》は、当時はまだ「純文学」という語は定着していなかったとし、「純文学」という語が定着したのは、一九六一年の純文学論争の時だと珍説を述べるのだが、この当時の文藝評論を見れば、横光利一の「純粋小説論」にしても「純文藝」を使っているし、川端の文藝時評を読んでも「純文学・純文藝」は普通に出てくる。「創作」という語は、今でも文藝雑誌では短編の箇所で使われている。何ゆえか、純文学短編を意味する語になっていたのであろう。

さて第一回の芥川賞は、石川達三の「蒼氓《そうぼう》」であった。ほかの候補者は、太宰治、高見順、外村繁《とのむら》、衣巻省三《きぬまきせいぞう》である。ここで落とされた太宰が、選評を見て、川端康成の「作者目下の生活に厭な雲ありて」という箇所に憤激したのは有名である。ところがこの時、最終選考会に川端は欠席している。なお「評議員」はのち「銓衡《せんこう》委員」になる。「銓衡」は、はかりにかけるといった意味で、たまたま「選考」と同じ音であるため、戦後、芥川賞では、石原慎太郎の受賞の時（注）まで「銓衡委員」が使われていた。

さて太宰の候補作は、『文藝』に載った「逆行」である。太宰の人生を逆にたどった私小説だが、ここで注目されるのは、『文藝』が改造社から出ている商業誌だということだ。のち一九四四年、軍部の指令で改造社が中央公論社とともに解散させられた時、『文藝』は河出書房が引き受けることになり、現在の河出書房新社の『文藝』にいたっている。ほかの候補者の作品が載ったのはいずれも同人誌である。芥川賞は、昭和四十年頃までは、まったく無名の新人に授与したい、という雰囲気があった。商業誌に載っている太宰は、まったく無名とは言えず、この時まったく無名だったのが石川なのである。

石川達三は、のちに中間小説ないし風俗小説を量産して流行作家となり、日本ペンクラブ会長も務めるが、実はその四年前に『最近南米往来記』という実録ものの単行本を出しており、小説ではないが、ずぶの素人ではなかったのである。

太宰は落選でがっくりしたところへ、川端の選評を読んで憤激し、文藝春秋社から出ていた『文藝通信』十月号に「川端康成へ」というのを書いて川端を罵倒し、「刺す。さうも思つた」などと書いた。こんなものが、勧進元の文藝春秋から出ている雑誌に書けるというのが不思議である。もっとも最近も、新潮社の三島由紀夫賞で落とされた黒川創が、選評に納得がいかないというので、反論文を『新潮』に載せたことがある。まあこういうのを載せられるだけ、編集長に気に入られているということだ。

川端は無視するつもりだったが、佐藤碧子を通じて、返事がほしいと太宰から言ってきたので、「太宰治氏へ芥川賞に就て」を『文藝通信』十一月号に載せた。ところで太宰は、『文藝春秋』十月号に「ダス・ゲマイネ」、『文學界』九月号に「猿ヶ島」、『新潮』十二月号に「地球図」を載せていて、別に不遇どころではなかったのだ。世間には、芥川賞に落選すると作品発表の場さえ失い、消えていく作家もいるというのに。しかも『文學界』は、武田麟太郎、小林秀雄、川端らが出していた同人誌で、のち経営不振のため文藝春秋が引き受けて、今日に至っている。

だいたい、太宰は本名を津島修治といい、東大仏文科中退である。長兄は青森の地主で政治家であり、三兄は津島圭治という文学青年で、この時までには死んでいたが、九年前、川端の最初の単行本『感情装飾』が出た時の出版記念会に出席している。要するに文壇のエリート新人であって、この後芥川賞がとれなくてもどんどん書いて発表している。

太宰は、井伏鱒二《いぶせますじ》と佐藤春夫に師事していて、佐藤は芥川賞の評議員だったから、「道化の華」も含めて頼んでおいた。それが佐藤の選評にも出てくる。太宰と川端には手紙のやりとりがあったらしく、中にはかなりひどく川端を罵倒したのがあり、のち川端秀子夫人が、残しておいては太宰のためにならないと思って破棄したという。翌年七月の太宰から川端への手紙では、ありがたいお言葉、生きていて良かった、第三回芥川賞を懇請いたします、とある。だが芥川賞は、一度候補になった者は候補にしないということが決まり、結局太宰は受賞できなかった。太宰は十月号『新潮』に「創生記」を書いて、佐藤から、芥川賞ほしいか、と言われた、と書いた。宮本百合子はこれを読み、九月二十七日「東京日日新聞」の「十月の文藝時評」で、封建的な徒弟制度、と批判した。佐藤はすぐ「芥川賞　憤怒こそ愛の極点」を『改造』十一月号に書いて、これは太宰の妄想だと弁明している（のち「或る文学青年像」と改題）。

『佐藤春夫読本』（勉誠出版）には、この頃太宰から佐藤に送られたはがきと手紙が収められている。「もう新人ではない」では、危うく大江健三郎も受賞を逸するところで、「死者の奢り」で開高健に敗れたあと、「飼育」で受賞するが、この時大江は人気作家になっており、もう新人ではないという意見もあった。

また、候補作が良くない、ということもある。太宰の場合は、「道化の華」も参考にされたが、のち有吉佐和子は芥川賞候補になった時、「地唄」が候補作だと聞いて、ああダメだ、と思ったという。「キリクビ」のほうが良かったというのだが、私にはどっちでもあまり変わらない気がする。

のちには数年間にわたって候補になり続ける作家も現れるが、いろいろ書いている中で、あまり出来のよくないのを候補にされたら、候補者も嫌であろう。筒井康隆は直木賞に三度候補になって落とされて怨恨を抱いたが、候補作は「アフリカの爆弾」『家族八景』などで、『脱走と追跡のサンバ』なら良かった、と思ったこともある。だが、広瀬正が三回候補になって落とされているから、それでもダメだったかもしれない。

大江以後、「新人」の枠は次第に広がっていったが、ぐんと広がって、十年、十五年やっている作家にまで授与されるようになったのは二十一世紀になってからだ。森敦が六十一歳で受賞したのは一九七三年だが、森の場合、若い頃から小説は書いていたが、単行本になっていなかったから、新人と見なされた。唐十郎は、著作はあったが戯曲だったので、小説家としては新人と見なされた。といっても『下谷《したや》万年町《まんねんちょう》物語』があるのだが……。

そのうち、井伏鱒二が『ジョン万次郎漂流記』で直木賞を受賞した。ここで、戦後の梅崎春生《はるお》、檀一雄、とんで車谷《くるまたに》長吉《ちょうきつ》など、純文学作家が直木賞をとるたびに繰り返される「純文学と大衆文学（エンタメ）」の境界が曖昧になった、という言説の端緒が開かれるわけである。しかし直木賞は、元来が「大衆文藝」の賞で、「通俗小説」の賞ではない。川口松太郎、鷲尾雨工など、「大衆文藝＝時代小説」か、さなくば高級な現代ものの小説の賞だから、実はそれ以下の小説というのは今日にいたるまで対象にされていないのである。銓衡委員である菊池や久米の通俗小説は、直木賞をとれなかっただろう。だがそれをもって、直木賞は「中間小説」の賞だと言ったらそれも違う。「中間小説」というのは、戦後『小説新潮』が創刊されてから一般化した言葉である。

はじめのうち、候補作選びは、文藝春秋にいた永井龍男と、小島政二郎がやっていたが、戦後は日本文学振興会の名のもと、文春の編集者などが選ぶようになる。

さて、芥川・直木賞はいったん中断しており、これを「戦争が激化したため」などと書いている新聞もあるが、間違いであって、敗戦で中断したというのが正しい。

それから昭和二十四年に再開するが、菊池が解散した文藝春秋社を、文藝春秋新社として再発足させた功労者が佐佐木茂索である。佐佐木はもとは作家で、妻は大橋房子という美人作家だったが、佐佐木と結婚して「ささきふさ」となった。

そのため、戦後一斉に出てきた「戦後派」とされる作家たちは、芥川賞空白の時代に新人だったため、受賞していない。三島由紀夫、大岡昇平、野間宏、椎名麟三、中村真一郎、福永武彦らである。安部公房、堀田善衛《ほったよしえ》は、戦後派だがややデビューが遅いとされたためか受賞できた。

ところで、芥川賞は新人賞である。だがいつしか、その受賞作が、その年の文壇最高の収穫のように扱われることになった。もちろん変である。たとえば西村賢太の受賞作は「苦役列車」だが、西村の本領は「秋恵もの」にあって、「どうで死ぬ身の一踊り」で受賞すべきだった。しかし「苦役列車」は映画化もされ、最新の「文学年表」にも載っていたりする。変である。

大江健三郎の代表作が「飼育」だと思う人はいないだろうが、なかなか世間は、初期の印象的な作品を忘れないものである。川端康成は、ノーベル賞をとることになっても、「伊豆の踊子」が一番有名なので、苦笑をこめて「『伊豆の踊子』の作者」という長編随筆を書いている。石原慎太郎は「太陽の季節」、村上龍は「限りなく透明に近いブルー」、田中康夫は「なんとなく、クリスタル」（芥はとっていない）が今でも一番有名だろう。柴田翔なら『されどわれらが日々――』、庄司薫は『赤頭巾ちゃん気をつけて』（これはまあ、それの続編作しかないせいもあるが）といった具合か。村上春樹は、さすがに「風の歌を聴け」ではなく、『ノルウェイの森』になるだろうか。俵万智《たわらまち》も『サラダ記念日』が一番有名だ。

ノーベル賞の設立は一九〇一年で、芥川・直木賞が一九三五年である。小説を中心とした近代文学は、十九世紀に西洋で目ざましい発達をとげ、日本では明治三十年代から確立していった。二十世紀はじめには、「最後の文豪」ヘンリー・ジェイムズやプルーストが終りを迎えていた。だから、文学賞というのは、近代文学がたそがれ始めた頃に作られたもので、鷗外・漱石・藤村・芥川などは、何の賞もとっていないのである。

ノーベル賞創設の時点では、トルストイやイプセンが生きていたのに、受賞していない。フランスにはゴンクール賞が、英国にはマン・ブッカー賞が、米国にはピュリッツァー賞や全米図書賞があるが、これらはみな、「文学の黄昏」のころにできたもので、スタンダールやフロベールやバルザックやゾラは受賞していないのである。

だから、芥川賞というのは、クラシック音楽でいえば、「現代音楽」になりつつある時代の賞に過ぎないのである。

私はアマゾンレビューをたくさん書いているが、これらは、現代における相対評価で点をつけている。もし、『源氏物語』やホメロス、シェイクスピアを五点として、同じ基準ではかったら、現代の小説など軒並み一点になってしまう。

さて、「新人賞」ということに話を戻すと、以前は、芥川賞なんて新人賞だ、もっと格が上の谷崎潤一郎賞や野間文芸賞こそが、その年の代表的小説（など）である、と言えたのだが、それは一九八〇年ころまでであった。それ以後は、谷崎賞や野間文芸賞ですら、「功労賞かな……」というのが増えてきた。

文学が衰退している、と人はよく言うが、それはつまり、十九世紀に盛んになった「小説」というものが、終わりつつある、ということであって、たとえばクラシックの作曲家に、いまブラームスやチャイコフスキーがいないからといって、「音楽の衰退」とは言わない、それと同じことであり、ゴッホやルノワールがいないからといって「美術の衰退」とは言わない。たとえば『源氏物語』のあと、それに匹敵する作品が書かれない時代が何百年も続いたわけで、今はそういう時代に該当するのだ。ないし、十九世紀小説によって開発された技術は、映画やドラマ、漫画などに引き継がれているのだ。

話は変わるが、私は「巨人ファン」といった存在が不思議である。王貞治や長嶋茂雄が好きというなら分かるが、読売ジャイアンツという、監督も選手も変わって行く集団が好きというのが謎なのである。だが、そこには何か「ジャイアンツ的なもの」が連綿と続いているのかもしれない。

芥川賞もまた、銓衡委員や受賞者は変わるが、どうも変わらない性質というのがあるらしい。その最たるものは、受賞作が、

「面白くない」

ということに尽きる。同じ作家でも、ほかに面白い小説はあるのに、芥川賞に選ばれるのは、面白くないものが多く、また候補作の中でも、面白くないものを選ぶという性質がある。

もちろん、「面白い」には、高級な意味と低級な意味とがあるのだが、どちらをとっても、芥川賞は、面白くないのを選ぶのである。これは伝統であろうか。

ある組織に入った人間は、はじめは組織を変えようとする。だが大勢には逆らえず、次第にその組織の「掟《おきて》」のようなものに洗脳されて、自分も変わっていく、そういうことがあるのかもしれない。

私はもちろん、芥川賞の選考会に参加したことはないし、その様子が生放送されたことも、それどころか詳しく語られたこともない。

ただし別の賞だが、中村真一郎が晩年、谷崎潤一郎賞の選考委員をしていて、ほかの選考委員が細かな傷をあげつらい、作品の全体を見ようとしないことが不満だ、と選評に書いて辞任し、そのまま死んでしまったことがある。あるいは直木賞で、伊集院静《いじゆういんしずか》が初めて選考委員として参加した時、これが直木賞の選考か、と驚きをこめて書いていたことがあった。

じっさい、はたから見ていると、なぜこれが？ というような作品が選ばれるのである。あとは「外し」がある。直木賞において、なかにし礼の『兄弟』は候補作だったが落選し、『長崎ぶらぶら節』で受賞したが、誰が見たって『兄弟』のほうがいいのである。この時受賞したのは車谷長吉なのだが、二作受賞でもよかったろうと思った。あるいは宮部みゆきが『火車《かしや》』でとらず『理由』でるとか、芥川賞なら、本谷《もとや》有希子が「ぬるい毒」でとらず「異類婚姻譚」でとるとか、ある種の、誰かへの嫌がらせではないかという授賞の仕方をするのである。

これは多分、AとBという有力者がいて、どっちも推す人がいて決められず、結果としてCが選ばれてしまうという、会議の原理に近いものであろうか。

あと芥川賞の不思議は、世間で話題を集めている作品に、わりあい素直に授与してしまうことで、「太陽の季節」「限りなく透明に近いブルー」、平野啓一郎の『日蝕』や、又吉直樹の『火花』などは、三島賞で落選したものが芥川賞をとるという初の事例となった。

これは、芥川賞のプレゼンスを上げるための、動物的本能か、単なる戦略か、まあ戦略であろう。

さて、ここで行おうとしているのは、そういう芥川賞受賞作品すべてに「偏差値」をつけようという試みである。もちろん、受賞作の中での偏差値である。なぜ点数でなく偏差値かというと、文学に百点とか零点とかいうのはあわないからである。またもちろん、ホメロスやシェイクスピアとは比べないので、これらを偏差値八〇としたら、芥川賞受賞作などはおしなべて偏差値四〇になってしまう。

福田和也は『作家の値うち』（二〇〇〇年）で現存作家の作品に点数をつけていろいろ言われたが、私はこの本の、現存作家の、絶版でない本を対象にするという姿勢に疑問がある。柳美里《ゆうみり》は福田に対し、これでは「バイガイド」（購入ガイド）になっている、と批判していたが、私もそう思う。話題性を確保するためにしたのだろうが、ウィキペディアなどの作家の項目で、入手できる本について書かれていることがあるが、無用のことで、仮に絶版や品切れでも、図書館で見られるし、今ではネットの「日本の古本屋」やアマゾンのマーケットプレイスで割と簡単に手に入る。

なお芥川賞には、名前の最初に「佐」と「島」がつく者は受賞できないというジンクスがある。佐伯一麦《かずみ》、佐川光晴、佐江衆一、佐藤泰志《やすし》、佐藤洋二郎、島田雅彦、島本理生《りお》、島尾敏雄、島村利正と、佐か島がついて受賞した人はいない。直木賞のほうは「島」で始まる受賞者はいないが、候補になったのが島田一男、島田荘司、島本理生だけなので、ジンクスと言うには当たらないだろう。今のところ、佐や島のついた新人はいないが、今後、そういうところに目をつけると、芥川賞が二倍くらい楽しくなるだろう。

芥川賞をとれなかった佐伯一麦に『芥川賞を取らなかった名作たち』（朝日新書）という本がある。やはり佐伯も悔しかったのだろう。だがこれは、候補になった中から選んだものである。芥川賞をとらず、のちそれなりの作家になった名前というのはよく出る。村上春樹をはじめ、金井美恵子、津島佑子、黒井千次、後藤明生《めいせい》、立松和平《たてまつわへい》、島田雅彦といったあたり。

先ごろ、芥川賞をとった作家のほうがとらなかった作家より平均寿命が長いが、直木賞はとったほうがとらなかったほうより短い、という計算を出した者があった。しかしこれは、候補になった中での計算である。候補にすらならなかった作家というのもいる。深沢七郎《しちろう》、小川国夫、高橋源一郎、辻邦生、中沢けいらである。高橋や辻はもっぱら長編作家だったからだろうが、小川などは、『アポロンの島』を自費出版して、八年後に島尾敏雄が称賛したところから商業誌に書き始めるのだが、一九七三年には『或る聖書』が話題になりながら、文学賞とは無縁で、初めてとった文学賞は五十九歳の時の川端康成文学賞だった。

今でも、十年前に文藝賞をとった荻世《おぎよ》いをら（男）は、十七篇の小説を文藝誌に載せているが、芥川賞候補になったことがない。喜多《きた》ふありもそれに準ずる。候補になって落とされるのは嫌だが（特に芥川賞の場合、候補になっただけで新聞各社の囲み取材を受け、落選するとそれが無駄になるから不快感がでかい）、候補にならないのはさらに嫌だろう。

京都文壇の大御所と言われた真下《ましも》五一（一九〇六―七九）に『芥川賞の亡者たち』（R出版、一九七一）という小説がある。題名が想像させるほどすごい小説ではないのだが、確かに芥川賞は、作家の人生を狂わせる時がある。直接の原因かどうかは別として、芥川賞がとれずに自殺した作家は、金鶴泳《きんかくえい》、佐藤泰志、鷺沢萠《さぎさわめぐむ》と三人いる（田宮虎彦は高齢だから違うだろう）。とって自殺したのは火野葦平《あしへい》と半田義之がいる。

なお、お前の判断基準は何なのだ、と問われるかもしれない。かねて言っている通り、文学にせよ音楽、美術、演劇にせよ、普遍的で科学的なよしあしの判断というのはできない。ただ多くの古典的なものや批評を自分で読んだりして、自己の責任で判断するものだ。もちろんその際に、さまざまな批評用語（これは「批評理論」のことではない）を用いて弁論するのは当然のことだ。しかし、ここで必要なのは「対話的精神」である。自分がよくないと思った作品でも、他人がいいと言ったら、その言に耳を傾ける必要がある。

たとえば芥川賞候補にもなり、大江健三郎賞を受賞した岩城《いわき》けいの『さようなら、オレンジ』を石原千秋が絶賛した。私は、通俗的ではないかと批判し、どこがいいのかと問うた。石原は、好きであることに理由はない、と言った。だがそれではいけないので、このヒロインが好きだった女を思わせるとか、オーストラリアには思い入れがある、とか何でもいいから言ってほしいと思った。

菊池寛は「審査は絶対公正」と言ったが、主宰者が発足に当たってそう言うのは当然である。それから八十年たって、それをそのままひきうつす『芥川賞の謎を解く』の鵜飼哲夫・読売新聞文藝記者もタチが悪いし、それを新聞書評でさらにひきうつす本郷和人《かずと》も何を考えているんだか。なわけないだろう。

（注）『芥川賞全集』には「選考経過」も載っており、ずっと後の唐十郎の前回まで「銓衡」としているが、『文藝春秋』では「選考」なので『全集』の誤記であろう。

1935~1949年

第1回
（1935・上）

石川達三「蒼氓」

偏差値

42

改造社

第一回芥川賞は、芥川の忌日である七月二十四日、つまり「河童忌《かっぱき》」にあわせて選考された。世間では、芥川・直木賞が一月と七月なのは、ニッパチ、つまり本が売れない二月と八月の本の売り上げをあげるために菊池寛が考えたのだという説が根強くあって、ウェブサイト「直木賞のすべて」を運営する川口則弘さんは、そんな証拠はどこにもない、と言っている。

菊池はこの年四十七歳、これより年長の文学者では、島崎藤村（六十三歳）、徳田秋聲（六十三歳）、泉鏡花（六十二歳）がいて、谷崎潤一郎が四十九歳、彼らは芥川賞には関与しなかった。銓衡委員の最年長は四十八歳の山本有三、佐藤春夫が四十三歳、最年少の川端康成が三十六歳、横光利一は三十七歳。伊藤博文が内閣総理大臣になったのが四十四歳で、のち若い宰相とされた近衛文麿の四十六歳より若く、日本では伊藤が最年少記録だから、ものごとは最初は若いのである。

受賞者の石川達三はちょうど三十歳。太宰と高見は二十代。衣巻と外村は三十代である。高見順は、世間的にはかなり忘れられてしまったが、戦後の一時期は活躍した作家で、特に五十代で死ぬ前に日本近代文学館の設立に奔走したことで知られている。だが私は高見の小説は忘れられても仕方のない部分があると思う。むしろ、戦前から死ぬまで書かれていた『高見順日記』（勁草《けいそう》書房）のほうがずっと面白い。外村繁も、戦後野間文芸賞を受賞するなど活躍した作家だが、こちらは高見以上に忘れられている。

さて「蒼氓」だが、これは無名の民衆といった意味で、昭和五年、石川が、ブラジル移民の群れに加わってブラジルへ行った時のことを書いたものである。のち第二部、第三部が書きたされ、長編として戦後新潮文庫に入り長く読み継がれてきたが、今は品切れらしい。自身の体験を描いたということでは広い意味での私小説だが、日本が貧しく、移民をしなければ生きられない人々を描いたという点では社会派でもあり、むしろ健全な優等生的文学と言えるだろう。

石川達三はその後、『生きてゐる兵隊』で軍部に睨まれたり、戦後は『人間の壁』『金環蝕』など政治や社会を扱った作品、『青春の蹉跌《さてつ》』など若者の性を扱った作品を多数書いて、流行作家となり、ペンクラブ会長も務めた。私には、春木猛という大学教授が、女子大生とセックスしたというので強姦罪に問われた事件で、春木ははめられたということを描いた『七人の敵が居た』が興味深い。なお『青春の蹉跌』は、米国のシオドア・ドライザーの『アメリカの悲劇』のまねではないかと言われたが、佐賀県で実際に起きた事件をモデルにしたものである。

ところで「蒼氓」だが、これは日本から太平洋を渡ってブラジルへ行くのではない。喜望峰回りである。そして石川は、なぜか半年ほどで帰国している。やはりブラジルはあわないと思ったのか、しかし移民というのは、日本ではやっていけなくなって行くものだ。ちょっとひっかかる。

一九八一年、石川はまだ存命だったが、『最近南米往来記』という著書が中公文庫から出た。ひっそりと出た感じだったが、人によっては「あ、出すんだ」と思った人もいたらしく、そういう文章を読んだことがある。これは昭和五年にブラジルへ渡って、翌年昭文閣書房という、この年で消えてしまう出版社から出した、渡伯実録で、これを見ると、石川は移民の一人としてブラジルへ渡ったのではなく、移民船の管理人として渡ったのだということが分かる。それじゃあすぐ帰ってくるのは当たり前だ。石川は早大英文科中退で、当時としてはインテリであり、二十五歳で体も頑健、とても移民するような身分ではないのである。

だから『最近南米往来記』では、移民たちを自分とは別の存在として突き放して書いている。「蒼氓」ではそれを、あたかも自分も移民の一員であるかのように書いたのである。確かに『最近南米往来記』だと、よそごと、今ふうに言えば「上から目線」になっていて、小説として弱い。

一九七〇年代までの、文学全集「石川達三集」などに載っている年譜を見ると、昭和五年のところは「移民の群れとともにブラジルへ渡る」といった微妙な書き方がなされており、『最近南米往来記』の刊行のことは書かれていない。つまり石川は「ウソ」を書いたに近いのである。

その後に出た『芥川賞全集』の年譜には、さすがに『最近南米往来記』のことも書いてあるが、肝心の渡伯については「移民船ら・ぷらた丸に乗り、ブラジルに渡航する。（略）サンパウロに一月をおくる。結婚の名目で、八月末に帰国する」と、曖昧な書き方がしてある。

小説にフィクションが入っていてもいい、私小説でも、根幹にかかわらないところではいいが、これは根幹にかかわるところの嘘なので、まずいだろうということで、偏差値はおのずと下がった。

石川達三　いしかわ・たつぞう（一九〇五―一九八五）秋田県平鹿郡横手町（現・横手市）生まれ。早稲田大学文学部英文科中退。電気業界誌の編集者を経て、三〇年にブラジルへ渡航。帰国後、復職し雑誌編集業のかたわら創作を続ける。三八年、中央公論社特派員として戦地を視察し発表した「生きている兵隊」が即日発売禁止となる。『四十八歳の抵抗』などが流行語となった。七六年、藝術院会員就任。

第2回
（1935・下）

受賞作なし

この時はまだ、一度候補になった者は候補にしないという取り決めはなかったはずだが、実際にはなっていない。川端は選考のあとで、小山祐士《ゆうし》の『瀬戸内海の子供ら』がとるべきだったと佐藤碧子あての手紙に書いているが、これは戯曲で、戯曲は対象としないということがこの選考会で言われたようだ。当時はまだ、戯曲も対象かどうか決まっていなかったということだ。

この時は、川崎長太郎、檀一雄、宮内寒弥《かんや》、丸岡明が候補になっている。芥川賞は、のちそれなりに名を成した作家をとりこぼす傾向が最初からあったのである。

第3回
（1936・上）

鶴田知也「コシャマイン記」

偏差値
42

改造社
装幀:福田新生

小田嶽夫「城外」

偏差値
46

竹村書房

芥川・直木賞は、上期が七月、下期が一月と今では決っているが、そのため下期は、たとえば二〇一四年下期は二〇一五年一月なので、やや記述に注意を要する。

この回は、ハンセン病の作家で、川端に手紙をよこした北條民雄の「いのちの初夜」が候補作だった。徳島出身、当時まだ二十一歳で、川端に手紙をよこしたところから創作が始まったのである。今でも「いのちの初夜」は読まれているが、長らく本名は伏せられていた。最近、七篠晃司という名が明らかにされた。

「いのちの初夜」は、当初「最初の一夜」の題で、当時らいと言われたハンセン病で多摩の療養所（今の全生園《ぜんしょうえん》）へ入った時のことを描いた私小説だったが、川端が「いのちの初夜」とつけて、川端、小林秀雄らの同人誌『文學界』に載せたのである。川端は『中央公論』の編集者にも見せたが、載せてくれなかった。「初夜」などというと夫婦の初夜のようである。群《むれ》ようこのエッセイで、高校生の時に先生が、「いのちの初夜」というすばらしい文学作品がある、と話をしようとしたら、生徒たちが「初夜だって、ヒューヒュー」と騒いだため、先生が嫌になって話すのをやめてしまった、とある。だが多分この当時「初夜」という言葉はまだそういうエロティックな意味を想起させるものではなかったようだ。

らい病は当時は偏見をもって見られ、松本清張の『砂の器』でも重要なモティーフになっているが、最近のドラマではらい病ではないことにしてしまったりしている。

そのため川端は、これが受賞すると世間の話題になり、出身地や本名を穿鑿《せんさく》する者が出て大変なことになるから、と、受賞させないことにした。のちに北條の研究家の五十嵐康夫から、なぜ北條に芥川賞をやらなかったのかと手紙で問われ、川端はそう答えている。

北條はこのあと二年ほどで、結核のために死んでしまう。らいで死んだわけではなく、らいは直接の死因にはならない。

だが「いのちの初夜」は、北條伝説とともに有名なのであって、ハンセン病文学というのはほかにもあり、「いのちの初夜」が特に優れているかといえば疑わしい。らい院での文学仲間で、のち『いのちの火影』で北條のことを書いた光岡良二は、直後に川端が編纂した『北條民雄全集』全二巻では、むしろ下巻の日記や手紙のほうが、生々しく正直な心境がつづられていて面白いと書いている。私も同感である。

たとえば、谷崎潤一郎の『瘋癲《ふうてん》老人日記』の「颯子《さつ》」のモデルになった渡辺千萬子《ちまこ》（谷崎の妻松子の連れ子・清治の妻）と谷崎との往復書簡が刊行された時、それは『瘋癲老人日記』より面白かった。
受賞した「コシャマイン記」は、蝦夷地で反乱を起こしたアイヌの物語だが、何だか児童文学のようで、ちょっと授賞の意味が分からない。「城外」は蔣介石《しょうかいせき》による北伐を背景に中国での体験を描いたものだが、そう大した作ではない。佐佐木茂索は選評で、これなら前回檀一雄をもっと推すべきだったと書いている。

鶴田知也　つるた・ともや（一九〇二―八八）福岡県小倉市（現・北九州市）生まれ。福岡県立豊津中学校（現・育徳館高校）卒。全国各地を転々としながら創作を続け、民主主義運動にも加わる。太平洋戦争後、日本社会党に入党。

小田嶽夫　おだ・たけお（一九〇〇―七九）新潟県中頸城郡高田町（現・上越市）生まれ。東京外国語学校（現・東京外国語大学）支那語科卒。外務省に入省し、中国・杭州の領事館などに勤める。帰国後、二七年より同人誌『葡萄園』に参加。三〇年に外務省を退職し、創作を続ける。

第4回
（1936・下）

石川淳「普賢」

偏差値

42

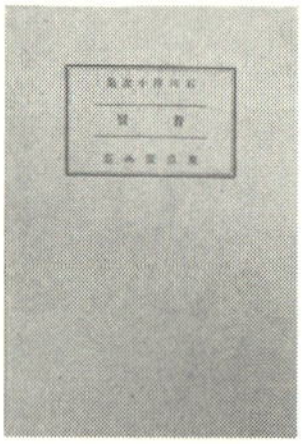

版画荘

石川淳が死んだ時、新聞は大きく取り上げた。金井美恵子は、一九六七年、十九歳の時に「愛の生活」で筑摩書房の太宰治賞に応募したが、それは尊敬する石川淳が選考委員をしていたからで、「愛の生活」は最終選考には残ったが受賞はせず、優秀作ですらなかったが、石川の推薦で『展望』に掲載された。『展望』は筑摩の雑誌である。

石川が死んだあと金井は、『マリ・クレール』一九九〇年十二月号の荒俣《あらまた》宏・中沢新一との鼎《てい》談（角川文庫『短篇小説の快楽』の巻頭に載っている）でこんなことを言っている。

金井　『雨月物語』で思い出したけれど、『雨月物語』を現代風に書き直したこともある石川淳は、どう？

中沢　悪いけど、嫌い。

荒俣　ぼくも嫌い。

金井　面白くないわよね。

中沢　これを面白がる人って、きっとぼくとは精神構造が違うんだろなって、思ってた。

荒俣　なぜみんながあんなに評価するのか、よく分からない。
中沢　読んでいると、白けちゃう、どの作品もみんなそうなんだ。
荒俣　あれって、不思議だよね。
中沢　名作のほまれ高い『焼跡のイエス』でも、白けちゃう。ぼくは感覚が町人だから、ああいうお武家さん風の小利口さって嫌なの。
金井　そうそう。それがよく分からないの。戦前の『白描』とか、未完に終わった長篇小説の方が、かえっていいと思うの。（略）でも、山田風太郎の方がいいんですよ（略）。
中沢　それに石川淳のエピゴーネンって出やすいでしょう。
金井　そう、そう。耐えられないものがありますね。
中沢　そうか、よかった。ぼく、みんなが褒めてるから結構、孤独を感じてたんです。
金井　認めないという人は多いでしょう。私、十九歳の時「太宰治賞」の佳作になったんだけど、その作品を強く推してくれたのが石川淳だったので恩人なの。だからあまり悪口は言いたくないんだけど（笑）。石川淳が推してくれなかったら、作家になれなかったので、その点では感謝はしているし、好きな部分もあるんですよ。
中沢　じゃあ、ぼくにとっての山口昌男みたいなものかしら。（笑）
金井　亡くなった途端に裏切って悪口を言い始めるなんてすごいわね。（笑）
中沢　忍従は大切です。（笑）

「佳作」というのは正確には違う。なぜここで三人の意見があうのか分からないが、私もまあ同感である。といっても「嫌い」というほどではなく、単に面白くない。大江健三郎も、若い頃石川淳を尊敬していて、作家になってほどなく紹介されて、『諸国畸人伝《きじんでん》』の署名入り本を貰ったというが、その後は疎遠になったらしい。石川がかわいがったのは安部公房と丸谷才一で、つまり「反私小説」である。

石川は驚いたことに川端康成とナボコフと同い年で、川端は人づきあいが広かったが石川とは、文化大革命への抗議を、安部公房、三島とともに行った時以外、交渉の形跡がない。芥川賞をとったあと、石川は『文學界』に「マルスの歌」を載せ、反戦的だというので発禁になる。そこで長編評論『森鷗外』などを書いていた。『雁《がん》』などは児戯に類するとして、『澁江抽斎《しぶえちゆうさい》』などの史伝三部作を鷗外の最高傑作とした異色のもので、のち岩波文庫に入った。

戦後、太宰、坂口安吾、織田作之助とともに「無頼派」と呼ばれて人気を博したころの代表作が「焼跡のイエス」である。ほかの三人は、実生活が放蕩無頼だったが、石川は分からない。むしろ文体の戯作調のために言われた観がある。

若い頃はジッドの翻訳もしていて、フランス語ができて漢文ができて江戸文芸に詳しい、というので尊敬されたが、そんなに面白くないんじゃないかと呉智英は『別冊宝島　現代文学で遊ぶ本』（一九九〇）で言いつつ、実は面白いのもある、と書いている。あげられているのは「山桜」「前身」「かくしごと」である。読んでみたが別段面白くはなかった。

戦後の石川の小説は寓話風のものが多く、『紫苑物語《しおん》』などは、何やら子供向け時代小説のようだし、「アルプスの少女」なんていう意味不明な寓話が高校の国語教科書に載っていた。岩波文庫に入っていた長編『至福千年』は、徳川時代を舞台に、謎めいた男たちが国家転覆を企てるとかそんな話で、石川は晩年になって『狂風記』とかそんな長編伝奇小説をやたらと書いた。だが文壇はそれなりにまともで、文学賞などはほとんどとっていない。

結局、石川淳は中途半端な通俗作家みたいなもので、丸谷才一の『忠臣蔵とは何か』みたいないいかげんな評論を、認めていたのかどうなのか。

で、芥川賞受賞作も、そういう石川淳像を裏書きするだけで、これはモダニズム饒舌体小説とも言うべく、クリスティーヌ・ド・ピザンについて書くという男が、垂井茂市とか葛原安子とかうさんくさい名前の男女を相手にがたがた動き回って、どうも女のことを考えているらしい、そういう小説で、会話の部分も改行なしで書かれているから読みにくいが、苦労して読んでもあとに何も残らない態の小説であった。

石川淳　いしかわ・じゅん（一八九九─一九八七）東京市浅草区（現・台東区）生まれ。東京外国語学校（現・東京外国語大学）仏語科卒。海軍勤務、フランス語教師などを経て同人誌『現代文学』創刊に参加。五七年『紫苑物語』で芸術選奨文部大臣賞、八一年『江戸文學掌記』で読売文学賞を受賞。六四年、藝術院会員就任。

冨澤有為男「地中海」

芥川賞をとっても、十年、いやそれを待つまでもなく表舞台から消えてしまう作家というのはいて、冨澤有為男などもその一人だろう。東京美術学校卒の画家でフランスへ留学したため、受賞作は題名どおりフランスを舞台に男女がごてごてする通俗的なものである。

むしろ戦争中に活躍した作家で、そのためか戦後は疎開先だった福島県に引っ込んで細々と児童読物や外国ものの再話をやっていた。

この時、伊藤永之介の「梟《ふくろう》」が候補になっている。伊藤は、「鶯《うぐいす》」「鴉《からす》」など、鳥の名を題名にした小説で一時はわりと読まれ、戦後昭和三十年には、これらを中間小説に書き直した『警察日記』を原作として、映画「警察日記」が久松静児監督で作られ、キネマ旬報ベストテンで六位に入っている。東北の、たぶん伊藤の出身地である秋田あたりの農村を舞台に、娘を身売りに出したりする貧しい農民らの悲喜劇を描いたもので、「梟」の題は密造酒売りを「梟」と呼んだところから、「鴉」は、工場で働く娘たちのこまごました働きぶりを鴉にたとえたところから来ているが、伊藤は何度か候補になって受賞せずじまいだった。「鶯」などは名作だと思うのだが、このへんも芥川賞の弱いところだ。銓衡委員はかなり褒めているのだが、そのうち、新人ではない、ということになってしまったようで、

偏差値

42

新潮社
装幀:冨澤有為男

『鶯』は新潮社文藝賞を受賞している。

冨澤有為男　とみざわ・ういお（一九〇二―七〇）大分市生まれ。東京美術学校（現・東京芸術大学）中退。新愛知新聞（現・中日新聞）に漫画記者として入社。油絵で帝展入選。二七年から一年間、フランスへ留学。四五年に福島県双葉郡広野町に疎開して以降、晩年まで暮らす。『クオレ』『小鹿物語』などの翻訳も手掛けた。

第5回
(1937・上)

尾崎一雄「暢気眼鏡」

偏差値

70

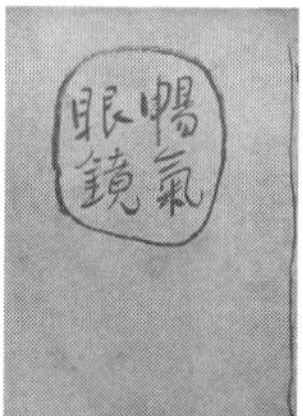

砂子屋書房

実は、同人誌に出たような新人の作品に、という意味では、これは新人ではない。それどころか、受賞したのは短編ではなく『暢気眼鏡《のんきめがね》』という砂子屋書房から出た連作短編集で、その中身はもう四年ほど前に雑誌に出たものだ。

芥川賞は時おり、こういうことをして活性化をはかるもののようだ。尾崎は神奈川県足柄郡（現・小田原市）の代々の神官の家の生まれでのちにそこに住んだ。早大国文科を出て、志賀直哉に師事し、作家活動に入るが貧乏で、そんな中で妻松枝を「芳枝」とし、「芳兵衛」のあだ名で呼んだ「芳兵衛」ものが出色の作品である。「暢気眼鏡」もその一つである。お茶目でおっちょこちょいでかわいらしい芳兵衛は、のち『芳兵衛物語』の題での作品集も生んでいる。尾崎は長命を保ち、藝術院会員となり文化勲章までもらったが、一番いいのはやはり芳兵衛ものである。いわば調和型私小説作家といえようか、浮気をして妻を苦しめる私小説は、好まなかった。

里見弴《とん》は、長く元藝妓の愛人と暮らしていたが、六十を過ぎて愛人に死なれると、身の回りの世話をしていた外山伊都子《とやまいつこ》が、あとつぎの愛人みたいになって、彼女を「市兵衛」などと呼んでいた。川端康成は若い頃、梅園龍子というのを浅草のレビューから引き抜いて世話していたが、妻からの手紙に「龍介」とあるのは龍子のことか。このように若い女を「兵衛」「介」とか「坊」をつけて呼ぶのは、昭和初年のモガ風俗の影響であろうか。

私小説作家は、田山花袋の「蒲団」や島尾敏雄の『死の棘《とげ》』のように、ひとつの優れた作品、また近松秋江《しゅうこう》のように、短編であれば二、三の作品だけを優れたものとして後世に残すことが多い。久米正雄は、どんな人でも一つだけは優れた私小説が書けるはずだと言った。ただしそのためには「度胸」という才能が必要であろう。尾崎はそれ以後もそこそこの私小説を書きはしたが、「芳兵衛」ものには及ばないと言わざるを得ない。

尾崎は娘が生まれて一枝と名づけたが、作家の尾崎士郎は、それにあやかってやはり一枝とつけた。ほぼ同年輩の二人が同じ早稲田大学へ進んだため、よく混同された。「どちらの尾崎さんですか」と訊かれると、「小説がうまいほうの尾崎です」と答えて相手を戸惑わせたという。のち士郎の娘が先に俳人の中村汀女《ていじょ》の息子と結婚して中村一枝になった。のち一雄の娘が古川氏と結婚した時、中村一枝があいさつに立って、「私が結婚した時、もう一人の一枝さんが中村さんという人と結婚したらどうしようと思いました」と言って満場の爆笑をさそったという。二人は『ふたりの一枝』（講談社）という共著も出している。

もっともそんな尾崎も松枝は実は二人目の妻で、最初はドメニコ喫茶店というたまり場の女主人と結婚し、二年ほどで妻の浮気のため別れている。この妻は、作家で戦後平塚市長となった戸川貞雄の上の妹で、貞雄の子が戸川猪佐武《いさむ》と菊村到だから、尾崎と菊村は義理の叔父甥関係にある芥川賞作家になる。この妻は、法政大教授を務めた英文学者の岡本成蹊と再婚した。下の妹が、直木賞候補にもなった戸川静子である。

尾崎一雄　おざき・かずお（一八九九―一九八三）三重県宇治山田町（現・伊勢市）生まれ、神奈川県小田原市で育つ。早稲田大学文学部国文科卒。志賀直哉に師事。六一年『まぼろしの記』と七三年『あの日この日』で野間文芸賞を受賞。六四年、藝術院会員就任。七九年、文化勲章受章。

第6回
（1937・下）

火野葦平「糞尿譚」

偏差値
68

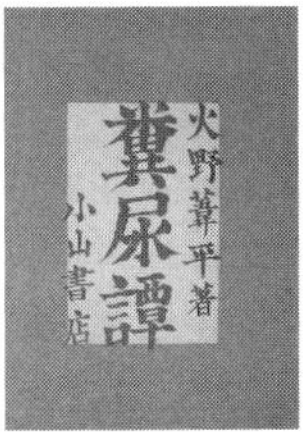

小山書店
装幀:青柳喜兵衛

「糞尿譚《ふんにょうたん》」といえば、スカトロである。そして『すかとろじあ 糞尿譚』を書いたフランス文学者で作家の山田稔（一九三〇— ）を思い出す。

私にスカトロ趣味はないが、火野のこれはまことに滑稽で楽しく、芥川賞受賞作としては珍しく面白い。なおこの受賞決定時、火野は召集されて大陸へ渡っていたので、小林秀雄が自身大陸へ渡って授与式をおこなった、というのは有名な話である。

火野は福岡の人で、岩下俊作《しゅんさく》と同人仲間だった。岩下といえば「富島松五郎伝」つまり「無法松の一生」の原作者として名高い。火野はその後「土と兵隊」「麦と兵隊」などの戦争もので、戦時中一世を風靡した。「土と兵隊」は映画化され、「麦と兵隊」は同題の軍歌が作られてよく歌われた。

戦後火野は九州で、『革命前後』のような、敗戦前後の福岡での政治運動家たちの姿を活写し、活躍したが、一九六〇年死去、のちに自殺だと分かった。

舛添要一が火野の隠し子だという噂もあったが、俳優の火野正平なら知っているが火野葦平って誰？　という人も多そうである。火野正平は純然たる藝名で、池波正太郎がつけたというから、火野葦平にちなんだのだろう。

なおこの時、三十九歳の井伏鱒二が『ジョン万次郎漂流記』で直木賞を受賞した。あるいは直木賞は、芥川賞をとりそこねた作家に授与するという意味も少し付与されているのかもしれない。

火野葦平　ひの・あしへい（一九〇六―六〇　※戸籍上は一九〇七生まれ）福岡県遠賀郡若松町（現・北九州市）生まれ。早稲田大学文学部英文科中退。三七年、応召して中国大陸へ従軍。戦後、公職追放を受けるが、解除後は自伝的長編『花と竜』などで流行作家となる。

第7回
（1938・上）

中山義秀「厚物咲」（あつものざき）

偏差値

42

小山書店

この回はちょっと怪しい。中山義秀は、横光利一の弟子だからである。といっても年齢はわずか二つ下で、掲載誌はすでに文藝春秋社の手に移った『文學界』である。

短い作品で、菊づくりという主題をめぐる二人の老人の確執を描いた「藝道」もので、芥川の「地獄変」や、菊池の「藤十郎の恋」、海音寺潮五郎の直木賞受賞作「天正女合戦《おんなかっせん》」、あるいは泉鏡花の『歌行燈《うたあんどん》』の背景にある昔の事件を思わせる。

だが、印象は良くないし、薄い。現に私は以前読んで忘れていた。

中山義秀は、大男で剣豪でもある。戦後、川端、巌谷大四《いわやだいし》と三人で呑んでいて、巌谷と中山の言い争いになり、外へ出て決着をつけようということになった。すると、それまで黙っていた川端がすっと立って、巌谷に「およしなさい。かなうわけがないでしょう」と言った。

それでいて生き方は不器用である。最初の妻をなくしたあと、真杉静枝という作家と結婚している。真杉の生涯は、林真理子の『女文士』に描かれているが、それより前に十津川《とつがわ》光子の『悪評の女』というのがある。台湾出身で、大阪へ出てきて、武者小路実篤《むしゃのこうじさねあつ》の愛人になって文壇へ出て、太宰治の友人の中村地平の恋人になった。文壇では悪評の高い女だった。義秀が、やもめの寂しさから、うっかり結婚したから、みな結婚披露宴で、どうなることかと危ぶんでいたが、数年で離婚した。義秀の年譜には、真杉との結婚は書かれていないものもある。真杉は五十代でがんのため死んだ。

中山義秀　なかやま・ぎしゅう（一九〇〇—六九）福島県岩瀬郡大屋村（現・白河市）生まれ。早稲田大学文学部英文科卒。在学中から同人雑誌『塔』に参加し、中学の英語教師のかたわら創作を続ける。六四年『咲庵』で野間文芸賞を受賞。戦後は時代小説を多く書いた。六七年、藝術院会員就任。

第8回
（1938・下）

中里恒子「乗合馬車」

偏差値

42

小山書店
装幀:堀辰雄
装画:仲田菊代

私が大学院へ入った一九八七年四月、中里恒子が死んだ。すると芳賀《はが》徹先生が授業の冒頭で「中里恒子って人は死んだんだね」と言った。私は、芳賀先生なんで中里恒子になんか興味があるんだろうと思った。数年して、鶴田欣也《きんや》先生が中里について論文を書いた。芳賀先生の前の主任教授だった佐伯彰一先生は文藝評論家として中里について書いていたから、二人ともその縁でだったのかもしれない。

中里は一九〇九年生まれ、裕福な家の娘で、横光利一に師事し、その縁で川端とも親しくなり、川端が『少女の友』に連載して好評を博した少女小説『乙女の港』は、中里の代作である。すでに中里は結婚していた。

「乗合馬車」は、中里の兄二人が、英国人、フランス人女性と結婚したので、その国際結婚を扱ったものである。中里は、国際結婚に理解ある者としてこれを書いたが、のち中里の娘がアメリカ人と国際結婚し、母親としてこれに強硬に反対するという皮肉な展開を見せる。

芥川賞には、なぜか女性作家による国際結婚ものがいくつかあり、山本道子の「ベティさんの庭」や、米谷《こめたに》ふみ子の「過越しの祭」がそうである。

中里は、戦後は『歌枕』で読売文学賞などを受賞し、藝術院会員になり、生前に中央公論社から全集も出ている。どうも実体験を描いたらしい、中年男女の恋（不倫）を描いた『時雨の記』は没後九八年に吉永小百合と渡哲也の主演で映画化されて少し話題にはなった。だがこの映画は退屈で、原作もまた奇妙に退屈なのである。

そもそも、中里の小説を読んで感心したことは、ない。『乙女の港』がいちばんいいんじゃないかとすら思える。宇野千代との往復書簡で、宇野は中里が「お嬢さま藝」と言われていると書いている。それで「乗合馬車」もまだ読んでいなかったのだが、それは俗説で、読んだら良かった、と言うのだ。だが「乗合馬車」がそんなにいいか。ここでは、日本人である自分が、西洋人の嫁さんたちに日本の美を教えようとか、「国際結婚の悲哀」とか、中里の優等生的な地声が出てしまっていて、小説としては半煮えである。

中里がまだ生きていた間に、『乙女の港』の中里の原稿が公開されたり、川端との往復書簡が出たりして、中里の代作は明らかであった。だが中里はそれについては書かなかったし、戦後は川端との往来もあまりなかったようだ。中里が読売文学賞を受けるのは、川端の自殺の翌年で、すでに六十四歳、それから文藝雑誌によく書くようになり、藝術院会員にもなる。もしかすると、中里にとって最も書くべきだったのは、川端の代作についてだったのではないか、とすら思う。

中里恒子　なかざと・つねこ（一九〇九―八七）神奈川県藤沢市生まれ。川崎高等女学校卒。主婦業のかたわら作家デビュー。出産後、結核の療養生活を送った後、離婚。七四年『歌枕』で読売文学賞を受賞。八三年、藝術院会員就任。

第9回
（1939・上）

長谷健「あさくさの子供」

偏差値
62

改造社
装幀:林鶴雄

私は一度だけ九州へ行ったことがある。二十代で、学会で行ったのだが、そのあと、柳川の北原白秋記念館を訪ねた。その手前に文学碑のようなものがあり、九州北部出身の文学者の名前が地図に記してあったのだが、そこに「長谷川健」とあったから、同行のSさんに「これは間違い。長谷健ですよ」と言った。

長谷健は筆名で、堤家に生まれたが、藤田藤江という人と結婚して藤田姓になっている。師範学校を出て、浅草で小学校の教師をしていた。その時の体験をもとに書かれたのが『あさくさの子供』で、『芥川賞全集』では長編が載っている。候補になったのは短編で、「江礼《えれい》」という変わった名前の教師の目から、浅草の小学六年生の子供たちを描いたもので、長編になると直木賞受賞作のようだ。何度も直木賞の候補になった濱本浩に「十二階下の子供たち」というのがあるが、こちらは不良少年ではなく、清潔感のある作品である。もっと古典として読み継がれてもいい気もする。

長谷は、戦後も九州、ついで再び東京で活動を続けたが、一九五七年、交通事故のため五十三歳で死んだ。

長谷健　はせ・けん（一九〇四―五七）福岡県山門郡東宮永村（現・柳川市下宮永町）生まれ。福岡師範第一学部卒。浅草尋常小学校教諭として働きながら作家デビュー。四四年に柳川へ疎開したが戦後、再び上京し、火野葦平の旧宅に同居して創作を続ける。新宿で交通事故に遭い死去。

半田義之「鶏騒動」

偏差値

42

小山書店
装幀:谷中安規

こちらは、千葉県あたりの農村が舞台だろうか、ロシヤ人が出てくる滑稽劇じみたものだが、そう面白いものではない。だが選考会では、「あさくさの子供」よりこちらのほうが評価が高く、これ一作に決まりかけたという。選評でも、菊池、川端、瀧井などが褒めている。ロシヤ人が出てくるせいか、ゴーリキーの短編を思わせるようなところもある。語り手は作品外の語り手なのだが、作中に登場する百姓たちはロシヤ語が分かるらしい、そこにもやや疑問を感じた。これはのちの芥川賞でときどきある、なぜ褒められているのかちょっと分からない系のものであろう。半田は戦後、酒害のため長く病気をして、最後は自殺した。

文壇には、大正半ばごろから「志賀直哉崇拝」というのが根強く存在した。志賀崇拝は、初期の「濁った頭」とか「范《はん》の犯罪」とかではなく、「和解」とか「城の崎にて」とか「焚火」とかの、特にあとの二つ、さしたる筋のないものに熱が集中している。
もっとも、十九世紀の、波乱万丈の長編小説の時代のあと、藝術的洗練を目ざして、世界的に、ゴーリキーやチェーホフ、ヘミングウェイなど、筋らしい筋のない短編小説が出ているから、むしろ世界的趨勢だったのだが、芥川賞は現在までいくらかは志賀崇拝を引きずっており、あまりはっきりした筋があると忌避される。

半田義之　はんだ・よしゆき（一九一一－七〇）横浜市生まれ。旧制前橋中学中退。国鉄多喜駅出札掛として働きながら創作を続ける。同人誌『文藝首都』に参加。戦後は国鉄の労働運動に参加し、『新日本文学』『民主文学』などの共産党系の雑誌で小説を発表。

第10回
(1939・下)

寒川光太郎「密猟者」

偏差値

45

小山書店
装幀:小柳正

文学の世界には、狩猟ものとでも言うべきジャンルがある。釣りもこれに加えられるだろうか。大物ではメルヴィルの『モービィ・ディック』や、ヘミングウェイの『老人と海』があり、日本では直木賞受賞作で山田克郎『海の廃園』、津本陽『深重《じんじゅう》の海』、高橋治『秘伝』、芥川賞では宇能鴻一郎《うのこういちろう》の『鯨神《くじらがみ》』がある。

これは何しろマッチョな世界であって、女が主役の狩猟ものというのは私は知らない。北海道のニシン漁なども、「ジャコ万と鉄」の背景になったり、なかにし礼の作詞した「石狩挽歌」にも出てくる。

『モービィ・ディック』は狩猟ものの枠を超えた名作だし、『老人と海』は老いがテーマでもある。だがそれ以外の純然たる狩猟ものは、私は苦手である。

この「密猟者」も、一読してさして面白くなかったのだが、銓衡委員からは絶賛されている。この時せりあったのは金史良《キムサリヤン》で、この朝鮮人作家は岩波新書でも安宇植《アンウシク》『金史良』が出ているほどだが、どうもこのあたりは、分からん。

寒川光太郎　さむかわ・こうたろう（一九〇八―七七）北海道苫前郡羽幌町生まれ。法政大学英文科中退。満洲で新聞記者として働き、敗戦後に帰国。喫茶店経営、日本共産党員、樺太庁博物館館員、雑誌編集などの職を経て、古書店・巖松堂書店嘱託の仕事をしながら創作を続ける。

第11回
（1940・上）

高木卓「歌と門の盾」※辞退

偏差値

38

三笠書房

ここで事件が起きる。芥川賞に決まった高木卓が辞退したのである。戦後は、前もって候補作を発表し、候補者に打診するようになるから、以後は辞退ということは起きていない。菊池寛は「話の屑籠」で、芥川賞が恥をかかされた、と言って怒り、選評では、人にあれこれ言われるのが嫌なら発表しなければいい、とかんかんであった。

高木は筆名で、本名は安藤熙《ひろし》、父は英文学者で、母は音楽家の安藤幸《こう》、つまり幸田露伴の妹である。したがって露伴の甥に当たる。

この前に高木は「遣唐船」で候補になっており、今回のは大伴家持《おおとものやかもち》を主人公にしたもので、奈良時代あたりの歴史小説を書いていたわけだが、選評も、辞退のあとに書かれたせいか、かなり散々に言われている。受賞したのに選評でけなされているというのは、のち三好京三が直木賞をとった時にもあった。辞退のために遠慮がなくなったにしても、この時はどうも、受賞作なしになりかけたらしい。誰も言っていないが、当時露伴は存命だったし、露伴の甥ということで話題づくりを狙い、高木はそれが不服だったのではないか。また川口則弘の推測では、高木は自分が辞退すれば、掲載同人誌『作家精神』からくりあげ当選があると思っていたらしい。つまり当時の芥川賞を、同人誌間のレースのようにとらえていたということだが、それはなかった。

しかし「歌と門の盾」は、実際凡作で、私が昔藤原薬子《くすこ》を書いて松本清張賞に応募したのとレベルはさして変わらない。高木は結局作家ではなく大学のドイツ語の先生になり、子供向けの古典の再話などをしていた。私が小学生のころ読んだ『里見八犬伝』は、高木が書いたものだった。

なおこの回では、最終候補の前に、織田作之助の「夫婦善哉《めおとぜんざい》」も候補にあがっているが、新人ではないというので外されたのだろうか。

高木卓　たかぎ・たく（一九〇七―七四）東京生まれ。東京帝国大学独文科卒。東京大学教養学部教授、定年退官後は獨協大学教授を務めた。専攻はドイツ文学。ワーグナーの翻訳、音楽評論やレコード解説の仕事も多い。

第12回
（1940・下）

櫻田常久「平賀源内」

偏差値

42

文藝春秋社

これは珍妙な芥川賞受賞作で、題名だけ見ると、平賀源内を描いた歴史小説が受賞したのかと思う。ところが実際は、人を殺して入牢し、獄死した源内が、実は生きていたというイフもののＳＦ短編小説なのである。

櫻田はほかに「探究者」という、こちらは中編の、やはり源内を描いた小説も書いているが、これは戦後のものだ。受賞当時すでに四十四歳と、初めての四十代で、この時点での最年長受賞者である。

だがこれは裏がありそうで、前回高木が辞退した時、『作家精神』からのくりあげ当選を期待したのは、その時「並木宋之介」という筆名だった櫻田だったらしく、とすれば銓衡委員が高木に辞退された埋め合わせをしたと考えられなくもない。

なお櫻田は、戦前の芥川賞受賞者中、唯一の東大出身者である。高木も東大独文科でその仲間である。太宰治は仏文科中退、高見順は英文科卒、中島敦が国文科卒なので、芥川賞は昔から東大出身者に冷たかったとでもいうところか。

なお平賀源内について最初に詳しく調べたのは森銑三《せんぞう》で、一九七一年には早坂暁の脚本でＮＨＫのドラマ「天下御免」があり、山口崇《たかし》がかっこいい平賀源内を演じ、七七年の吉川英治原作、石山透脚本の「鳴門秘帖」にも山口の源内が出演、さらに九〇年の早坂脚本のＮＨＫドラマ「びいどろで候」では、実際に長生きした源内役を、みたび山口崇が演じている。

櫻田常久　さくらだ・つねひさ（一八九七—八〇）大阪市生まれ。東京帝国大学文学部独文科卒。日本大学でドイツ語講師を務める。三九年、木暮亮、高木卓らの『作家精神』に参加。戦後は町田市に移住し、教師のかたわら農業に従事した。

第13回
（1941・上）

多田裕計「長江デルタ」

偏差値

38

文藝春秋社
装幀:脇田和

当時、日米開戦前だが、日本は大陸で戦争をしていた。これは題名通り、上海など現地を描いた「現地文学」である。久米正雄は選考会に欠席し「現地文学の芽生えとして『長江デルタ』を推す」と打電してきたし、ほかの銓衡委員もおおむね、時勢の上からこういうものを選んでおこう、という姿勢である。横光だけが強く推しているが、これは多田が横光の弟子だからで、どうも初期の芥川賞は横光の弟子が多い。対して川端の弟子は、戦後何人か芥川賞候補になっているが、一人も受賞していない。

バイオレンス作家の門田泰明（一九四〇― ）は、なぜか多田に師事し、はじめ純文学を書いていたが、生計をたてるため通俗作家を目ざすよう示唆されたという。

新潮社に江木裕計という編集者がいるのだが、私が名刺を貰って「多田裕計と同じですね」と言ったら「それを言われたのは初めてです」と言っていた。

多田裕計　ただ・ゆうけい（一九一二―八〇）福井市生まれ。早稲田大学文学部仏文科卒。在学中より横光利一に師事。卒業後に辻亮一、八木義徳らと同人誌『黙示』を創刊。中華映画社上海本社勤務のかたわら創作を続ける。俳人としても活動した。

第14回
（1941年下）

芝木好子「青果の市」

偏差値
42

文藝春秋社
装幀:佐野繁次郎

芝木好子は、戦後、それなりに文学賞をもらい、藝術院会員、文化功労者にまでなったが、いったい誰が芝木好子なんぞに関心を持っているだろうか。世間にはこういう、何が偉いのか分からないうちに偉いことになっている人というのがいる。

芝木は、東京下町の呉服屋に生まれ、二十七歳でのち筑波大学教授となった経済学者の大島清（性科学者ではない）と結婚している。

戦後「洲崎《すさき》パラダイス」が映画化されているが、これは遊廓を扱ったものである。芝木は、東京下町の、庶民生活を折り目正しく描いた作家で、それが面白いかといえば大して面白くない。宮尾登美子のような激しさも生々しさもなく、とにかく無難なだけであって、これがいかにも大学教授の妻、という感じで、それがひょいと出世したという感じの女性作家が、芝木なのであろう。しかもその無難さは、この芥川賞受賞作からしてあらわなので、「時局がら」書きにくいこともある、と銓衡委員は言うが、戦後になっても大して変わりばえはしなかったのである。

芝木好子　しばき・よしこ（一九一四―九一）東京府王子町（現・北区王子）生まれ、浅草区浅草東仲町（現・台東区雷門）で育つ。駿河台女学院卒。同人誌『文藝首都』に参加し、創作を発表。七二年『青磁砧』で女流文学賞、八四年『隅田川暮色』で日本文学大賞、八七年『雪舞い』で毎日芸術賞を受賞。八三年、藝術院会員就任。

第15回
（1942・上）

受賞作なし

すでに日本は米英蘭との開戦に至っている。それでも芥川・直木賞は続く。この回は、中島敦「光と風と夢」、石塚友二《ともじ》「松風」が候補になっていたが、双方見送られた。いずれも『文學界』掲載である。『文學界』は、戦後十年近くたっても、なお同人誌扱いされていたようだが、戦後昭和二十二年六月に復刊した時は、舟橋聖一、林房雄といった大家が書いているから、すでに原稿料が出ていただろう。

中島敦はこのあと若くして死ぬが、戦後『中島敦全集』全三巻が筑摩書房から出て毎日出版文化賞をとり、以後名声はあがって、「山月記」などが高校の国語教科書の定番教材になったせいもあり、やたらと有名で人気もある。だが、「山月記」「李陵」などは元ネタのある作品で、「光と風と夢」は、英国のロバート・ルイス・スティーヴンソンの『ヴァイリマ書簡』が元ネタである。

概して戦前までは、元ネタのある小説には寛大だった。芥川の「羅生門」「鼻」「芋粥」「藪《やぶ》の中」「杜子春《とししゅん》」などみな元ネタがあってそれをちょっと変えただけである。露伴の「運命」も、鷗外の「堺事件」「大塩平八郎」などもそうで、太宰治の「走れメロス」も、シラーの詩をちょっとふくらませただけである。戦後はこういうのはなくなった。もし新人賞に元ネタありで応募しても通らないだろう。だがそれを言えばシェイクスピアや「忠臣蔵」だって元ネタはあるわけで、西洋では十八世紀以降はこういうネタあり物は通らなくなり、日本では敗戦まで通っていたということになる。

私はこのことを小説にして『中島敦殺人事件』（論創社）として刊行したのだが、議論は起こらなかった。ともあれ私は、中島敦がそんなに偉い作家だとは思わない。

対して石塚の「松風」は、自身の見合い結婚の経緯を描いた好短編で、石塚はむしろ俳人として長命を保ったが、こちらは偏差値六八くらいは与えたい。

第16回
（1942・下）

倉光俊夫「連絡員」

偏差値

38

文藝春秋社
題簽:川端康成

これは最低ポイントをつけるしかあるまい。日本軍と国民党軍との戦いで、あくまで相手方が悪いとした記述の間に、川島彪助《ひょうすけ》という軍事連絡員が撃たれて死んだという、そういう小説だからである。

倉光は、昭和九年ごろから川端と一緒に浅草のカジノ・フォーリーを観に行った仲間である。

倉光俊夫　くらみつ・としお（一九〇八―八五）東京市浅草区（現・台東区）生まれ。法政大学国文科卒。大学在学中に朝日新聞社会部記者として働いた後、松竹の映画部、演劇部勤務を経て作家デビュー。武田麟太郎の『人民文庫』に参加の後、池田源尚・古沢元らと同人誌『麦』を創刊。

第17回
（1943・上）

石塚喜久三「纏足（チャンズウ）の頃」

これも時局もので、内モンゴルのモンゴル人と漢民族の夫婦の子供たちの話である。日本人は出てこず、それが「だべ」などとしゃべっているから、何のための小説だかよく分からない。

石塚喜久三　いしづか・きくぞう（一九〇四―八七）北海道小樽市生まれ。函館師範学校（現・北海道教育大学函館校）卒。小学校教員を経て、中国大陸に渡り華北交通に勤務。戦後は官能小説を数多く発表。

偏差値

42

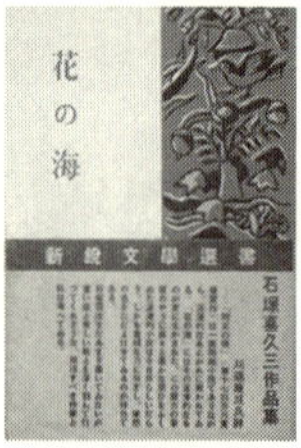

大日本雄弁会講談社
装幀:寺田政明

第18回
（1943・下）

東野邊薫「和紙」

偏差値
46

築地書店
装幀:吉井忠

東野邊《とうのべ》薫も、知られざる芥川賞作家として話のネタになることがある。本名は野邊で、本業は中学教師、戦後は福島県で高校教師をしながら細々と小説を書いていた。「和紙」は『東北文学』に掲載され、和紙製造をしている一家を描いた、まあ優等生的な作文である。戦時中の日本は、革命のことなど考えない市井の善良な勤労者を表彰したりしていたので、時局的な作品ともいえる。

なおこの時候補になっていた、柳町健郎《たけお》の「伝染病院」というのを読んだが、むしろこちらのほうが面白かった。というのは、柳町は私と同郷（茨城県三妻《みつま》）の人物だからで、本名を宮川健一郎（一九一一―八九）といい、これも高校教師を務めた。

「伝染病院」は、その宮川の子供が病気で死ぬまでを描いた小説で、これについて宮川は太宰治から長い手紙を貰っている。井伏、亀井勝一郎、中島健蔵、小田嶽夫、河上徹太郎らと飲んでいたら、井伏が「伝染病院」を激賞したので、太宰も読んでみた。井伏は三度泣いたと言ったが、太宰は一度だけ泣いたという。

よく書いたね、

と言つて宮川君の肩をたたきたい気持です。

芥川賞なんて、どうでもいいけど、でも、井伏さんも一票投ずると言つてゐますし、私も、もちろんそのつもりで居ります。でも、そんな賞などは、あてにしない方がいいかも知れない。賞よりは、僕たちの支持、またはあなたの良友たちの支持の方を、うれしく思つて下さい。

『伝染病院』は、のち宮川健一郎の名で筑波書林から刊行されている。

東野邊薫　とうのべ・かおる（一九〇二―六一）福島県二本松市生まれ。早稲田大学高等師範部国語漢文科卒。中学、高校の教師として働きながら創作を続ける。

第19回
（1944・上）

八木義徳「劉廣福（リュウカンフウ）」

八木義徳は、戦後も長く書き続け、六十五歳で『風祭《かざまつり》』によって読売文学賞を受けたころから再評価され、全集も出て、藝術院会員になった。藝術院は、小沼丹《おぬまたん》など、地味な作家を拾い上げる傾向があって、まあそれはいいのだが、それほどいい作家かというと、さほど決定的な作品はない気がする。戦後の「私のソーニャ」あたりが代表作か。

「劉廣福」は、満洲の工場で管理人をしていた時の体験をもとに、劉廣福という英雄的で人望の厚い工員を描いたものだが、まあさほどのものではない。

八木義徳　やぎ・よしのり（一九一一―一九九九）北海道室蘭市生まれ。早稲田大学文学部仏文科卒。在学中に、第三次『早稲田文学』復刊、同人誌『黙示』創刊に関わる。満州理化学工業、東亜交通公社勤務のかたわら創作を続ける。横光利一に師事。八九年、藝術院会員就任。

偏差値

48

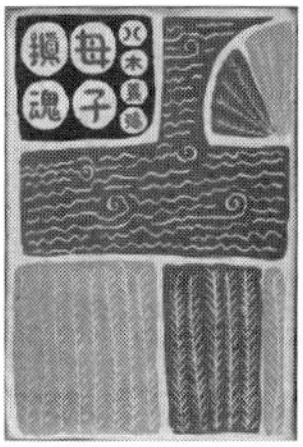

世界社
装幀:伊藤廉

小尾十三
「登攀」

偏差値
48

満州文藝春秋社

こちらは新京の中学教師の視点から、教え子だった朝鮮人青年を描いたものである。もとより朝鮮は日本領で、安原寿善《ひさよし》という日本名をつけられている。五族協和のたてまえのための文学だから、いま読んでも妙な気分にしかならない。

小尾十三　おび・じゅうぞう（一九〇九―七九）山梨県北巨摩郡穂足村（現・北杜市）生まれ。甲府商業学校中退。朝鮮総督府逓信局、朝鮮の元山商業学校、新京中央放送局、森永製菓満州支社などで勤務。戦後は日比谷出版社に勤務したが倒産。五〇年に甲府商業高校教師となり創作を続ける。

第20回
（1944・下）

清水基吉
「雁立」

偏差値

52

鎌倉文庫
装幀:吉村力郎

清水の受賞が決まったのは昭和二十年二月で、これが敗戦前最後の贈賞になった。『文藝春秋』のその年十一月号には、第二十一回について、受賞作なしという結果が発表されているが、これはその期間に、発表作品や推薦作品が皆無に近かったからである。もっともこの二月、三島由紀夫は中河与一の『文藝世紀』に「中世」を発表しており、川端にも送ってきていた。

清水は石田波《は》郷《きょう》に師事した俳人で、「雁立」は「かりたち」と読み、渡り鳥である雁が春になって北の国へ飛び立つさまである。これは私小説の恋愛小説だが、茫洋とした書きぶりは銓衡委員で俳人の瀧井孝作の『無限抱擁』を思わせる。

もっとも清水の場合、受賞したあとが面白い。その頃作家の島木健作は病気で、鎌倉の家で静養していたが、清水はいきなり訪ねて「清水モトヨシです」と名のった。芥川賞をとったから名乗れば分かると思ったのだろう、と言われているが、島木は把握していなかった。それで、清水というのは生意気だということになった。

戦後、鎌倉文士が鎌倉文庫という出版社を創設し、元日には久米、二日には川端宅で新年会をやっていたが、川端宅の集まりで清水は高見順と大喧嘩をしてしまった。どうも酒癖が悪く、酒乱に近かったらしい。

結局大した作家にはならずもっぱら俳人で終わるのだが、最後は鎌倉文学館の館長も務めた。

清水基吉　しみず・もとよし（一九一八―二〇〇八）東京府下豊多摩郡上渋谷（現・渋谷区）生まれ。東京市立第一中学校中退。三菱商事を経て、俳誌『鶴』に参加。戦後は俳誌『南北』（のち『新誌』）を創刊。五九～七五年電通に勤務。俳人として活動する。

芥川・直木賞の停止と復活

敗戦によって、菊池寛は、戦争責任者として公職追放になった。それを見越して文藝春秋社の解散を宣言した。周囲は止めたが止まらず、佐佐木茂索、鷲尾洋三らは、文藝春秋新社を興して、『文藝春秋』を継続した。

文春系列のモダン日本社は、朝鮮人の馬海松《まかいしょう》という美青年が運営していたが、馬は朝鮮へ帰って以後消息不明となった。菊池の美人秘書兼代筆者だった佐藤碧子は、編集者の石井英之助と結婚し、石井は六興出版社へ移ってのち社長となる。ここには吉川英治の弟の吉川晋《すすむ》がいたので、吉川英治の著作を一時独占する勢いだったが、のち講談社と話がついたようだ。碧子の妹は矢崎寧之《やすゆき》と結婚し、矢崎も文春傘下で、戦意高揚の興亜日本社を興したが、戦後「日本社」という社名に変えて出版を続けた。寧之の子が矢崎泰久である。

満洲文藝春秋社は永井龍男が社長をしていたが、帰国して香西《こうざい》昇、式場《しきば》俊三《しゅんぞう》と日比谷出版社を興すが、永井が公職追放になる。これも文春系で、戦時中『オール讀物』が『文藝讀物』と名を変えたのを引き継ぎ、昭和二十三年にここを舞台にまず直木賞だけ復活させようとしたがかなわず、翌年、芥川・直木賞を復活させて、直木賞は『文藝讀物』が発表の舞台になったが、三回で日比谷出版社が倒産したため、『オール讀物』へ戻り、今日に至っている。

なお文藝春秋新社は、のち「株式会社文藝春秋」に改称するので、現在は「文藝春秋社」ではない。

第21回
（1949・上）

由起しげ子「本の話」

偏差値

62

文藝春秋新社

ひと昔前は、由起しげ子といえば映画「女中ッ子」の原作者として知られたものだが、今では私より上の人しか知るまい。これはＮＨＫの少年ドラマで「はっさんハーイ！」としてドラマ化されてもいる。

由起（由紀ではない）は当時四十九歳で、最年長受賞者である。裕福な家に生まれて、画家と結婚した有閑マダムで、小島信夫の兄と愛人関係にあった。のちに小島はこのことを『女流』（一九六一）という小説に書いた。その後由起が死ぬと『菅野満子の手紙』（一九八六）を書いた。面白いのでもうちょっと調べようかと思ったがあまり手がかりがない。

由起は敗戦の年に夫と別居し、小説を書き始めた。二作目として書いたのが、兄のことを描いた「本の話」で、これで戦後の再開第一回芥川賞を受ける。

戦後、いわゆる「戦後派」作家が続々と登場したが、芥川・直木賞が再開する昭和二十四年までには、もう新人ではなくなっていたとされる。菊池や横光、太宰はこの時までに死んでいて、銓衡委員は、川端、宇野浩二、岸田國士《くにお》、佐藤春夫、瀧井に加えて、石川達三、坂口安吾、丹羽《にわ》文雄、舟橋聖一が加わった。

由起は、やはり素人っぽいのだが、そこがいい。小説について、完成度が高いとか、時には「完璧」などと評する人がいるが、中には「完成度が高いが退屈」なものなどもある。それじゃしょうがないのである。むしろ、未完成ながら面白い、という小説のほうを私はとりたい。

「本の話」は、角川書店の「女性作家シリーズ」に入った時読んだのだが、兄の身の上に起きた経済的困窮を訥々《とつとつ》と書いていく筆致が面白かった。

由起しげ子　ゆき・しげこ（一九〇〇―六九）大阪府泉北郡浜寺公園生まれ。神戸女学院音楽部中退。二五年、画家の伊原宇三郎と結婚。夫とともに四年間フランスに居住しピアノを学ぶ。四五年、別居。以後創作を続ける。『女中ッ子』『ヒマワリさん』『赤坂の姉妹』『罪と愛』などが映画化された。

小谷剛「確証」

偏差値

38

改造社
装幀:熊谷九寿

石原慎太郎が「太陽の季節」で芥川賞を受賞するのはこの七年後だが、授賞に反対した佐藤春夫が「僕はまたしても小谷剛を世に送るのか」と思ったと選評に書いている。小谷は名古屋で産婦人科医をしながら同人誌『作家』をやっていたが、産婦人科医という職業から連想される通りの、エロい作風で、「確証」は、漁色者《ぎょしょくしゃ》の手記といったものである。「抵抗は皆無にも等しいのだ。けれど、やがて、夏子の白い下半身を裸体にさらけ出した瞬間、私の淫蕩な手ははたと止った」といった具合で、「確証」というのは、この女をモノに出来る、という確証なのである。

こんな中間小説誌のエロ小説まがいのものがなぜ芥川賞か疑問だが、銓衡委員九人中、推したのは坂口と丹羽だけで、おそらくこれは、戦後GHQの、エロなものを解禁していこうという意向が関係していたのかもしれない。

小谷剛　こたに・つよし（一九二四―九一）京都市生まれ、名古屋市で育つ。名古屋帝国大学附属医学専門部卒。四五年、航空隊に入隊。四六年より名古屋市で産婦人科の開業医となり、そのかたわら同人誌『作家』を主宰。

第22回
(1949・下)

井上靖「闘牛」

偏差値

46

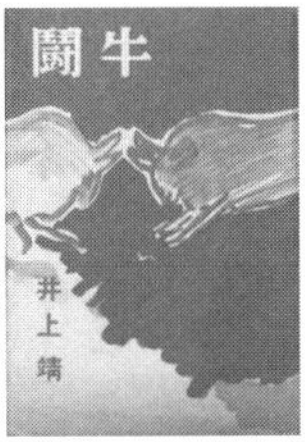

文藝春秋新社
装幀:猪熊弦一郎

天下の井上靖である。日本ペンクラブ会長を務め、海外への翻訳も多かったことから、一九八〇年ころ、ノーベル賞をとるのではないかと観測され、発表の時には記者たちが押し掛けてきていた。京大卒の新聞記者で、創作活動は戦前からしていた。「闘牛」は、川端や久米が始めた「鎌倉文庫」の雑誌『人間』の新人賞に応募したが落とされたものである。

掲載誌は『文學界』で、四十二歳。遅い出発だったが、それから純文学といわず中間小説といわず、書きに書いて、一方の重鎮になるのだが、『蒼き狼』など中国ものの歴史小説が多く、だが大岡昇平は、『蒼き狼』を批判した。大岡の歴史観は左翼的民衆史観だったからということと、歴史小説は純文学ではないという意識とがあった。

それ以後も、井上靖は純文学なのか、ということは言われ続けた。『天平の甍《いらか》』『風濤《ふうとう》』などは文章的に純文学だが、野間文芸賞を受けた『淀どの日記』は通俗的だし、『しろばんば』『夏草冬濤《なつぐさふゆなみ》』などの自伝小説はまあいいが、『あすなろ物語』は通俗ではないか——。

芥川賞の時は、心理小説「猟銃」も候補になっており、参考作品である。だが「闘牛」となると、どうも感心しない。これは企業小説だが、モデルは小谷正一で、さして面白くない。闘牛という企画が、読者に感情移入させない。少なくとも私にはそうで、開高健の「巨人と玩具」と似た感じがする。私はむしろ、『人間』で落選させた木村徳三に同意したい。

なおこれまで藤枝静男、阿川弘之、島尾敏雄が候補に上がっているが、いずれもとれずじまいに終わっている。

井上靖　いのうえ・やすし（一九〇七―九一）北海道上川郡旭川町（現・旭川市）生まれ、伊豆湯ヶ島で祖母に育てられる。京都帝国大学文学部哲学科卒。大阪毎日新聞社学芸部勤務のかたわら創作を続ける。五一年、同社を退社。五八年『天平の甍』で芸術選奨文部大臣賞、六一年『淀どの日記』で野間文芸賞、六四年『風濤』で読売文学賞、六九年『おろしや國酔夢譚』と八二年『本覚坊異聞』で日本文学大賞、八九年『孔子』で野間文芸賞を受賞。七七年、藝術院会員就任。九一年、文化勲章受章。

銓衡委員の受賞歴

芥川賞をとらずに選考委員になったという人は、最近では黒井千次、島田雅彦がおり、山田詠美は直木賞をとって芥川賞の選考委員になった。中村光夫は批評家枠で入ったからもちろんとっていない。

では初期の、賞創設の時には既成作家だった者たちの受賞歴はどうであろうか。菊池寛は、芥川・直木賞創設の際、菊池寛賞も作ろうとして、久米にとめられているが、結局数年後に菊池寛賞を作ったのは、既成作家の顕彰のためか、四十六歳以上の作家を、四十五歳以下（数え）の作家が選考し、徳田秋聲や武者小路、里見弴らが受賞、最後の回は、川端康成が選考する側から選考される側に回って受賞した。戦後、同じ名前で復活したが、文学作品だけではなく文化全般の功労賞的なものとなって今日に至っている。

しかし菊池と久米は、自分では何の文学賞もとらなかった。だいたいこの時期には二人とも通俗作家になっていたし、菊池は藝術院会員にはなったが、久米はそれすらない。

川端はもちろん、文化勲章とノーベル賞にいたるまで、もらえるだけの賞を貰っている。横光はその点早く死んだため『紋章』で文藝懇話会賞をとったくらいである。永井龍男は、大正末には処女作を書いているのだが、その後は下働きになり、戦時中満洲文藝春秋社の社長になって、戦後本格的に作家活動を開始し、読売文学賞や野間文芸賞から文化勲章までとったが、私は大した作家だとは思っていない。

不遇極まるのが小島政二郎（一八九四―一九九四）で、百歳まで生きたのに、ついに賞とは無縁だった。最近、山田幸伯《ゆきのり》『敵中の人』（白水社）という小島伝が出たが、いかに小島が文壇で嫌われたかという視点から書かれている。著者の山田は、芥川・直木賞総計七回候補になってとれなかった津田信《しん》の子で、父とともに小島に師事していた。

瀧井孝作も、初期から芥川賞に携わった作家である。瀧井は芥川門下で、小島、佐佐木茂索、南部修太郎とともに「龍門の四天王」と呼ばれたが、のち志賀直哉に師事した。ひたすら私小説を書き続けた人で、初期の『無限抱擁』が知られるが、これは最初の部分をわざと読みにくく書いているから、第二章から読んだ方がいい。のち『俳人仲間』で新潮社の日本文学大賞を受賞するが、これは実在の人物が実名で出てくる、ほとんど長編随筆である。私が文学ごころがついた高校生のころ、まだ芥川賞選考委員をやっていて、何やら前の時代から生き残った妖怪のように思えたものだ。

1950年代

第23回
（1950・上）

辻亮一「異邦人」

辻亮一は、どうしているのか分からず、果して生きているのかどうかも分からなかったが、二〇一三年、九八歳での訃報が流れた。カミュの『異邦人』が訳されるのは本作受賞の翌年のことで、これは日本の敗戦後、中国共産党支配下で日本人難民の管理人をしていた経験を描いたものである。銓衡委員の評価は高くなく、ただ坂口安吾がやたらと推奨したので受賞したようだ。なおこの時は堀田善衛、洲之内《すのうち》徹、久坂葉子、田宮虎彦が候補に入っている。

辻亮一　つじ・りょういち（一九一四―二〇一三）滋賀県神崎郡五個荘町（現・東近江市）生まれ。早稲田大学文学部仏文科卒。東満洲産業に入社、四八年に帰国。長浜ゴム工業（のちの三菱樹脂）勤務のかたわら創作を続ける。七〇年に同社を退社、仏教についての論文を執筆した。

偏差値

42

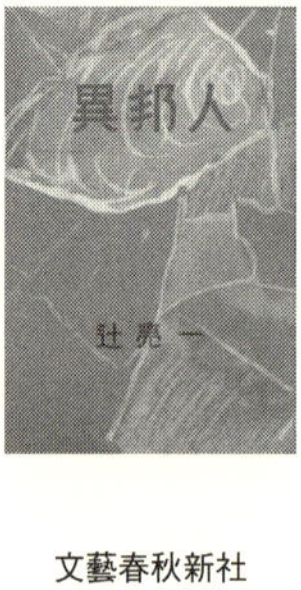

文藝春秋新社
挿画:脇田和

第24回
（1950・下）

受賞作なし

この回は、高杉一郎の『極光のかげに』が入っている。単行本として出たもので、シベリア抑留の記録としてベストセラーになったものなので、最初から問題外とされたという。近頃、石原慎太郎が、その最高傑作『わが人生の時の時』が野間文芸賞の候補になって、小説ではないというので外された、と言っていたが、いいものは小説であろうが手記であろうが文学だ、と私は思う。この回の直木賞を檀一雄が『真説石川五右衛門』でとっているが、これはノンシャランな通俗小説である。

第25回
（1951年上）

石川利光「春の草」

偏差値
38

文藝春秋新社
装幀:川端実

「春の草」という受賞作があったことさえ忘れていた。選評でも、佐藤春夫は「敢て云う、この作者の何処《どこ》に芥川賞に相当するものがあるのか」、舟橋は「まだしも、去年のほうが、上出来である。『春の草』には、賞に該当するような、特別の出来栄えがない」、川端は「『春の草』も、特に推薦するほどの作品ではなかろう」、宇野は「この作品は、このままゆけば、延びることは、まず、ない」、坂口安吾は「今回当選の二作は私は感心しませんでした」というありさまで、推しているのは丹羽と瀧井くらいで、なんで受賞したかといえば、すでに石川が、創作だけでなく出版もし、丹羽の作品などを出していたからである。

作は、私小説めいて、男がいて女がいて母がいて、ごてごてするというだけで、しかも妙に説明不足なところがあるのは、徳田秋聲のまねだろう。石川はほかにもたくさん書いたが、特に優れた作品はないようで、のちにはもっぱら官能小説の作家になった。

石川利光　いしかわ・としみつ（一九一四―二〇〇一）大分県日田郡豆田川原町（現・日田市）生まれ。早稲田大学中退、法政大学国文科卒。太平洋戦争中は日本航空機工業に勤務。敗戦後、九州書院（出版社）を設立し、丹羽文雄主宰の同人誌「文学者」の刊行を支える。

安部公房「壁―S・カルマ氏の犯罪」

偏差値

40

月曜書房
装幀:勅使河原宏

安部公房といえば、一時は大江健三郎と併称され、生きていたらノーベル賞をとっただろうと言われる作家である。だが私にはよく分からない。

『砂の女』もそれほど面白くはなかったが、最近考えてみたら、夫婦生活が嫌だったんじゃないかと思った。

安部は戯曲も書き、自ら演出もして「安部公房スタジオ」を主宰、所属女優の山口果林《かりん》とは死ぬまで愛人関係にあったことはよく知られている。

だが、その戯曲がどうにも面白くない。英米で「不条理演劇」というのがはやったことがあるが、これらはあまり面白くないので、次第に廃れていった、その一種であろう。

安部は死ぬころには「忘れられた作家」になっていて、若い人は安部公房なんて知らないよと言っていたが、確かに安部没後数年、大阪大学医学部で英語を教えた時、アルファベットで「Ａｂｅ Ｋｏｂｏ」と書いてあるのを「こうどう」と読んだ学生がいて、直したがぽかんとしていた。

ところが、死んで二十年もたち、山口果林や娘の真能ねりの回想本が出てみると、存外公房の作品は残っていて読み継がれていることが分かった。ＳＦ好きに受けているのではないかという声もある。

私もぼちぼち読んではみたのだが、相変わらず面白くはないし、何が言いたいのか分からない。だが川端康成は、安部のように書きたいと選評で書いている。とはいえのちにはやはり大江の才能のほうを高くかうようになったようだ。

しかしこのポイントはあくまで私にとってであり、分からない人には分からないということと理解してもらいたい。

安部公房　あべ・こうぼう（一九二四―九三）東京府北豊島郡（現・北区）生まれ、満洲国奉天市で育つ。東京大学医学部卒。七三年より演劇集団「安部公房スタジオ」主宰。六二年『砂の女』で読売文学賞、六七年「友達」（戯曲）で谷崎賞、七五年『緑色のストッキング』（戯曲）で読売文学賞を受賞。海外での評価も高く、六七年にフランスで最優秀外国文学賞を受賞、九二年にアメリカ芸術科学アカデミー名誉会員となる。

第26回
（1951・下）

堀田善衛「広場の孤独」

偏差値
36

中央公論社
装幀:辻一

堀田善衛というのは、その後むやみと偉い作家ということになって、『ゴヤ』全四巻とか、モンテーニュの伝記とか、『方丈記私記』や『定家明月記私抄』とか、『インドで考えたこと』（岩波新書）とか、島原の乱を描いた『海鳴りの底から』など多くの小説を書いた。

宮崎駿《はやお》は堀田を尊敬していて、何点か絶版になっていた著作をジブリで復刊している。しかし私はいまだに、堀田がなんでそんなに偉いのか分からない。井上光晴や高橋和巳と似たところ——小説が通俗になってしまう——も感じる。

「広場の孤独」は、芥川賞受賞作としては、文学年表などに載っているほうである。これは朝鮮戦争勃発で「逆コース」が始まり、レッドパージなどがあり、自衛隊の前身の警察予備隊が作られるといった世相の中での、知識人の苦悩を描いたものらしい。

だがこの時から三十年近く、日本の知識人は、北朝鮮や中国共産党が善で、米国は悪の帝国主義だと思っていたのだから、全然そうではないことが分かってしまった今日読んでもバカバカしくしか感じられない。

それにしても、どうも堀田というのは人間性が嫌らしい。北陸の旧家の出だという貴族意識が強く、描く人間もモンテーニュだの定家だの貴族ばかりで、しまいには君主国のイスパニアへ移住して勲章なんか貰っている。あまり尊敬する気にはならない人である。

堀田善衛　ほった・よしえ（一九一八―九八）富山県高岡市生まれ。慶應義塾大学文学部仏文科卒。上海で敗戦を迎えた後、中国国民党中央宣伝部に徴用され、四七年に帰国。世界日報社、読売新聞社勤務を経て作家デビュー。七一年『方丈記私記』で毎日出版文化賞、七七年『ゴヤ』で大佛《おさらぎ》次郎賞を受賞。

第27回
(1952・上)

受賞作なし

この回の前後から、候補者には、小山清、畔柳《くろやなぎ》二美《ふみ》、結城信一、伊藤桂一、三浦朱門《しゅもん》、吉行淳之介、安岡章太郎、阿川弘之、澤野久雄、近藤啓太郎、小田仁二郎《じんじろう》、直井潔《なおいきよし》、西野辰吉《たつきち》といった錚々《そうそう》たる顔ぶれが並び始める。「第三の新人」が登場してきたのである。だが、実際に彼らが受賞するまでには、まだ少し待つことになる。昔のように、一度候補になったらもうならないということはなく、何度も候補になって受賞する者があらわれ、『新潮』『群像』などの商業文藝誌に掲載されたものも候補になるようになり、現在の芥川賞に似てきた。

うち畔柳二美は、のち『姉妹』で毎日出版文化賞をとり、代表作となる。結城信一は長く不遇の作家だったが、晩年に『空の細道』で日本文学大賞を受賞。澤野久雄は、朝日新聞の記者で川端康成担当だったが、小説を書き始めるが、芥川賞をとれなかった。しかし三度目の候補作「夜の河」が山本富士子主演で映画化されて話題になり、作家的地位を確立した。しかし芥川賞は惜しかったようで、師匠で銓衡委員の川端に、残念賞として正賞の時計をもらいたいと言って実際にもらっている。

小田仁二郎は、妻のある身で、若い瀬戸内晴美の愛人となり同棲していた。だが、晴美が流行作家となっていくのに、小田は芽が出ず、通俗剣豪小説を書くようになって二人は別れた。

第28回
(1952・下)

五味康祐「喪神」

第二十八回、昭和二十八年一月の芥川賞は何か変で、五味康祐、松本清張という、のち娯楽小説のほうへ行った作家二人を選び、しかも、清張の「或る『小倉《こくら》日記』伝」は、直木賞の候補だったのが、芥川賞へ回ってきたといういわくつきである。だがどちらも、すでに受賞作からしてその後の展開を予想させるもので、宇能鴻一郎のようにまるで違う方角へ行ったわけではない。

すでに「第三の新人」が候補にひしめく状態だったから、銓衡委員の中に、まだ「第三の新人」にはやりたくないという気持ちがあったとしか思えない。その一人である吉行淳之介は、新興藝術派の作家で、川端とも親しかった吉行エイスケの遺児である。

五味康祐は、本当は「やすすけ」だが、私が高校生の頃「こうすけ」と呼ばれて、テレビによく出るタレント作家で手相見なんかする人だったから、それが芥川賞作家だと知った時はちょっと驚いた。五味は剣豪もの作家で、無頼派ともされていたけれど、「喪神」は、純文学なのかと思って読んだらこれも剣豪ものだったからまた驚いた。

だが五味に、ひとつ面白い小説がある。川端康成が死んだ時に出た『新潮』の臨時増刊「川端康成読本」に書いた「魔界」で、冥界からの太宰治の声を借りて、川端を批判しているのだ。『眠れる美

偏差値
46

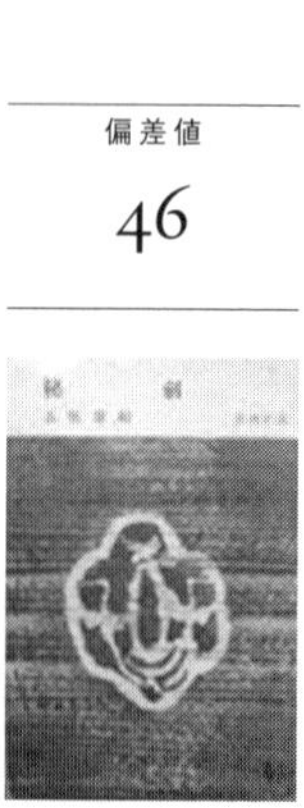

新潮社
装幀:野島青茲

女』のモデルのことをほのめかし、川端に語彙が乏しい、と批判したが、これは事実だろう。死んだ時の読本にこんなものを載せるところがすごいが、ここでは江藤淳も川端批判の評論を書いている。

その五年後、臼井吉見《うすいよしみ》の『事故のてんまつ』が出て、川端家が臼井を提訴した際の準備書面のやりとりで、臼井側は、「魔界」はなぜいいのかと問うた。川端家は、答える必要はないがあえて答えるなら、五味は無頼作家だから人はその言うことを信じないが、臼井はそうではないから、と答えた。

五味康祐　ごみ・やすすけ（一九二一―八〇）大阪市南区生まれ。明治大学文学部文芸科卒。四四年、中国戦線に従軍。終戦後は三興出版会計係、放浪生活を経て、新潮社の社外校正員のかたわら同人誌『新林』に参加。後に剣豪小説ブームを巻き起こす。

松本清張「或る『小倉日記』伝」

偏差値

64

文藝春秋新社
装幀:末松正樹

清張が高等小学校卒で、苦労したのはよく知られている。しかしその学識は生半可な大学教授を超えた。最初の小説は「西郷札《さいごうさつ》」で、それからすぐ、「或る『小倉日記』伝」で芥川賞を受賞した。これは、森鷗外の小倉時代の日記が紛失していたため、小倉近辺に住む身体障害の知的な青年が、民俗学の手法、つまり当時を知る人々を訪ねて話を聞くことで、鷗外の小倉時代を復元しようとする、という話だ。青年には母だけがおり、献身的に息子を支えるが、事業は難航する。そして青年が若くして死んだあと、「小倉日記」が発見されるという哀切な短編である。これは実在のモデルがいた。

初期の清張の短編のうまさはかなりのもので、これなど直木賞でも良かっただろう。しかしこれを選ぶくらいなら、なぜ少しあとで、山川方夫《まさお》にあんなにつらく当たったのかと思わせる。清張を推したのは川端と佐藤で、山川の「海岸公園」を推したのは川端と井伏である。

北條民雄や岡本かの子を世に出したのでも分かるとおり、川端の新人発掘の手腕はずば抜けている。しかし「或る『小倉日記』伝」は、鷗外という権威をつけておいたから芥川賞をとれたのである。

松本清張　まつもと・せいちょう（一九〇九―九二）広島県生まれ、福岡県小倉市（現・北九州市）で育つ。小倉市立板櫃尋常小学校高等科卒。川北電気の給仕、印刷所の職人を経て、朝日新聞九州支社で広告版下作成の仕事に就く。芥川賞受賞後、東京本社に転勤、五六年退社。五七年に日本推理作家協会賞、六七年に吉川英治文学賞、七〇年に菊池寛賞、九〇年に朝日賞を受賞。

第29回
（1953・上）

安岡章太郎「悪い仲間」「陰気な愉しみ」

偏差値
48

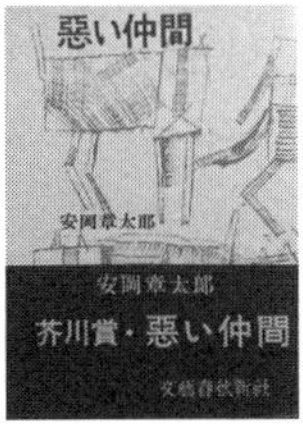

文藝春秋新社
装幀:猪熊弦一郎

「第三の新人」の先陣を切って芥川賞を受賞したのが安岡章太郎だが、すでに三十三歳で、若いとは言えない。「第三の新人」で一番年長なのが小島信夫（一九一五年生）、年少は吉行（一九二四年生）だが、曽野綾子（一九三一生）まで含めることもできる。

この時、石濱恒夫の「らぷそでぃ・いん・ぶるう」が候補になっている。石浜は、大阪の作家藤沢桓《たけ》夫《お》の従弟で、父は東洋史学者の純太郎、戦時中から川端康成に師事して、東大美術史へ進んだが、織田作之助が死んだあと、その愛人だった輪島昭子と結婚し、ことごとに織田と比べられて苦しんだ、その経験を描いたのがこの作品である。だが私小説を前衛風に書いて失敗しており、その後は候補にもならず、川端宛に泣き言を言ってきたりしていた。

さて安岡だが、世間では中学校の教科書に載っていた「サーカスの馬」あたりが少しは知られているだろうか。代表作は、母の死を描いた『海辺《かいへん》の光景』で、一般にはそれ以後さしたる作品はないとされている。寺田寅彦や別役《べつやく》実《みのる》の親戚で、土佐の名家の出身、のち先祖のことを書いた『流《りゅう》離《り》譚《たん》』を出している。その他色々文学賞はとり、藝術院会員にもなった。政治的保守派が多い第三の新人の中では左翼っぽかった。

大江健三郎は浪人時代に、ちょうど芥川賞受賞の時の『悪い仲間』の単行本を買ったと書いているが、私の実家にも、その本があったから、それで読んだ。

一九六〇年代から七〇年代にかけて『幕が下りてから』『月は東に』などを書くが、これは先輩格の男の妻を寝とった話で、文藝評論家の川嶋至が事実の歪曲を指摘したため文壇から追放されたと井口時男が言っている。しかし川嶋は川端康成への攻撃で消えたのではあるまいか。

だが私は『海辺の光景』も、「走れトマホーク」とかにも感心はしなかった。『海辺の光景』は江藤淳が『成熟と喪失』でとりあげているが、ただ荒涼とした光景を描いているだけで、父親との関係などろくに分からないではないか。「海辺」を「かいへん」と読ませるところに妙なあざとさがある。

安岡章太郎　やすおか・しょうたろう（一九二〇—二〇一三）高知市生まれ。慶應義塾大学文学部英文科卒。四四年に陸軍に応召、満州へ従軍するが肺結核で除隊。戦後復学後、脊椎カリエスを患う。八八年にカトリックの洗礼を受ける。六〇年『海辺の光景』で芸術選奨と野間文芸賞、七四年『走れトマホーク』で読売文学賞、八二年『流離譚』で日本文学大賞、八九年『僕の昭和史』で野間文芸賞、九一年「伯父の墓地」で川端賞、九六年『果てもない道中記』で読売文学賞、二〇〇〇年『鏡川』で大佛次郎賞を受賞。七六年、藝術院会員就任。

第30回
（1953・下）

受賞作なし

この回の候補には、のち受賞する小島信夫や庄野潤三に並んで、金達寿《キムダルス》が長編『玄界灘』で、あと広池秋子、富島健夫がいる。金のは、長編だというので外されたという。

第31回
（1954年上）

吉行淳之介「驟雨」

偏差値

46

新潮社
装画:鶴岡政男

吉行はこの時三十歳、四度目の候補だが、当人は肺病で入院しており、受賞を知らせる足音を聞いて（とったな）と思ったという。

一九九四年七月、私は大阪から、當麻寺《たいまでら》を見て東京へ帰る途中、桑名の駅で吉行が死んだことを、キオスクの新聞か何かで知った。七十歳だった。

その四年前に、私は関根英二（一九四八― ）という人に会ったことがあった。関根は、『〈他者〉の消去』という吉行論を書いていて、インディアナ大学の博士論文だということだったが、吉行にとって女は他者ではないという批判だった。『男流文学論』の吉行批判の章で上野千鶴子は、関根を個人的に知っていて、関根は吉行が好きで好きでしょうがなかったが、アメリカ人女性と結婚して間違いに気づいた、と話していた。すると蓮實重彦が、吉行などという作家が好きだったという「たんに愚かな読み手であったにすぎない自分を否定することに、どれほどの意味があるというのだろう」（『絶対文藝時評宣言』）と批判したのだが、まあその通りである。一九七〇年頃ならともかく、九〇年の時点で、吉行―渡辺淳一的色男作家が描くような従順な女はあまりいなかったのだし、それなら別に有島武郎の『或る女』だっていいのだ。ただし蓮實は吉行の「通俗性」と言うが、これは同意できない。優れた通俗小説は存在しうるが、吉行はそれですらない、つまらない純文学作家だからである。

一九七八年に吉行は『夕暮まで』という中編を出して話題になった。挿入しないセックスをする話で、「夕暮れ族」などという語が流行した。しかし、こんな薄い中編を描くのに何年もかかったというのも変な話である。江藤淳の『成熟と喪失』にとりあげられていたから『星と月は天の穴』を読み、あとで『暗室』とかも読んだ。吉行については、妻や愛人がこもごも思い出本を書いていて、まあもてたんだなあと思うが、あまり女にもてていい小説が書けるやつはいない。広津和郎《ひろつかずお》とか島田雅彦とか。

数年前に、まだ読んでいなかった『不意の出来事』(短編集)をわりあい注意深く読んでみたが、川端の亜流で、文飾に凝って、私小説的なところから幻想的にしようとしているのが分かったが、まあ大した作ではなかった。

この時は、曽野綾子の処女作「遠来の客たち」が候補になっているのだが、これは清新で、しかも作者は二十二歳の超美人だから、受賞させれば最年少受賞で話題になり、「太陽の季節」以前に芥川賞が社会的ニュースになっていたかもしれない。銓衡委員も、丹羽と石川が推し、宇野も褒めている。舟橋は選評で「曾野を一緒に一所けんめいに推していた丹羽と石川が、曾野が落ちたので大層口惜しがり、『あとは棄権じゃ』と云って二人共、席を立ってトイレットへ入ってしまったのは、ユーモラスな風景であった」などと書いている。二作受賞でも良かったろうに。あと野口冨士男と大田洋子がおり、大田はもう新人ではないというので外されたというが、野口はそうではなかったようだ。

吉行淳之介　よしゆき・じゅんのすけ（一九二四―九四）岡山市生まれ、東京で育つ。東京大学文学部英文科中退。大学在学中より同人誌『葦』『世代』『新思潮（第十四次）』に参加。新太陽社で編集者として働いた後、病気療養生活を送りながら、大阪朝日放送の放送原稿を書く。七〇年『暗室』で谷崎賞、七六年『鞄の中身』で読売文学賞、七八年『夕暮まで』で野間文芸賞を受賞。八一年、藝術院会員就任。父は作家・詩人の吉行エイスケ、母は美容家の吉行あぐり、妹は女優の吉行和子と芥川賞作家の吉行理恵。

第32回
（1954・下）

小島信夫「アメリカン・スクール」

偏差値
49

みすず書房

銓衡委員のうち、岸田國士が死に、坂口安吾が抜けて、この回から井上靖が加わった。

小島は、岐阜出身、東大英文科卒で、この時は四十歳、明治大学工学部助教授として英語を教えていた。兄や姉がむやみと早死にする中、のち五歳年上の妻も乳がんで五十三歳で死んだ。すぐ再婚するが、この前の妻がアメリカ人と密通した事件を『抱擁家族』として書いて絶賛された。江藤淳が先頭に立って褒めたが、江藤は、米国に敗けて、母の記憶が踏みにじられた、つまり米国に母を奪われたという意識を持っているから、米国関係の小説にはビンビン感応してしまうのである。

そのあと小島は「町」を『群像』に連載し始めるのだが、これが途中で「別れる理由」と題を変えて延々十数年連載された。ひたすら自身の周辺で起きたことをダラダラダラダラと書き連ねる実に退屈でしかも読者をなめきった小説で、『別冊宝島　現代文学で遊ぶ本』（一九九〇）で渡部直己が小島信夫の堕落として痛罵《つうば》している（もっともその文章が蓮實重彥そっくり）。文壇のパーティに出かけて実在の作家や文藝評論家に会ったり、主人公から作者に電話がかかってきたりして、何だか面白いとされて、全三巻で単行本化されて野間文芸賞を受賞した。だがあまりにつまらないので講談社ですら文芸文庫になどしない。どういう内容かは坪内祐三の『『別れる理由』が気になって』に詳しく書いてある。

小島は政治的に保守派だったせいか江藤淳と親しく、江藤は連載中に、「小島さんとしては、編集部がなぜ、やめてくれ、と言ってこないんだという気持ちなのでは」などとむりやりな小島擁護をしていた。

その後も小島は大して変わらず、「読売新聞」連載の「うるわしき日々」も、老人介護で起きたことをまたとりとめなくダラダラ書いて、それで読売文学賞をとった。晩年の『各務原《かかみがはら》・名古屋・国立』などは、それらの土地で講演した時のことをまたダラダラとりとめなく、しかも途中で原稿がなくなったとか書いているありさま、『残光』もまるで小学生の作文だと言われた。

親族が次々と死んで虚無主義にでもとらわれたのか、とにかく謎の作家であった。それでも保坂和志をはじめとして崇拝者がいて、批評全集やら何やらがどんどん出ているからなお不思議である。その保坂スクールの滝口悠生《ゆうしょう》の退屈な「死んでいない者」を渡部直己が絶賛していたというから転向でもしたのか。

まあそんな現在から見ると、『抱擁家族』がそれほど名作だったかも疑わしいのである。小島は「無重力文体」などと言われていたが、単に下手だっただけなんじゃないか……。

小島信夫　こじま・のぶお（一九一五―二〇〇六）岐阜県稲葉郡加納町（現・岐阜市）生まれ。東京帝国大学文学部英文学科卒。大学卒業の翌年に入隊。中国に暗号兵として従軍。五七年、米国へ留学。六五年『抱擁家族』で谷崎賞、七二年『私の作家評伝』で芸術選奨文部大臣賞、八一年『私の作家遍歴』で日本文学大賞、八二年『別れる理由』で野間文芸賞、九七年『うるわしき日々』で読売文学賞を受賞。八九年、藝術院会員就任。

庄野潤三「プールサイド小景」

偏差値

54

みすず書房

庄野も、中学校の教科書に載っていて、その顔写真を見て、これが作家？　と怪訝《けげん》に思ったほどで、しかし大阪の帝塚山学園の創設者の息子で、兄は学長を務めた児童文学者の庄野英二である。のち、これまた江藤淳がとりあげていた『夕べの雲』を読んだ。江藤は、ここに描かれている父親こそが「治者《ちしゃ》」なのだと書いていたが、何のことはない、普通の家庭の普通にちゃんとした父親だというだけのことだったが、若い頃だから、こういうシブさが分からないといけない、と思い込んだ。若い頃は、「シブさが分からないといけない」という思いにとりつかれたりするものだ。

その頃庄野は『サヴォイ・オペラ』（河出書房新社）という本を出していて、朝日新聞にも書評が出た。私は当時『ミカド』が好きでくりかえし聴いていたので、数年後に購入したが、驚いたのは、ギルバートとサリヴァンのサヴォイ・オペラについての記述なのに、中途で終わっていて、『ミカド』が出てこなかったのである。こういう不完全な本を出して、それが新聞書評されるとはどういうことか、と憮然《ぶぜん》とした。

なおこの回の直木賞は、梅崎春生が「ボロ家の春秋」で受賞した。これはなかなか面白い滑稽小説である。

庄野潤三　しょうの・じゅんぞう（一九二一―二〇〇九）大阪府東成郡住吉村（現・大阪市）生まれ。九州帝国大学法文学部卒。朝日放送勤務のかたわら創作を続ける。五七年から一年間、米国オハイオ州ガンビアのケニオン大学で客員として過ごす。六六年『夕べの雲』で読売文学賞、七一年『絵合せ』で野間文芸賞を受賞。七八年、藝術院会員就任。

第33回
(1955年上)

遠藤周作「白い人」

偏差値

38

大日本雄弁会講談社
装幀:川端実

遠藤周作は、「第三の新人」の中でも人気作家だった。通俗作家ではないかとも思われていた。私が小学生のころ、「狐狸庵《こりあん》先生・遠藤周作」といって、「どくとるマンボウ・北杜夫」とともにコーヒーのCMに出ていた。「第三の新人」の交遊ぶりは、遠藤や安岡、吉行らがエッセイに書いて、むしろ彼らはエッセイのほうに人気があった。遠藤には『わたしが・棄てた・女』のような通俗小説も多く、これは二度映画化されている。

しかし遠藤が友達の作家に「もしもし、こちら税務署ですが」といたずら電話をかける、などという話には、いい大人が、と呆れ、自分が年齢を重ねてくると、何という寂しい人だろう、と思うようになった。

カトリックだったが、晩年、死の恐怖から逃れられなくなったのか、「シンクロニシティ」などと言いだし、「朝日新聞」でF・D・ピートの『シンクロニシティ』を熱心に推薦したため、一時これが売れるという現象が起きた。最後の『深い河《ディープ・リバー》』も、むしろアジア思想へ転向してオカルトになっていた。

代表作は『沈黙』なのだろうが、これも通俗的である。これは「日本的なキリスト教理解」として論じられることが多かったが、むしろ単なるバカであろう。神が答えたりするはずがない。その意味ではドストエフスキーの「大審問官」もバカバカしいのである。

九大の生体解剖事件を扱った『海と毒薬』も名作扱いされているが、私にはよく分からなかった。しかもこれは第二部があるそうだ。実際にあった事件なら、ノンフィクションを読んだ方がいい。

私はキリスト教徒ではないから、キリスト教文学に反応する必要はないのだが、それにしても遠藤のキリスト教のとらえ方は通俗的に過ぎるだろう。「白い人」は、ドイツ占領下のフランスで、ナチスに協力した青年の話で、少しも面白くなかった。ナチスがどうしたとかいう話を日本の作家が書くことに私は意味を見出せない。熱心に推したのは石川と井上で、あとは割合消極的で、宇野浩二は「委員会の日の翌日にこの作品を二度も読んでみたけれど、その結果、この小説は芥川賞に該当しない、と、ここで、言明する」と書いている。

遠藤には『留学』という作品があり、自分が留学中に感じた惨めさを元ネタにしているが、一番まともに読めたのはこれである。遠藤は「つらいからこそ笑いを用いる」と言っていたが、遠藤の作品で笑えたものなど一つもない。その点は、井上ひさしに似たものを感じる。

遠藤周作　えんどう・しゅうさく（一九二三―九六）東京府北豊島郡（現・豊島区）生まれ。幼少時代を満州で過ごす。慶應義塾大学文学部仏文科卒。出版社勤務後、五〇年にリヨン大学に留学。帰国後、文化学院講師のかたわら創作を続ける。六六年『沈黙』で谷崎賞、七九年『キリストの誕生』で読売文学賞、八〇年『侍』で野間文芸賞を受賞。八一年、藝術院会員就任。九六年、文化勲章受章。

第34回
(1955・下)

石原慎太郎「太陽の季節」

偏差値
38

新潮社

この時まで、川上宗薫《そうくん》が三回候補になっており、この次こそは、と思っていたら候補にならなかった。小沼丹も常連だったがこの時はない。常連で候補になったのは藤枝静男だけで、あとは同人雑誌から、箸にも棒にもかからない候補を三人揃え、「太陽の季節」シフトにした。この時から中村光夫が銓衡委員に加わっている。のちに中村は、交渉に来た文春の重役に、あれは作家がやるもんじゃないですかと言うと、重役は、いえ文藝評論家ではなく作家としての中村さんにお願いに来ました、と言った、と書いているが、これは錯誤であろう。中村が最初の小説『わが性の白書』を書くのは一九六三年のことである。なお文藝評論家が銓衡委員をやるのは、戦時中に河上徹太郎がやっている。

今では各文藝雑誌が公募の新人賞を設けているが、その先鞭をつけたのは、『文學界』と『中央公論』で、この年、石原が第一回文學界新人賞を受賞、秋には深沢七郎が「楢山節考《ならやまぶしこう》」で中央公論新人賞を受賞した。

ところが、深沢はそれで絶賛され、しかし芥川賞候補には一度もならなかったのである。

「太陽の季節」は社会的センセーションを巻き起こしたが、以後、この作品は、概して、くだらないと言われてきた。そして実際くだらない。石原は、『わが人生の時の時』で初めてまともな文学作品を書いた。
この前の回に十九歳の坂上弘が「息子と恋人」で候補になり、恐るべき十代と言われたが、恋人が妊娠して死んでしまうというところが「太陽の季節」と似ている。これは二人ともフォークナーの『野性の棕櫚《しゅろ》』をまねたからだろう。石原と坂上は接点はなかったが、江藤淳は湘南高校で石原の後輩、日比谷高校と慶大で坂上の先輩と、双方と接点がある。

石原慎太郎　いしはら・しんたろう（一九三二―　）兵庫県神戸市生まれ。一橋大学法学部卒。参議院議員、衆議院議員、環境庁長官、運輸大臣、東京都知事を務めた。七〇年『化石の森』で芸術選奨文部大臣賞、九六年ミリオンセラーとなった『弟』で毎日出版文化賞特別賞を受賞。

第35回
（1956・上）

近藤啓太郎「海人舟」

偏差値
46

文藝春秋新社
カバー:中村彜

近藤啓太郎は「第三の新人」の一人である。このあと、官能小説を書いたりした。なお、純文学作家が生計のために官能小説を書くというのが昔はあったが、今は官能小説は専門の書き手が多くいるため、それは不可能である。

のち『奥村土牛《とぎゅう》』で読売文学賞を受賞するが、妻の死までを描いた『微笑』（一九七四）というのがあり、これが一番いいものだろう。「海人舟《あまぶね》」は漁の話で、「太陽の季節」のあとだから地味なのを選んだという感じである。一九九一年には老人の性を描いた『白閃光』が出ている。

この時は有吉佐和子が「地唄」で候補になっていて、有吉は候補作が「キリクビ」でないからダメだと思ったというが、結局すぐに流行作家になってしまい、直木賞もとれずに終わった。当時の芥川・直木賞は、人気女性作家には冷淡だったのである。

近藤啓太郎　こんどう・けいたろう（一九二〇―九二）三重県四日市市生まれ。東京美術学校日本画科卒。約一年間の漁師生活を経て、中学校教師のかたわら創作を続ける。丹羽文雄主宰の同人誌『文学者』に参加。日本画についての造詣も深く美術評論も手掛けた。

第36回
（1956・下）

受賞作なし

この時、今東光が『お吟さま』で直木賞を受賞している。大正末、菊池寛と喧嘩して比叡山で修行、出家し、文壇から離れていたと言われ、この時長い中断をへて五十八歳にして復活したと言われる東光だが、谷崎潤一郎に師事しており、創作はある程度発表していた。この後は、参議院議員になったりテレビに出まくったり放談エッセイを書いたり対談をしたりと八面六臂の活躍をした。とはいえ、小説にいいものがあるかと言うと疑問である。

第37回
（1957・上）

菊村到「硫黄島」

偏差値

50

文藝春秋新社
装幀:勝呂忠

菊村到は、戦前の作家で、戦後は平塚市長を務めた戸川貞雄の次男で、兄は『小説吉田学校』の戸川猪佐武である。本名は戸川雄次郎。下の妹の戸川静子も、直木賞候補になった作家である。

それ以前から本名で『文學界』などに投稿していたが、石原慎太郎がスターになったので、菊村の筆名で文學界新人賞に応募して受賞した。連絡を受けて文藝春秋新社へ行くと、編集者から「なんだ、君か」と言われたという。今では応募原稿には本名を書くし、そういうことはあるまい。

文學界新人賞が年二回だったのは（最近年一回になった）芥川賞へつなげるためだが、初期には城山三郎、深田祐介が受賞し、城山はほどなく直木賞をとるが、その後はあまりぱっとせず、ダイレクトに芥川賞につながったのは次は丸山健二である。

菊村はすぐに通俗作家になり、推理・サスペンス小説を量産した。

この頃、北杜夫と津田信が候補の常連だが、北は『幽霊』を書いて天才と言われたあとのことである。

この後、河出書房が倒産し、『文藝』も休刊になるが、河出書房新社として再建される。だが「河出書房」という会社は今でも存続していて、自費出版の出版社である。

菊村到　きくむら・いたる（一九二五―九九）神奈川県平塚市生まれ。早稲田大学文学部英文学科卒。読売新聞社で社会部、文化部の記者として勤務し、五七年退社。晩年は主に官能サスペンスを、文庫書きおろし作を中心に書いていた。

第38回
（1957・下）

開高健「裸の王様」

偏差値

42

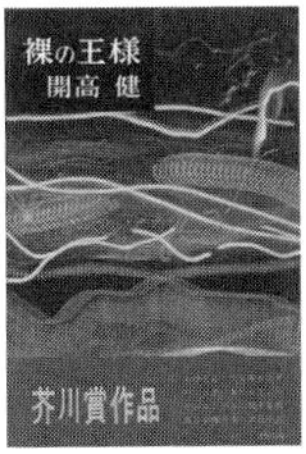

文藝春秋新社
装幀:坂根進

「かいこうたけし」「かいこうけん」双方の読みがある。城山三郎は、文學界新人賞をとっても、なかなか書いた小説を載せてくれないので文句を言うと、「今は、大江、開高の時代だよ」と言われたという。だが、当時の城山は順調に作品を発表して直木賞に至っており、成功した作家はしばしば初期の苦労を誇張する。

だが、開高健が、日本近代最大の作家である大江健三郎と併称されたなどというのは、谷崎潤一郎がその初期に長田幹彦と併称されたというのと同じくらい奇妙に思える。

大阪で開高と同人雑誌『えんぴつ』をやっていた谷沢《たにざわ》永一は、開高の才能に圧倒されて作家志望を諦めたと書いているが、まあ同人誌でそういうことがある程度の才能はあるだろう。だが初期の「パニック」「裸の王様」「巨人と玩具」などを見ても、下手な作家だなあと思うだけである。大江の「奇妙な仕事」がずば抜けた才能を感じさせるのとは対照的だ。

その後は、梁《ヤン》石《ソ》日《ギル》から聞いた戦後大阪の「アパッチ族」の話『日本三文オペラ』（しかしこれは武田麟太郎のタイトルを拝借している）は、文体の冴えがある。開高は、今では開高健ノンフィクション賞が設けられているくらいで、半分くらいノンフィクション作家だった。徳島ラジオ商殺し事件を題材とした『片隅の迷路』があり、ベトナム戦争従軍記『輝ける闇』がある。その後は海外へ行っての釣りものである。「闇」シリーズの第二作『夏の闇』の通俗性には目を覆わしめるものがある。

谷沢の『回想 開高健』によると、詩人の牧羊子は開高の七歳上で、『えんぴつ』に参加して開高を狙い、その童貞を奪って妊娠し、まだ二十二歳の開高を結婚生活に引きずり込み、開高は妻恐怖からうつ病になり、海外行きの飛行機に乗ってそれが離陸するとすうっとうつが治ったという。

開高は晩年に『耳の物語』という自伝的長編を書き、そこでは牧との関係も描いてはいるのだが、結局は悪妻から逃げる度胸のない人だった。とはいえ初期の作品を見ても、なんで評価されたのかは、いまだに分からない。

開高健　かいこう・たけし（一九三〇―八九）大阪市生まれ。大阪市立大学法学部卒。大学在学中から洋書輸入商など様々な職に就く。壽屋《ことぶきや》（現・サントリー）宣伝部入社、雑誌『洋酒天国』の編集やキャッチコピーの作成を担当。芥川賞受賞後に退職。七九年「玉、砕ける」で川端賞、八七年『耳の物語』で日本文学大賞を受賞。

第39回
（1958・上）

大江健三郎「飼育」

偏差値
58

文藝春秋新社
装幀:福沢一郎

選考委員に、井伏鱒二、永井龍男が加わる。

大江健三郎は、今世紀に入って、近代日本最大の作家になった。前世紀までだと、せいぜいが戦後最大の作家だったが、伊丹十三を描いた『取り替え子《チェンジリング》』からあと、その達成は谷崎や川端、漱石を超えるにいたった。

だが、芥川賞受賞作「飼育」に、私はそれほど高いポイントはつけられない。「奇妙な仕事」なら六二をつける。「奇妙な仕事」は奇蹟の処女作であり、人間存在のざらりとした感触を、日本文学にかつてない表現で表していた。最近の『大江健三郎自選短篇』（岩波文庫）では、ここに出てくる「私大生」が「院生」に変えられているがこれはよくない。「私大生」という表現が差別的だと当時から言われていたというのだが、私は別にそうは思わないし、仮にそうだとしても、これは語り手兼主人公の「ぼく」が言っているので、「ぼく」の意識を表しているだけだ。つまり語り手と作者を混同した上での改変である。

この前に候補になった「死者の奢り」は、いかにも「奇妙な仕事」の二番煎じだ。「飼育」は、まず長すぎる。あと『芽むしり仔撃ち』とともに、感心しないのは、子供の共同体というものを美化しているからである。ゴールディングの『蝿の王』が描いた子供の実態とは別種のものだ。大江のそれ以外の作品に偏差値をつけるなら、『個人的な体験』六八、『万延元年のフットボール』八〇、『取り替え子』七八、といった感じであろうか。

なおこの回は、石崎晴央《はるお》が候補にいるが、これは松山商業高校から愛媛大学へ進んだ、大江と同学年で、三島の再来と言われた作家である。ただ精神を病んで愛媛へ帰った。また北川荘平が芥川・直木両賞で候補になっているが、これは華々しくそうなったというよりは、どちらもとらないと思われたからに過ぎないだろう。こちらもその後は大したことはなかった。死屍累々である。

この回は山崎豊子が『花のれん』で直木賞を受賞した。これは名作である。

大江健三郎　おおえ・けんざぶろう（一九三五―　）愛媛県喜多郡大瀬村（現・内子町）生まれ。東京大学文学部仏文科卒。在学中『東大新聞』学生小説コンクールに「奇妙な仕事」が入選し作家デビュー。六七年『万延元年のフットボール』で谷崎賞、七三年『洪水は我が魂に及び』で野間文芸賞、八三年『「雨の木」を聴く女たち』で読売文学賞、八三年『新しい人よ目覚めよ』で大佛次郎賞、八四年「河馬に噛まれる」で川端賞、九四年にノーベル文学賞を受賞。

第40回
（1958・下）

受賞作なし

この回は、吉村昭が初候補、山川方夫が二度目、金達寿が二度目の候補である。吉村の、四回候補になった不遇時代のことは『私の文学漂流』に詳しい。なお何度も候補になるというのは、選ぶ日本文学振興会ではとらせたいと思っているのだから、本人としては嫌だが、文春では好意を持っているのである。しかし吉村、山川、金といったあたりについに授与しない選考委員というのも、どうも困ったものである。山川など、「海岸公園」の時は川端と井伏が推しているのになぜとれなかったのか。

なお五八年には、『群像』が新人文学賞を創設している。同じ年に『婦人公論』も「女流新人賞」を設けているが、こちらからは芥川賞作家は一人も出ていない。

第41回
（1959・上）

斯波四郎「山塔」

偏差値

48

文藝春秋新社
装幀:内田武夫

斯波四郎は受賞時、四十九歳なので、由起しげ子を抜いて最年長記録を更新した。初候補である。芥川賞は、候補になる回数を重ねると不利になる傾向がある。というのは、その候補となった作家の考え方などが次第に知れていったり、酒場で選考委員の悪口を言って荒れたり、選考委員の誰それが好きじゃないとか言ったのが漏れたりするからである。だから芥川賞をとるには、ひたすら隠忍自《いんにんじ》重《ちょう》して選考委員の悪口など言わないようにしなければならない。直木賞も同じことだ。だが落選後荒れる作家も結構いるらしい。

これは学者の就職と似ていて、大学院生などをやっていて本を出したりメジャーな雑誌に寄稿したりすると、妬まれて就職が難しくなったりするということがある。だから東大の人事などを見ていると、なるほどこういう地味なところをとるか、と感心したりする。

斯波が受賞したのもこのメカニズムであろう。「山塔」は、山蔭素吉という四十くらいの男が、静子という女とともに、三十年前に父が墜落死したという郷里に帰り、自身の先祖の「山水河原者」に思いをはせ、老師から話を聞き、天然の岩の塔の声を聞こうとするという、幻想小説風で、かなり変な小説なのだが、選考委員が、これを推すのは自分だけじゃないかと思って出ていくとほかにも数人が推して決ってしまうというパターンである。

斯波四郎　しば・しろう（一九一〇―八九）山口県阿東町生まれ。第五高等学校理科甲類中退。東京日日新聞社に入社し、従軍記者として戦地に随行した後、『サンデー毎日』の編集者として勤務。丹羽文雄主宰の同人誌『文学者』に参加。五五年には同人誌『立像』を創刊。

第42回
（1959・下）

受賞作なし

この回は、川上宗薫、なだいなだ、坂上弘、小堺昭三《あきみつ》が候補にいる。直木賞は司馬遼太郎と戸板康二《といたやすじ》が受賞した。

直木賞とは何か

芥川賞と直木賞の違いは、といえば、まず、純文学と大衆文学というのが答えだ。それに付随して、芥川賞は新人、直木賞はある程度実績のある者、という風にくる。九九年体制以降は、芥川賞は文藝雑誌に載った二五〇枚以下の中短編、直木賞は単行本の長編ないしは短編集、と決まったから、昔からそうなのだと思っている人がいるが、三好京三の「子育てごっこ」など、文學界新人賞をとってそのまま直木賞をとったし、芦原すなおの『青春デンデケデケデケ』は文藝賞から直木賞だ。

単行本といっても、マイナーな出版社ではダメである。新潮社、文藝春秋、講談社、角川書店（KADOKAWA）、集英社、小学館、光文社、徳間書店、中央公論新社、NHK出版、実業之日本社、幻冬舎、祥伝社、河出書房新社、ポプラ社、マガジンハウス、朝日新聞出版、毎日新聞出版、東京創元社、日本経済新聞出版社、PHP研究所、早川書房といったあたりである。直木賞のことなら何でも知っている川口則弘は、山田邦子が太田出版から次々と小説を出して、直木賞をとれるんじゃないかと言われていた時のことをブログに書いて、「太田出版から何冊出しても、そこに直木賞への道なんてありません」と断言していて、私ですら、目からウロコが落ちた。

九九年体制以前には、双葉社や新人物往来社があったが、以後はなく、ほとんど小説を出さない平凡社や青土社や白水社から万一小説を出しても、候補になる可能性はゼロに近い。

さらには、確かに売れていて流行作家なのに、候補にならない作家がいる。今でいえば、今野敏《びん》や百田尚樹である。時代小説は有利だと言われるが、梓澤要《あずさわかなめ》や塚本青史《せいし》もならない。相撲なら、あらゆる力士がチャンスを与えられるが、文学賞においては、候補にしてもらえなければどうしようもない。

さて、井伏鱒二や梅崎春生、檀一雄など、純文学作家とされている者が直木賞をとると、純文学と大衆文学（エンタメ）の境界が曖昧になった、などと言われることがある。もっともこれは、新人ではなくなった者に、ふと日本文学振興会が情け心か何かを起こして候補にした、という程度のことに過ぎないのだが、世の中には、純文学と大衆文学などという区分はなくしてしまおう、と言う人、というのがいる。

しかし、直木賞に関して言えば、大衆文藝とはいってもかなり高級なほうを対象にしているのである。車谷長吉はもちろん、伊藤桂一や佐木隆三、杉森久英など、受賞作は別に純文学だと言ってもおかしくないものだ。

おそらく、創設当時、久米正雄や菊池が書いていた通俗小説は、仮に彼らが銓衡委員でなかったら、候補にされないであろう。世間には「直木賞以下」の小説というのはゴマンとあって、そういうベタベタの通俗小説から、ポルノ、少女小説（コバルトシリーズなど）や今日のラノベに至る。推理小説やSFに冷たいとはいうが、推理小説は初期に木々高太郎がとっているし、最近では普通にとるようになった。むしろ今では、ホラー作家あたりが排除されていると言えるだろう。「純文学と大衆文学の境界は曖昧だ」という人は、「どちらか曖昧な作品がある」ということを取り違えているだけで、明らかに純文学でしかないものと、明らかに通俗小説でしかないものは存在する。西洋でも同じことで、推理小説、アクション小説、ロマンス小説は通俗小説で、SF小説でもスペースオペラは通俗小説だろう。十九世紀でいえば、デュマ父子は通俗、ユゴーは純文学とされているが、あらかたは曖昧な領域にある。西洋では『ドン・キホーテ』が仮想敵とした『アマディス・デ・ガウラ』のような騎士道小説のほか、バロック小説、マニエリスム小説といった冒険小説があり、一般の文学史には載っていない膨大な量の通俗文学が存在する。

昭和初年に、「世界大衆文学全集」というシリーズが改造社から出ているが、『紅はこべ』などに混じって、ユゴーの『九十三年』、ジョージ・エリオット『ロモラ』、ハーディ『テス』、ディケンズ『二都物語』、『ジェイン・エア』、『ロビンソン・クルーソー』、『カルメン』、『ガリヴァー旅行記』などが入っていて、なるほどそう言われればそうなので、十九世紀西洋の小説というのはあらかた大衆文学なのだとも言えるが、実際にはもっとひどい通俗小説で、ディケンズよりはるかに売れたのがある。

二十世紀の西洋では、微妙な例とされるのは、モーム、『クオ・ワディス』、『風と共に去りぬ』、『大地』、グレアム・グリーンやヘミングウェイあたりだが、『ユリシーズ』のような前衛でない限り、あらかたは曖昧な位置にあると言えるだろう。マン・ブッカー賞やゴンクール賞は、この曖昧な中から選んでいる。

1960年代

第43回
（1960・上）

北杜夫
「夜と霧の隅で」

偏差値

42

新潮社
装幀:大辻清司

北杜夫も、奇妙な作家である。斎藤茂吉の次男で、昭和二年生まれ。旧制松本高校で、辻邦生とともにトーマス・マンに心酔し、東北大学で医学を学ぶ。「トニオ・クレーゲル」から、「杜二夫」という筆名を作り、二を抜いて杜夫とした。

精神科医をしながら小説を書き、一九五三年に「幽霊」を同人誌『文藝首都』に分載、五四年に自費出版した。一部で天才と言われ、奥野健男宅のパーティで三島由紀夫に会い、三島が「てふど」と書いているが間違いだと指摘して三島を激怒させた。それから芥川賞の候補になり始め、四回目、三十三歳での受賞である。

一九五六年に、ナチスの収容所から生還したフランクルの『夜と霧』の邦訳が刊行されている。「夜と霧」はナチスの作戦名で、北の作品はユダヤ人虐殺を食い止めようとした日本人の精神科医の青年らを描いている。

のち一九八〇年下期の直木賞を受賞した中村正軌《まさのり》の『元首の謀叛《ぼうはん》』は、日本人が出てこない小説として話題を呼んだ。辻邦生の『背教者ユリアヌス』などの歴史小説ならともかく、現代の海外を舞台として日本人が出てこない小説は珍しい。遠藤の「白い人」もそうだが、私にはどうも違和感がある。

北の場合は日本人を出しているわけだが、フィクションだからそらぞらしい。どうもナチスや原爆は、今でも「まじめ中のまじめ」な題材とされている感があって、作品の達成度を度外視して評価される傾向がある。

　北は知られる通り、ほどなく『どくとるマンボウ航海記』を出し、ユーモアエッセイの書き手としても人気を博した。と同時に躁鬱病になり、躁状態の時は自宅を「マブゼ共和国」として独立させたりした。マンの『ブッデンブローク家の人びと』に倣って、斎藤茂吉家を描いた『楡家《にれけ》の人びと』を書いたのが、純文学作家としての代表作だろう。ただし私には『ブッデンブローク』も『楡家』も面白くはない。『白きたおやかな峰』では、「白き」という文語と「たおやかな」という口語が混じっていると三島に逆襲された（文語なら「たおやかなる」）。その他は『怪盗ジバコ』とか『さびしい王様』など童話風の作品を多く書いた。中央公論社の宮田毬栄《まりえ》の仲介で埴谷雄高《はにやゆたか》と親しくしたが、藝術院会員にもなっている。また「青年茂吉」などの茂吉伝記を岩波の『図書』に連載し、大佛次郎賞をとっている。私にはこれが一番面白かった。何しろ岩波から出ているのに、岩波は最近はろくでもない本を出すなどと書いてあるのだ。

なおこの回は、安保反対運動の後で、倉橋由美子の「パルタイ」も候補に上っているが、落選した。

北杜夫　きた・もりお（一九二七—二〇一一）東京市赤坂区（現・港区）生まれ。東北大学医学部卒。山梨県甲府市の病院、水産庁の漁業調査船の船医、慶応大学病院などの勤務を経て作家デビュー。六四年『楡家の人びと』で毎日出版文化賞、八六年『輝ける碧き空の下で』で日本文学大賞、斎藤茂吉評伝四部作で大佛次郎賞を受賞。九六年、藝術院会員就任。

第44回
（1960・下）

三浦哲郎「忍ぶ川」

三浦は、初候補での受賞、二十九歳である。不幸な境遇の女との恋愛と結婚を描いている。選考委員は口を揃えて、清純といい、古風と言っている。のちに村上春樹を「現代風『忍ぶ川』」とした人もいる。三浦は井伏の弟子で、井伏が推している。

しかし、私小説として見ると、恋が実って芥川賞もとって良かったね、ということになってしまい、単なるリア充小説になりかねない。清純ということでは、「伊豆の踊子」のほうが数等上で、偏差値なら六八くらいである。

三浦には『ユタとふしぎな仲間たち』という児童文学の名作があり、後年の「みのむし」などの東北の貧しさを主題とした連作短編もいい。

三浦はある時読者に声をかけられ、「奥さんの小説も読んでいます」と言われ、さては自分を三浦朱門と勘違いして、曽野綾子のことを言っているのだなと思ったが、話を聞いていると「奥さん」というのは『氷点』の三浦綾子のことで、作家である朱門の妻を自分の妻だと思われるのはいいが、三浦綾子の夫は一般人なので、それはまずい、と思ったと書いていた。こういう話はいい。

偏差値
55

新潮社
装幀:赤坂三好

三浦哲郎　みうら・てつお（一九三一―二〇一〇）青森県八戸市生まれ。早稲田大学第二政経学部経済科を休学し、八戸の中学校に助教諭として勤務。五三年、早大第一文学部仏文学科へ再入学し卒業。PR誌編集会社勤務のかたわら作家デビュー。七六年『拳銃と十五の短篇』で野間文芸賞、八三年『少年讃歌』で日本文学大賞、八五年『白夜を旅する人々』で大佛次郎賞、九〇年「じねんじょ」と九五年「みのむし」で川端賞を受賞。八八年、藝術院会員就任。

第45回
（1961・上）

受賞作なし

山川方夫が「海岸公園」で、宇能鴻一郎が「光りの飢え」で候補になっていた。直木賞は水上《みずかみ》勉《つとむ》が『雁の寺』で受賞した。のち直木賞選考委員をへて芥川賞選考委員になる。

第46回
(1961・下)

宇能鴻一郎「鯨神」

偏差値

42

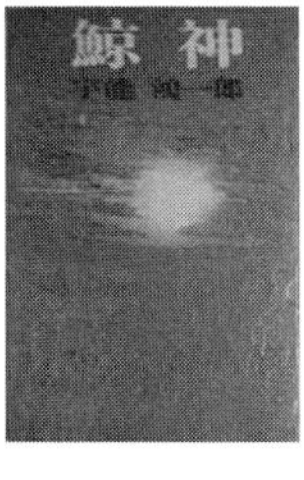

文藝春秋新社
装幀:坂根進

宇能鴻一郎は九〇年代半ばから新著を出さなくなっていたが、二〇一四年に『夢十夜 双面神ヤヌスの谷崎・三島変化《へんげ》』というのを出したから買って読んだら、谷崎と三島が天国で狸と牛になったりして珍問答をする珍奇な作だった。宇能は東大国文科にいて、大江とほぼ同期、大学院博士課程まで行っている。修士論文は「原始古代日本文化の研究」という大ざっぱなものだ。芥川賞受賞時、大江健三郎と対談もしているが、文藝誌に純文学を書いていたのは五年くらいで、それもエロティックなものが多く、それから中間小説誌に移り、いわゆるポルノ小説へ転じたのは一九七〇年くらいである。しかし宇能のポルノは、あまり「そそる」ものではなく、コミカルな味わいを狙っている。それも好きで書き始めたと言うし、まあかなりの変人だろう。ただ一つ、『斬殺集団』という新撰組を扱った小説があり、私も新撰組は人殺し集団だと思っているので、これはいい。

しかし「鯨神」は、どうということのない鯨捕りの話である。なおこの回では吉村昭の「透明標本」が候補になっており、吉村には、宇能と二作受賞だと連絡が行った。吉村が文春へ駆けつけると、それは間違いだったという悲惨な話がある。あとで「透明標本」は名作とされるようになるし、こういうところは芥川賞、どうかしている。

宇能鴻一郎　うの・こういちろう（一九三四―　）札幌市生まれ。父の転勤に伴い、満州で少年時代を過ごす。東京大学大学院国文学博士課程中退。大学在学中より同人誌『半世界』に参加。七〇年代頃より、官能小説家となる。

第47回
（1962・上）

川村晃「美談の出発」

偏差値
40

文藝春秋新社
装幀:谷内六郎

戦後派、第三の新人のあと現れた、石原、大江、開高の三人を「戦無派」などとしている文献もあり、この名称は定着しなかったが、三人（と江藤淳）は同世代とされた。そのあとは「内向の世代」なのだが、これは六〇年代後半から七〇年代前半に現れる。大江以後、芥川賞は停滞したと言われるが、この頃から、山川方夫、吉村昭のような実力作家が何度候補になっても受賞させない選考委員のかたくなさが目立つようになる。そうなると、「悪役探し」が行われ、芥川賞がとれず直木賞をとった立原正秋は、のち選考委員を攻撃して、舟橋聖一を槍玉にあげたのだが、仔細に見ると、誰がよくて誰が悪いということは決められないのである。山川も吉村も、その時々で推している委員はいて、推さない委員は別の時にはいい推し方をしている。

大学で人事などやると、AとBという候補者がいて、それぞれ推す人がいて決まらない時に、Cという、AやBより業績は劣るのを持ち出す人がいて、漁夫の利的に決まってしまうことがある。芥川賞にも、そういう傾向があるようだ。

宇野浩二、佐藤春夫があいついでいなくなり、この回から石川淳と高見順が加わった。高見は、自身が落選して選考委員になった作家である。

川村晃は共産党の活動家で、子持ちの女性と結婚した経験を描いたのが「美談の出発」だが、エアポケット的受賞で、その後も大したことはなく終わった。
このあと、河出書房の『文藝』が文藝賞を公募新人賞として創設し、第一回を高橋和巳が『悲の器』で受賞している。

川村晃　かわむら・あきら（一九二七―一九六八）台湾・嘉義市生まれ、静岡県沼津市で育つ。陸軍航空通信学校在学中に敗戦を迎える。様々な職に就きながら創作を続ける。姪は歌手の川村カオリ。

第48回
（1962・下）

受賞作なし

この回、加藤浩子という二十二歳の立教大学生の「白猫」が候補になっている。この人はこの頃、日本文学研究者で立教大教授になる平山城児《じょうじ》と結婚した。その息子が作家の平山瑞穂である。城児の祖父は大正ころの作家・平山蘆江《ろこう》で、父は平山清郎《せいろう》という編集者だったが、仕事はろくにせず小説にとりつかれて書き続け、しかし完成させることができないという人だった。清郎の妻は森下宮子という元宝塚女優で、川端康成が『歌劇学校』として少女雑誌に連載したのは、この宮子の代作であり、宝塚時代のことを描いたものである。

城児は、妻が作家として成功し、自分が嫉妬することを恐れたのか、これ以後、妻に執筆を禁じたという。しかし「白猫」は、同人誌掲載としても凡庸な出来で、それは杞憂だっただろう。

第49回
（1963・上）

後藤紀一「少年の橋」

後藤紀一は画家で「ずぶの素人」とされている。四十八歳で、子供の頃の思い出をつづっただけのものである。私としては、やはり芥川賞は文学を志している人に授与してほしい。吉村昭を落し続けてこういうものに授与するというのは、どうかしている。

偏差値

40

文藝春秋新社
装幀:佐野繁次郎

後藤紀一　ごとう・きいち（一九一五―九〇）山形県東村山郡山辺町生まれ。山辺小学校高等科卒。画家を志しながら、京都の友禅工房に奉公。その後、山形で図案工房を開き、日本画で県展、日展入選。

河野多恵子「蟹」

偏差値
58

新潮社
装幀:村上芳正

河野多恵子は、不思議な作家である。いや、大庭みな子もそうだ。つまり、そんなに偉いのか、という疑問がある。

河野は、猟奇的な主題を扱い、谷崎潤一郎を崇拝する作家として知られる。しかし『細雪』は評価しない。『みいら採り猟奇譚』のような、戦時中、SMプレイに興じる夫婦を描いた長編があるが、こういうのがどの程度河野の実体験なのかということを問う人がいない、という点でも奇妙である。『みいら採り猟奇譚』や、『後日の話』などの長編は、内実に対して長すぎるが、その点を批判する声はほとんどなかった。『週刊朝日』の匿名「蝿」が批判しただけだ。そして藝術院会員になり、文化勲章までとったが、そんなに偉い作家かといえば疑問で、しかしそれなら永井龍男だって同じことだ。

谷崎潤一郎賞を受賞した『一年の牧歌』という長編があるが、特に優れているとは思えない。永山則夫が文藝家協会に入会しようとした時、反対して「そんな人が入ってきたら、わたし、怖いわよ」と言ったという。山田詠美との対談で、「文学をなめている人はダメですね」と言っているのを見て、ちょっと背筋が寒くなったのは、それが特定の人をさしているように思えたからだ。また『春琴抄』

について、佐助犯人説というのがあるが、その発端あたりに、河野が、別の『春琴抄』を書くとしたら佐助を犯人にすると書いている。私は『一冊の本』二〇〇七年九月号（朝日新聞出版）で「河野が言ったという」と書いたが、これは国文学者たちがそう言っているという意味で「という」と書いたのだが、河野は『新潮』二〇〇八年一月号に「『春琴抄』の〈賊〉のこと」を書いて、私の文章を引用元を示さずに引用した。これは著作権法違反だから、今の私なら抗議する。

初期の短編は、しかしまあいいほうだ。「骨の肉」などは英訳されて英語圏の日本文学研究者がよく読んでいる。だが河野の著作で最も読むに耐えるのは、評論『谷崎文学と肯定の欲望』である。むしろ河野はこれから、伝記などが書かれるべき作家だろう。

この回の直木賞は佐藤得二が六十四歳で『女のいくさ』で受賞し、ベストセラーになった。佐藤は川端康成と同期の東大卒の仏教学者である。川端の根回しで受賞したのではないかと噂されたが、ありうることだ。

河野多惠子　**こうの・たえこ**（一九二六―二〇一五）大阪市生まれ。大阪府女子専門学校（現・大阪府立大学）卒。六九年『不意の声』と七七年『谷崎文学と肯定の欲望』で読売文学賞、八〇年『一年の牧歌』で谷崎賞、九一年『みいら採り猟奇譚』で野間文芸賞、二〇〇二年「半所収者」で川端賞を受賞。八九年、藝術院会員就任。二〇一五年、文化勲章受章。

第50回
(1963・下)

田辺聖子「感傷旅行（センチメンタル・ジャーニィ）」

偏差値

52

文藝春秋新社

田辺聖子は、女性に人気があるらしい。だが私には分からない作家である。「ジョゼと虎と魚たち」がいいとか言われるが、私には分からない。初期作品を読んでみたが軽薄で耐えられなかった。後年の俳人・川柳作家伝記は、仕事として尊重するが、特に関心は持てない。『ゆめはるか吉屋信子』などというのがあるが、私は吉屋信子にも関心が持てない。

この受賞作も軽薄である。そこに意味を見出すことはできない。

この回では、井上光晴の『地の群れ』が候補になっており、井上はすでに名をなした作家であり、長編であるという理由で外されたが、石川淳は選評で、どちらの理由も承服できないと怒っている。また文學界新人賞出身の阿部昭が「巣を出る」で初めて候補になったが、中に主人公が、堀辰雄の文庫本を便所の中へ投げ捨てる場面があり、一部委員の怒りをかって、候補から外されたという。

田辺聖子　たなべ・せいこ（一九二八―　）大阪市生まれ。樟蔭女子専門学校国文科卒。大阪の金物問屋勤務を経て、ラジオドラマの脚本を手掛けるかたわら創作を続ける。九三年『ひねくれ一茶』で吉川英治賞、九八年『道頓堀の雨に別れて以来なり―川柳作家・岸本水府とその時代』で泉鏡花賞と読売文学賞を受賞。二〇〇八年、文化勲章受章。

第51回
(1964・上)

柴田翔「されどわれらが日々——」

偏差値

52

文藝春秋新社
装幀:朝倉響子

東大独文科の大学院へ進み、のち東大文学部教授になった柴田翔である。東大教授で芥川賞をとったのはのち松浦寿輝《ひさき》がいる。候補だけなら三浦俊彦がいる。

芥川賞は二五〇枚までとされているが、これは二八〇枚以上はあって上限を超えている。柴田はこれより先に「ロクタル管の話」で候補になっている。柴田ははじめ大学で理系だったので、理系小説であり、これは面白い。

『されどわれらが日々——』は、妙に気取って感傷的な文章で、東大英文科修士課程の院生が主人公であり、親戚で東京女子大生の恋人の佐伯節子がいてセックスしている。しかし彼女は学生運動に入りこんで、彼の前から姿を消す、そんな小説である。だから一見すると恋愛小説のようで、のち『別れの詩』として映画化された時は（森谷《もりたに》司郎監督、山口崇、小川知子主演）、男を官僚にして恋愛ものにしていた。

ところがどうやらこれは学生運動を扱った小説で、「六全協決定」のあとの憂鬱が主題らしい。六全協決定とは、日本共産党の一九五五年の第六回全国協議会決定で、武装闘争路線を放棄するということで、左翼学生にショックを与えたらしい。

学生運動というのは、やった人とやらない人の間に断層を作る。戦前の転向作家でも、林房雄とか尾崎士郎は、なぜか激しい右翼になってしまうが、真ん中に戻るということが難しいらしい。現代でも、柄谷行人《からたにこうじん》や西部邁《にしべすすむ》、林道義や佐藤優《まさる》が、転向したように見えて政治的におかしなことを言い続けるのは、学生運動のトラウマであろう。

柴田のこの小説のヒロインのモデルは、東大教授の政治学者・佐藤誠三郎と結婚した佐藤欣子《きんこ》だとされているのだが、今では二人とも死んで久しく、佐藤健志《けんじ》の両親と言ったほうが分かりやすいか。つまり恋人は「保守」へ転向してしまったのである。

柴田はその後、開高健、小田実《まこと》、高橋和巳らと雑誌を出して政治的文学活動を続けていたが、一九六九年に思いがけず東大助教授に迎えられ、それから十年ほどすると、小説を書くのをやめてしまい、ゲーテの研究などする普通の東大教授になってしまった。定年後ぼちぼち書いてはいたが、往年の勢いはなかった。

この回、立原正秋は「薪能」、山川方夫は「愛のごとく」で候補だった。

柴田翔　しばた・しょう（一九三五―　）東京府南足立郡栗原町（現・東京都足立区）生まれ。東京大学大学院独文科修士課程修了後、ドイツ留学。六九年同大学助教授に就任。教授、文学部長を歴任し、九五年退官、名誉教授。

第52回
（1964・下）

受賞作なし

この選考のあと、一九六五年二月二十日、山川方夫が交通事故で死んだ。三十五歳の誕生日の五日前だった。山川は日本画家・山川秀峰《しゅうほう》の子で、裕福な育ちだったが、てんかんの持病があり、この前に結婚したがうまくいっていなかった。江藤淳は「毎日新聞」の文藝時評一回分を使って山川を悼み、本当に優れた作品を生み出していればこれほど悔みはしなかっただろうと書いた。『日本国語大辞典』〈第二版〉の「事故」の項では、用例として山川の「愛のごとく」から、「女は自動車にはねられ、〈略〉一週間後に絶命した。それが事故か、自殺か、それとも誰かに故意に轢かれたのか、それはわからなかったし」が引かれており、これは山川自身のことを念頭に置いた用例のように思える。

第53回
（1965・上）

津村節子「玩具」

偏差値

58

文藝春秋新社
装幀:藤城清治

津村は吉村昭の妻で、前回「さい果て」で候補になった。これは、売れない時代に、夫婦で東北のほうへセーターの行商に行ったころのことを描いた連作五編の一つで、本にする時、はじめは芥川賞受賞作なので『玩具』の題にしたが、のち「さい果て」に改めている。

妻に受賞された吉村は、受賞式で、「君の気持ち、わかるよ」と言われ、哀れみの目で見られたが、自分は決して何も考えてはいなかったと書いているが、それは強がりだろう。吉村はなぜか、作品はただ同人誌に出せばいいのだと思い、新人賞に応募したりはしなかったが、太宰治賞に応募して受賞し、同時に『戦艦武蔵』を『新潮』に一挙掲載した。のち数年で吉村は菊池寛賞を受賞するが、これは、芥川賞間違え事件のわびの意味もあっただろう。

この決定の数日後に、江戸川乱歩と谷崎潤一郎、高見順が相次いで死んだ。高見は選考会には欠席したが選評は書いた。吉村が高見宅へ行くと、選評の原稿を夫人から見せられた。そこには「受賞した津村君には悪いが、私は夫（吉村昭）のほうを買う」とあって、雑誌では受賞作と関係ないからと言って削られたのだという。「高見に見る目がなかったと言われないようにしてくださいね」と言って夫人は泣いた。

夫婦で作家だとこういうことがある。曽野綾子・三浦朱門はともにとれなかった。

津村節子　つむら・せつこ（一九二八―　）福井市生まれ。学習院女子短期大学国文科卒。在学中に同人誌『赤繪』に参加。卒業の年に結婚。九八年『智恵子飛ぶ』で芸術選奨文部大臣賞、二〇一一年「異郷」で川端賞を受賞。〇三年、藝術院会員就任。〇六年に夫の吉村昭が死去。

第54回
（1965・下）

高井有一「北の河」

高井有一は、明治の作家・田口掬汀《きくてい》の孫である。子供時代に父母を失い、叔父の世話で早大を出て通信社記者をしていたが、三十三歳での受賞である。その後十年は通信社務めを続けた。一番いいのは、友人の死後書かれた『立原正秋《せいしゅう》』で、それ以外は、谷崎賞をとった『この国の空』は退屈だし、野間文芸賞をとった『時の潮』は失敗作である。藝術院会員で、文藝家協会理事長も務めた文壇の重鎮だったが、知名度は低いだろう。受賞作は、父の死後、母とともに疎開していて、敗戦のあとで母が入水自殺するという衝撃的な体験を描いた私小説だが、その時の作家が十三歳で幼すぎたのか、いま一つ伝わるものがない。

この時は常連のなだいなだのほか、渡辺淳一が「死化粧」で候補に上がっている。

高井有一　たかい・ゆういち（一九三二―二〇一六）東京府北豊島郡長崎町生まれ。早稲田大学第二文学部英文科卒。共同通信社の記者として勤務するかたわら同人誌『犀』の創刊に参加。七七年『夢の碑』で芸術選奨文部大臣賞、八四年『この国の空』で谷崎賞、九〇年『夜の蟻』で読売文学賞、九九年『高らかな挽歌』で大佛次郎賞、二〇〇二年『時の潮』で野間文芸賞を受賞。九六年、藝術院会員就任。

偏差値

52

文藝春秋
装幀:丹阿弥丹波子

第55回
（1966・上）

受賞作なし

この回から、大岡昇平と三島由紀夫が選考委員に入った。選考会のあと、三島は、師とあおぐ川端あての手紙で、あれほど公正な審査が行われているとは思わなかった、あんなに真剣に文学について語ったのは初めてだ、と書いている。時に三島は四十一歳だが、存外、その地位に興奮していたのかもしれない。この時は萩原葉子が「天上の花」という三好達治の記で候補になっているが、こういうのを普通に候補にしているところはいい。

この回、立原正秋が直木賞を受賞したが、立原は純文学にこだわり、芥川賞のほうが良かったので、五年ほどあと、芥川賞選考委員を批判することになる。

第56回
（1966・下）

丸山健二「夏の流れ」

偏差値
44

文藝春秋
装幀:松山穣

二十三歳の最年少受賞記録を作っていたものである。その後丸山は、長野県にこもり、中央文壇を罵りながら、一部の読者に崇拝され、「丸山健二文学賞」などを創設していた。一時期そのスタンスから崇拝する人もいたが、丸山は私小説作家ではなく私はあまり興味はない。丸山はアマゾンの著者セントラルに、谷崎賞、川端賞の候補になったが辞退と書いている。だが候補を辞退したなら表には出ないはずである。

受賞作は、刑務所の看守を主人公にしたものだが、主人公には妻と、七歳、五歳の息子がいる。丸山は当時独身で、看守の経験もなく、取材して書いたものらしい。それが私には気に入らない。作りごとなら、作りごとなりの面白がらせる工夫が要るだろう。それがここにはない。

むしろこの時候補になった宮原昭夫の「石のニンフ達」が私は好きだが、宮原はあとで受賞するのでそこで述べよう。

丸山健二　まるやま・けんじ（一九四三―　）長野県飯山市生まれ。国立仙台電波高校（現・仙台高等専門学校広瀬キャンパス）卒。商社勤務のかたわら創作を続ける。六八年から長野県の安曇野に移住。

第57回
（1967・上）

大城立裕「カクテル・パーティ」

偏差値

52

文藝春秋
装幀:下高原健二

これは沖縄復帰前のものである。沖縄の作家というのは戦前からいて、宮城聰《そう》などが知られるが、沖縄文化というのは特殊な世界を作っている。これなどは米軍占領下ということでアメリカ人が出てきたり、あるいは御嶽《ウタキ》など民俗的なものを入れ込んだりするものが多く、かつそういうものが評価されやすいという弊を持っている。大城は一昨年、初めての私小説とされる「レールの向こう」で川端康成文学賞を受賞したが、私は感心しなかった。

「カクテル・パーティ」はアメリカ人とのトラブルを描いたものだが、舟橋は「この作品の政治的立地条件からくるアテコミの故に、選考されたものではなく、あくまで作品本位で選んだことは、私も証明しておきたい。が、いかに弁明したところで『芥川賞海を渡る』底《てい》の、一般の通俗的印象は、避け難い」と言い、三島は「他の審査委員は褒めるだろうから、私は（…）欠点をはっきりと述べておく。（…）『広場の孤独』以来の常套で、主人公が良心的で反省的でまじめで被害者で……というキャラクタリゼーションが気に入らぬ。このことが作品の説得力を弱めている、という風に私には感じられた」としている。

この回は、丸谷才一、後藤明生、北條文緒が候補に上がっている。

大城立裕　おおしろ・たつひろ（一九二五―　）沖縄県中頭郡中城村生まれ。上海の東亜同文書院大学に入学するが、在学中に兵役に就く。敗戦後、大学が閉鎖となったため中退。琉球政府通産局通商課長、県立博物館長を務めるかたわら創作を続ける。二〇一五年「レールの向こう」で川端賞を受賞。

第58回
（1967・下）

柏原兵三「徳山道助（どうすけ）の帰郷」

偏差値
46

新潮社
カバー:柏原兵三

この時期、東大独文科から学者になって芥川賞をとった者が三人もいて、柏原もその一人である。東大時代に大江健三郎と仲が良く、大江が『文學界』から二作目の依頼を受けた時、書いてから柏原に見せたが、柏原の指示で徹底改稿したという。ドイツ留学後、東京藝大の助教授をしていた。受賞作は、母方の祖父の陸軍中将のことを書いたものだ。しかし柏原は、この後三十八歳で死んでしまった。

この回は、『文藝首都』の勝目梓が候補になっている。勝目はこのあと直木賞の候補になるがとれず、四十代半ばで転換を考え、純文学では新人ではないので、中間小説の小説現代新人賞に出して受賞し、官能バイオレンス小説の作家になった。その半生を描いた私小説『小説家』（二〇〇六）を刊行したが、これはすばらしい作品である。

また佐木隆三も候補になったが、八年後に『復讐するは我にあり』で直木賞を受賞した。これも優れたノンフィクション小説である。

この回の直木賞は、野坂昭如《あきゆき》が受賞している。

柏原兵三　かしわばら・ひょうぞう（一九三三―一九七二）千葉市生まれ。千葉大学医学部中退、東京大学大学院独文科博士課程中退。大学院在学中より同人雑誌『ＮＥＵＥ ＳＴＩＭＭＥ』を刊行。ベルリン留学後、明治学院大学助教授、東京藝術大学助教授を務めた。自宅にて脳溢血で死去。

第59回
(1968・上)

大庭みな子「三匹の蟹」

偏差値

44

講談社
装幀:原弘

この「三匹の蟹」は、名作だとされているが、私にはよく分からない。大庭は三十七歳、夫の赴任先のアラスカへ行った時の経験を描いたものだが、群像新人賞受賞作で、江藤淳ほか多くが絶賛していた。だから選考委員の間ではとまどいが見られるが、川端、中村光夫はやはりいいと言っている。私は、六〇年代半ばから川端の観賞眼に曇りが生じたような気がする。

江藤は『抱擁家族』もそうだが、日本人の女とアメリカ人の男という組み合わせには過剰に興奮する傾向があり、ほかの戦後の日本人にもそういう傾きがあったようだ。それを私は共有していない。

ただその後の大庭が、女性文壇の大御所になっていくのに比して、作品の質が大したことがなかったのには江藤も困惑したようで、『寂兮寥兮《かたちもなく》』が「純文学ポルノ」などとして称賛された時は『自由と禁忌』で批判していた。私もこれは読んで、退屈なのに驚いた。

大庭みな子　**おおば・みなこ**（一九三〇―二〇〇七）東京市渋谷生まれ。津田塾大学英文学科卒。八二年『寂兮寥兮』で谷崎賞、八六年『啼く鳥の』で野間文芸賞、八九年「海にゆらぐ糸」で川端賞、九一年『津田梅子』で読売文学賞、九六年「赤い満月」で川端賞を受賞。九六年、脳梗塞により、左半身不随で車いす生活となったが夫の協力を得て創作を続けた。九一年、藝術院会員就任。

丸谷才一「年の残り」

偏差値

52

文藝春秋
装幀:駒井哲郎

丸谷はこの前に長編『笹まくら』を出して、河出文化賞（この回で終り）を受賞しており、昔なら「もう新人ではない」というところで、辻邦生、加賀乙彦などのように、長編作家ゆえに芥川賞をとらずじまいになってもおかしくなかったが、意図して短編を書いて受賞した。三島由紀夫と同年（ちなみに梅原猛も同年）で、三島文学を評価しないので前回落選したとも言われた。

丸谷はこのあと、短編の依頼を断り、数年をかけて長編『たった一人の反乱』を上梓して評価され、以後十年に一冊のペースで長編小説を出し続けた。『後鳥羽院』など和歌について、『忠臣蔵とは何か』など歌舞伎についての評論でも活躍した。

反私小説論者で、西洋的な市民小説・本格小説を書くと言っていたが、どうもうまくは行かなかった。『たった一人の反乱』は、舟橋聖一の『ある女の遠景』に憧れて、妾を正妻に直すという古風な話と、賞をとることをモティーフにしているがまとまっていない。『笹まくら』は、かつて徴兵忌避をした大学職員、おそらく丸谷が助教授をしていた國學院大學の職員がモデルで、読み応えはあるが、戦後二十年もたって徴兵忌避を気にする心理は分かりにくい。

和歌についてはよく勉強して詳しかったが、歌舞伎については、若い頃から観ていたわけではなく、とんちんかんで間違っていた。

最近、池澤夏樹が編集した「日本文学全集」の丸谷の巻には『横しぐれ』と「樹影譚」が入っていたが、池澤でもこれを選ぶかとにやりとした。丸谷の小説でいいのを選ぶならやはりこの二編である。いずれも「出生の秘密」が主題になっており、『横しぐれ』は推理小説風で、結論まで書かずに終わらせているのが成功している。丸谷は次男で、結婚して根村姓になっているが、なぜ次男なのに「才一」なのか。いろいろ賑やかな話題を提供した作家ではあった。

丸谷才一　まるや・さいいち（一九二五―二〇一二）山形県鶴岡市生まれ。東京大学大学院英文科修士課程修了。高校教師、大学教員のかたわら創作を続ける。七二年『たった一人の反乱』で谷崎賞、七四年『後鳥羽院』で読売文学賞、八五年『忠臣蔵とは何か』で野間文芸賞、八八年「樹影譚」で川端賞、九九年『新々百人一首』で大佛次郎賞、二〇〇三年『輝く日の宮』で泉鏡花賞、一〇年『若い藝術家の肖像』の翻訳で読売文学賞を受賞。九八年、藝術院会員就任。一一年、文化勲章受章。

第60回
(1968・下)

受賞作なし

この回は、阿部昭、山田稔、佐江衆一、山田智彦、後藤明生、黒井千次が候補になっている。いずれものち一家をなした作家で、黒井は非受賞者として選考委員になっている。

この選考の三カ月ほど前に、川端康成のノーベル文学賞受賞が決まった。

第61回
(1969・上)

庄司薫
「赤頭巾ちゃん気をつけて」

偏差値

52

中央公論社

　庄司薫は、この十年ほど前に、福田章二の本名で「喪失」で中央公論新人賞を受けた。当時東大の二年生で、のち法学部を卒業した。四点ほど発表したが、江藤淳が「新人福田章二を認めない」で批判した。福田の作風は堀辰雄風で、江藤は若い頃堀に心酔し、のちにそれを偽物だと感じるようになっていた。

『赤頭巾ちゃん気をつけて』は、「新鋭二八〇枚一挙掲載」とだけ記して『中央公論』に発表されたから、一般の読者は、二十二歳くらいの東大生が書いたと思った者もいたようだ。といっても主人公の「薫くん」は、東大紛争のあおりで東大入試が中止になって困っている日比谷高校生である。のち、サリンジャーの『ライ麦畑でつかまえて』との文体の類似などが指摘された。それから五年ほどで、庄司は『さよなら快傑黒頭巾』『白鳥の歌なんか聞えない』『ぼくの大好きな青髭』の薫くんシリーズ四部作を出し、ほか『バクの飼主めざして』などのエッセイを書きピアニストの中村紘子と劇的結婚をして、姿を消して今日に至っている。「赤・青・黒・白」は、村上春樹の『色彩を持たない多崎つくると、彼の巡礼の年』に用いられていると言われる。

　私が東大へ入ったのは一九八二年で、その頃東大生がよく読む本だったらしいが、私が読んだのはずっとあとだった。だが私はこの作家は好きではない。とにかく「薫くん」は都心の裕福な家庭に育って女にもてる。それだけでむかむかするではないか。村上春樹の先駆みたいなものだ。

のちに中村紘子は『チャイコフスキー・コンクール』で大宅壮一ノンフィクション賞を受賞したりして、庄司が代筆したんじゃないかと言われたが、庄司が書いたにしては下手である。五木寛之選の『音楽小説名作選』に、庄司から教えられたといって芥川龍之介の「ピアノ」が入っているが、五木は、中村紘子から教えられたのかもしれないけれど、などと書いている。庄司は東大名誉教授の村上陽一郎と中村を争ったとも言われており、まあ美男美女の世界であることよ。

川端は、この前に『早稲田文学』で読んだ斎藤雅子の『悲しみの人魚の歌』にいたく感銘を受け、選評で、これが候補に入っていないと文句を言い、『赤頭巾ちゃん』はつまらないと書いた。候補作に何々が入っていないと選評で文句を言ったのはこれだけだろう。

なおこの六月、中央公論社は文藝雑誌『海』を創刊し、のち中央公論新人賞を復活させる。

庄司薫　しょうじ・かおる（一九三七―　）東京都豊島区生まれ。東京大学法学部政治学科卒。二〇一六年に妻の中村紘子が死去。

田久保英夫「深い河」

偏差値

52

新潮社
装画:萩原英雄

田久保は四十一歳、慶大出身で江藤淳の先輩、山川方夫の仲間に当たる。私生児で、そのため顔がよく、高見順に似ている。私生児は母親が水商売などをしている美人なので、美男が多い。のち「辻火」で川端康成文学賞を受けるが、これはその私生児として、自身の養育費を貰いに行った体験を描いた名作である。これなら六二ポイントだが、「深い河」は朝鮮戦争中の長崎県の米軍キャンプで馬の世話をする学生を描いている。ところが、これはどうも田久保の実体験ではないらしい。そのへんが気になる。

なおこの回では佐江衆一が五回目で最後の候補になっている。佐江はのち『黄落《こうらく》』という父親の介護を描いた名作をものす。また阿部昭も六回目で最後の候補になっている。どうも選考委員との相性が悪かったのか。さらに後藤明生も「笑い地獄」で四回目、最後の候補である。ただし後藤は、いちばんいいのは『吉野大夫』で、谷崎潤一郎の『吉野葛《よしのくず》』をまねて、かつての名妓・吉野太夫について調べていくうち筆が脱線するというもので、これは面白かった。だが、後年の芸術選奨をとった『首塚の上のアドバルーン』も似た趣向ながら、小島信夫的なだらしなさがあり、こちらは中世の武士千葉氏や馬加《まくわり》氏について調べて書いていてだんだん脱線するものだが、ただだらしなく、その後近畿大学の文芸学部長になるが、最後の頃は、講演について書こうとしたが録音テープがなくなったなどということを小説にするブザマさだった。それは比較文学会で行われた講演で、私は直に聴いたのである。当時後藤は近畿大学教授だったのだが、二葉亭四迷について話すと言いつつ、愉快な脱線ではなくついに何を言っているのか分からぬまま終わり、聴衆はこの有名な作家にどう対応していいのか分からずに呆然としていた、という態のものだった。あるいは講談社現代新書の『小説――いかに読み、いかに書くか』で、田山花袋の「蒲団」について、これはモデルがいるのだろうかなどと、きっちりモデルについても調べられているのに書いていたりして、どうも変な人だったという気が私はしている。

田久保英夫　たくぼ・ひでお（一九二八―二〇〇一）東京市浅草区田中町（現・台東区日本堤）生まれ。慶應義塾大学仏文科卒。山川方夫らと第二次・第三次『三田文学』に参加。七九年『触媒』で芸術選奨文部大臣賞、八五年「辻火」で川端賞、八六年『海図』で読売文学賞、九七年『木霊集』により野間文芸賞を受賞。

第62回
（1969・下）

清岡卓行「アカシヤの大連」

偏差値

42

講談社
装幀:横山明
装画:鷹山宇一

清岡卓行は、藝術院会員、「タッコー」などと呼ばれ、一般には「作家」ではなく「詩人」とされている。四十七歳での受賞で、小説も書き始めたばかりだった。

少年時代、そして戦争中に訪れた大連の思い出を詩的な文章でつづったもので、「彼」と三人称で自分を語り、中に「おれ」と一人称で語る部分がはめ込んである。だがこれは散文ではない。散文詩である。

推したのは三島、井上靖、大岡、石川淳、中村光夫で、石川達三、瀧井孝作、川端、丹羽、舟橋は否定的だ。どうも清岡は「おフランス趣味」で愛好されているような気がする。この回は、古井由吉の「円陣を組む女たち」が候補になっており、こちらのほうが良かったと思う。なお清岡は最初の妻を亡くして、岩阪恵子と結婚しているが、岩阪の『淀川にちかい町から』は名作である。

清岡卓行　きよおか・たかゆき（一九二二―二〇〇六）中国・大連生まれ。東京大学文学部仏文科卒。在学中より日本野球連盟に勤務し、六四年退職。詩誌『ユリイカ』の創刊に携わる。八八年『円き広場』（詩集）で芸術選奨文部大臣賞、八九年『ふしぎな鏡の店』（詩集）で読売文学賞、九九年『マロニエの花が言った』で野間文芸賞を受賞。九六年、藝術院会員就任。

公募新人賞

芥川賞を、応募するものだと思っている人が数年前までは確実にいて、私が候補になった時に「まだ応募していたのか」などとツイッターで言う人がいてガクッとさせられた。又吉直樹の「火花」が『文學界』に載った時、これは芥川賞候補になりうる、とマスコミが盛んに宣伝したおかげで、いくらかそういう誤解は減ったようだ。まああと十年もすれば、またそういう誤解組が出てくるだろうが……（その頃まで文藝誌が存在していれば）。

公募型新人賞は、各文藝雑誌が主催するものと、地方都市などが主催するものとがあり、後者、地方文学賞は、とっても何にもならない。作家になどなれない。だが勘違いして仕事をやめてしまう人がいたりして悲劇の種になっていたが、最近はそうでもないのだろうか。

文藝誌の新人賞は、戦後でいえば、『文學界』『中央公論』がまず設け、続いて『群像』、『文藝』、十年ほど遅れて『新潮』、それから『すばる』ということになる。

公募新人賞にも栄枯盛衰があって、『群像』は、一九七五年に受賞した林京子「祭りの場」、翌年の村上龍『限りなく透明に近いブルー』と引き続いて直に芥川賞をとり、七七年には中島梓が評論「文学の輪郭」で受賞、翌年、栗本薫名義で江戸川乱歩賞をとり、才女登場として話題になり、次の年は女子高生の時に書いたという中沢けい「海を感じる時」が受賞、七九年には村上春樹「風の歌を聴け」が受賞と、飛ぶ鳥落とす勢いで、七八年には「群像新人長編小説賞」を設けたが、これは五回で終わった。この四回目で佳作になったのが高橋源一郎の『さようなら、ギャングたち』で、受賞者の中では、有為エンジェル（受賞時にはエィンジェル）が少し活動しただけで、あとはどうしているやら。

新潮新人賞は、長いこと、とっても出世できない賞と言われていた。前世紀まで、受賞してから芥川賞をとったのは、山本道子、笠原淳、高城修三、加藤幸子、米谷ふみ子という地味な顔ぶれだったが、今世紀に入ってからは、中村文則、田中慎弥、小山田浩子が受賞し、ほかにも芥川賞候補になった上田岳弘がいる。まあ三島由紀夫賞は新潮社の賞だから、青木淳悟などがとってはいるのだが……。

一時は「J文学」路線で派手だったのがすばる文学賞で、森瑤子、藤原伊織、笹倉明、金原ひとみのほか、辻仁成、松本侑子、大鶴《おおつる》義丹《ぎたん》、中上紀《のり》など、藝能人や二世が多かった。あと福武書店の『海燕《かいえん》』は十五年で終わってしまったが、角田光代、小川洋子などを出している。

ところで漫画家の小林よしのりは、『週刊少年ジャンプ』でのデビューが決まった時、就職したようなものだと考えていたら、連載が終わったらあとの保証はないと知ったという。新人賞をとっても、原稿依頼があるというものではなく、「（新作が）できたら見せて下さい」と言われるだけで、見せて没、ということも多い。「あの人、新人賞とったあと書けないね」などと言われるが、実際は没になっているのである。締め切りを設定して、何枚くらいで、と言われて、初めて「原稿依頼」になるのである。なお芥川賞をとった作家でも、没になることはある（らしい）。はじめは順調でも、五年、十年とたつうちに、単行本にしても売れない、というのが続くと、作家生命の危機で、その切り抜け方法として、地方文化人になるというのがある。ただし、関東地方出身の人間にはこの手は使えない。

1970年代

第63回
（1970・上）

古山高麗雄「プレオー8（ユイット）の夜明け」

偏差値
56

講談社
装幀:駒井哲郎

古山高麗雄は、戦争へ行ったあと、編集者生活が長かった。四十代も半ばをすぎて、江藤淳、遠山一行《かずゆき》らの『季刊藝術』の同人となり、編集長を務めた。小説を書いたのは江藤の勧めによる。五十歳を目前にしての受賞で、斯波四郎の最年長記録を抜いた。

古山は戦争で南部仏印で戦い、敗戦後捕虜になった、その時のことを描いている。兵隊たちは、わいせつで下品である。それが本当の兵隊の姿であろう。戦争の是非善悪などという主題はなく、大岡昇平の「野火」のようなインテリ戦争小説への優れたアンチテーゼになっている。伝記として玉居子《たまいこ》精宏《あきひろ》『戦争小説家　古山高麗雄伝』（平凡社）がある。

古山高麗雄　**ふるやま・こまお**（一九二〇―二〇〇二）朝鮮・新義州生まれ。第三高等学校文科中退。戦後、日本映画教育協会、河出書房、教育出版、芸術生活社勤務を経て作家デビュー。九四年「セミの追憶」で川端賞、二〇〇〇年「断作戦」「龍陵会戦」「フーコン戦記」三部作で菊池寛賞を受賞。

吉田知子「無明長夜」

偏差値

50

新潮社
装幀:萩原英雄

一九六七年に、堤玲子の『わが闘争』という著作が出た。岡山の下層の世界に生まれ育った女の凄絶半生記である。また六九年に由起しげ子が死んだ時、机の上に、送られてきた原稿として素九鬼子《もとくきこ》の署名のある「旅の重さ」が見つかった。筑摩書房は著者不明のままこれを刊行したが、著者はほどなく判明、高橋洋子主演で映画化された。のち素は、三年連続で直木賞候補になる。『大地の子守唄』は原田美枝子主演で映画化され、原田の凄絶な演技が話題を呼んだ。

「無明長夜《むみょうちょうや》」は、ちょうどその頃出ているから、当時そういうのがはやっていたのかもしれない。吉田は愛知県出身で、短大卒、高校教師で作家・詩人の吉良任市《じんいち》（二〇〇九年没）と結婚した。美人である。

私が高校生のころ「無明長夜」はすごい、という噂があった。別に幻の小説ではないのだから読めばいいのだが、あとになって読んでも、これはすごいのか？　という感じだけが残った。最近、吉田に心酔する編集者が、売れないから無理だと吉田が言うのに、景文館書店から選集を三巻まで出しているが、吉田知子は「すごい」という噂がたつ類の作家なのである。

なおこの五月、集英社が季刊で文藝雑誌『すばる』を創刊し、のち月刊とする。だいたいこのあたりから、候補作はほとんど大手出版社の文藝誌掲載作に限られてくる。『早稲田文学』『三田文学』は、同人誌ということになっているが、準文藝雑誌だろう。
この回の直木賞は、渡辺淳一が受賞している。

吉田知子　よしだ・ともこ（一九三四―　）静岡県浜松市生まれ。職業軍人の父の転勤に伴い、満州で幼少期を過ごす。名古屋市立女子短期大学経済科卒。伊勢新聞、高校勤務を経て、六三年、夫の吉良任市とともに同人誌『ゴム』を創刊。九四年「お供え」で川端賞、九九年『箱の夫』で泉鏡花賞を受賞。

第64回
(1970・下)

古井由吉「杳子」

偏差値
48

河出書房新社
装幀:司修

上期まで選考委員だった三島由紀夫が自衛隊市ヶ谷駐屯地に乱入して自決したのが十一月二十五日で、この時の芥川賞はその混乱が残る中で選考された。

古井由吉は、現代日本で、大江健三郎に次ぐ偉い作家だと思われている。福田和也も『作家の値うち』で、古井の『仮往生伝試文』に高い点数をつけている。

だが私には、古井はよく分からない。昔『槿《あさがお》』というのを時間をかけて読んだが、江藤淳が「退屈の美学」と言ったそれに近いものを感じた。『仮往生伝試文』も分からないし、概してあの縹渺《ひょうびょう》とした文体が、特にいいとは思わない。あの文体でなく書くこともあるが、それは何やら普通の私小説に見える。

村上春樹なら、なぜ売れて、なぜ自分は批判的か分かるからいいのだが、古井となると、そのへんが分からないから困る。

そこで原点へ立ち返ると、「杳子《ようこ》」も名作だとされている。しかし私にはこれも分からないのである。これは視点人物の若い男が、杳子という精神を病んでいるらしい女と知り合い、恋愛になっていくらしい話だが、あまりに環境が茫漠としていて、杳子には両親がなく、姉がいるだけだ。女が病んで男が見守るという図式が常套的だと思う。

これより前に書いた「先導獣の話」や「円陣を組む女たち」のほうがいいのだが、ドイツ・ロマン派譲りの男性中心的で女を対象物化する傾向があると言えようか。

ところでこの回、李恢成《りかいせい》の『伽倻《かや》子のために』が候補になっているのだが、四百枚を超えている。別にそれで外されたというわけでもなさそうだ。

古井由吉　ふるい・よしきち（一九三七―　）東京府荏原区（現・品川区）生まれ。東京大学大学院独文科修士課程修了。立教大学助教授を辞任。八〇年『栖』で日本文学大賞、八三年『槿』で谷崎賞、八七年「中山坂」で川端賞、九〇年『仮往生伝試文』で読売文学賞を受賞。

第65回
（1971・上）

受賞作なし

この回では、高橋たか子、花輪莞爾《はなわかんじ》、森内俊雄、金石範《キムソクポム》と、結局とれなかった人たちが候補にあがっている。高橋は、この二ヵ月前に三十九歳で死んだ高橋和巳の妻である。和巳は京大卒の中国文学者で、たか子は仏文科卒。夫妻で鎌倉に住んだのだが、京大助教授に呼ばれ、たか子は京都が嫌いになっていたので、和巳は一人で赴任し、学生運動の中で学生たちを支持したが、がんに倒れた。

和巳は、石原慎太郎が受賞した第一回文學界新人賞に応募していたのだが落ち、『悲の器』で文藝賞を受賞して、ほとんど長編小説を『文藝』に掲載し続け、芥川賞や直木賞の候補にはならなかった。

この回で、石川達三と石川淳が選考委員を辞任。達三は、「最近わからない小説が出てきた」と言い、「わからない小説」という言葉が少し話題になっていた。

第66回
（1971・下）

李恢成「砧をうつ女」

偏差値

45

文藝春秋
装幀:加倉井和夫

一九四四年、作者が九歳の時に樺太《からふと》で三十六歳で死んだ母を描いたものである。驚いたことに、母は「張述伊《ジャンスリ》」と実名で出てくる。そして父と子らの会話は、朝鮮語でなされたと思うが日本語に訳されている。「一人のすでに出来上った作家の、片手間仕事のような印象を私は受けた」という大岡昇平の選評に同意する。

李恢成　り・かいせい　イ・フェソン（一九三五―　）樺太・真岡郡真岡町生まれ。早稲田大学第一文学部露文科卒。朝鮮総聯、朝鮮新報社、コピーライターなどを経て作家デビュー。九八年韓国籍を取得。九四年『百年の旅人たち』で野間文芸賞を受賞。

東峰夫「オキナワの少年」

偏差値

38

文藝春秋
装幀:菅野充造

これはやはり沖縄返還を記念しての授与だろう。題名どおり、沖縄の少年を描いたもので、同人誌レベルの作品である。東はしかし、その後精神に失調を来たし、新聞に寄稿したものも変で、一時は肉体労働をしていたらしい。

この回から安岡章太郎と吉行淳之介が選考委員に加わった。この回、太宰治賞でデビューした秦恒《はたこう》平《へい》が一度だけ候補にあがっている。

東峰夫　ひがし・みねお（一九三八―　）フィリピン・ダバオ市生まれ、沖縄県コザ市（現・沖縄市）育ち。沖縄県立コザ高校中退。米空軍基地勤務などを経て、六四年に集団就職で上京、数々の職を経て作家デビュー。

第67回
(1972・上)

宮原昭夫
「誰かが触った」

偏差値

44

河出書房新社
装幀:田沢茂

私は宮原の「石のニンフ達」「駆け落ち」などの、小悪魔的少女を描いた小説が好きなので、それとは傾向の違う、ハンセン病療養所を描いた「誰かが触った」で受賞したことを残念に思っている。芥川賞でも直木賞でも、受賞する前の候補作品のほうが良かった、ということがままあって、なかにし礼の『兄弟』が落選して『長崎ぶらぶら節』でとるとか、宮部みゆきが『火車』で落ちて『理由』でとるとか、枚挙にいとまがない。

ここ二十年ほど、編集者が指導して、芥川賞をとりやすい作品を作る「芥川賞チューニング」が行われているという噂もあるが、あるとすれば、「文章を彫琢する」「筋はなるべくない、退屈なものにする」といったあたりか。

小悪魔少女ものではとれないと思って宮原がこれを書いたのかどうかは知らないが、不幸にしてこの作品は盗作騒ぎを引き起こした。詳しくは栗原裕一郎『〈盗作〉の文学史』(新曜社)参照。

宮原昭夫　みやはら・あきお(一九三二―　)横浜市生まれ。早稲田大学第一文学部露文科卒。同人誌『木靴』に参加し、小山清に師事。予備校講師のかたわら創作を続ける。横浜文学学校の講師として村田沙耶香などを育てた。

畑山博
「いつか汽笛を鳴らして」

偏差値
42

文藝春秋
装幀:司修

芥川賞受賞作をまとめて読んだ時、あまりにつまらないのでげんなりしたことだけ覚えている。畑山は高校中退で肉体労働をしていた人で、その時のことを描いている。兎口という外見的問題や朝鮮人部落などが描かれているが、作品としてよくまとまっているとは言えない。かなり多量の小説や教育評論を書いたが、中で『海に降る雪』という恋愛小説が映画化されていて知られている。

この回、津島佑子、富岡多恵子が候補に入ってきているが、この二人はついに受賞できなかった。金井美恵子も少し前にいたがこれも受賞せず。津島は、太宰と親子二代で受賞できなかった。富岡はいつしか藝術院会員である。

札幌オリンピックの熱狂のあと、あさま山荘事件、川端康成の自殺と事件が続いたあとである。沖縄返還もあり、田中角栄が総理になって「今太閤」ともてはやされた。最近も石原慎太郎が角栄を描いた『天才』がミリオンセラーになっている。なお角栄の「最終学歴は高等小学校」というのは間違いで、中央工学校卒である。

畑山博　はたやま・ひろし（一九三五―二〇〇一）東京府荏原区（現・品川区）生まれ。日本大学第一高校中退後、旋盤工など様々な職に就きながら創作を続ける。六六年よりテレビ、ラジオの放送作家となり、NHK教育テレビ『若い広場』などを担当。宮沢賢治研究の著作も多数。

第68回
(1972・下)

山本道子「ベティさんの庭」

偏差値

44

新潮社
装画:山本昌明

山本道子は、はじめ文藝評論家で神戸大学名誉教授の野口武彦と結婚していたが、別れて別の人と結婚してオーストラリアへ渡った。三年ほどで帰国、新潮新人賞をとって作家になった。オーストラリアでの体験を描いたものが受賞作だが、凡作である。

山本道子　やまもと・みちこ（一九三六―　）東京市中野区生まれ。跡見学園短期大学（現・跡見学園女子大学短期大学部）国文科卒。六二年、詩集『飾る―詩集』を発表。六八年から三年間、夫とともにオーストラリア居住。八五年『ひとの樹』で女流文学賞、九三年『喪服の子』で泉鏡花賞、九五年『瑠璃唐草』で島清恋愛文学賞を受賞。

郷静子「れくいえむ」

偏差値

48

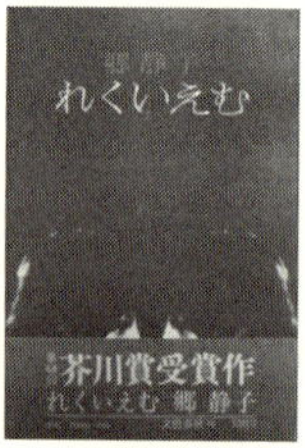

文藝春秋
装幀:栗屋充

広島の原爆を中心に二人の少女の友情を描いた二六〇枚超のわりと長い作品である。この後で林京子が受賞することに、何か原爆をめぐる日本文化の歪みはこのあたりで生じたのではないかという気がする。

郷静子　ごう・しずこ（一九二九―二〇一四）横浜市西区生まれ。鶴見高等女学校（現・鶴見大学附属鶴見女子中学校・高校）卒。戦後は結核の療養生活を送りながら日本文学学校に通う。結婚、出産を経て作家デビュー。主婦業のかたわら創作を続ける。

第69回
（1973・上）

三木卓「鶸」

偏差値

52

集英社
装幀：司修

私が幼稚園の頃だが、『こども部屋』という雑誌を時おり母が買っていて、それに載っている童話を読んでくれた。「よなきんぼ」「ほうきぼしのつかい」「おとうさんはキャベツがきらい」などで、妙に鮮やかな童話群だった。

高校三年の春、私は突然それらの童話のことを思いだした。中でも「ほうきぼしのつかい」が鮮烈に記憶の中から蘇ってきた。私は不思議な直感で、それが講談社文庫から出ていた三木卓の童話集『七まいの葉』に入っていることをつきとめた。

それから私はしばらく、三木卓の詩集や童話、小説に読み耽った。ちょうどその頃、「震える舌」が映画化されてこれも観に行ったが、すばらしい映画だった。三木もまた、「詩人」とされることが多いが、童話、小説、児童文学の翻訳など仕事は多種である。だが児童文学でも小説でも、一本の三木卓的世界観が通っていると私は思っていて、それは「子供はセックスで生まれる」ということだ。

「鶸《ひわ》」は、少年時代の満洲での敗戦体験を描いた連作『砲撃のあとで』の一つで、芥川賞をとりやすい題材である。私はむしろこれより前の「ミッドワイフの家」と、そのあとの「巣のなかで」「炎に追われて」など「性」を描いた作品のほうが好きで、「巣のなかで」は妻の言葉で不能になる男の話、

「炎に追われて」は、童貞を何とか失おうとする若者の話で、こちらは私が編纂した『童貞小説集』（ちくま文庫）に入れておいた。適切な翻訳があれば、ノーベル賞をとってもおかしくない作家である。

なおこの回は、中上健次が「十九歳の地図」で初候補になっている。

一九七三年は、オイルショックがあり、小松左京『日本沈没』がベストセラーになったが、純文学の世界では、加賀乙彦『帰らざる夏』、小川国夫『或る聖書』、辻邦生『背教者ユリアヌス』が話題になり、「七三年三羽ガラス」と呼ばれ、江藤淳がこれらを「フォニイ」と呼んだことから「フォニイ論争」が起きた。この三人は芥川賞をとらなかった組である。

三木卓　みき・たく（一九三五―　）東京市淀橋区（現・新宿区）生まれ。幼少時代を満洲国大連市で過ごし、敗戦後、静岡市で育つ。早稲田大学第一文学部露文科卒。日本読書新聞、河出書房新社勤務のかたわら創作を続ける。八四年『ぽたぽた』で野間児童文芸賞、八九年『小噺集』で芸術選奨文部大臣賞、九七年『路地』で谷崎賞、二〇〇〇年『裸足と貝殻』で読売文学賞を受賞。〇七年、藝術院会員就任。

第70回
（1973・下）

森敦「月山」

偏差値
45

河出書房新社
装幀:司修

黒田夏子の受賞まで、長く最年長受賞の地位を保っていた。六十一歳だが、実はこの時点では、五十代での受賞はなく、いきなり六十代まで飛んだのである。

だが私にはこれは面白くない。どうも仏教的で、オカルトだし、筋がない。選考委員は、おおむねその文学歴と年齢に敬意を表しているが、舟橋の「この一作だけで授賞に踏み切れなかったところに、今度の選考の難しさがあった」という選評が何かを物語っているだろう。

森敦　もり・あつし（一九一二―一九八九）長崎市銀屋町生まれ、朝鮮・京城で育つ。第一高等学校中退。横光利一に師事し、三四年、「東京日日新聞」「大阪毎日新聞」に『酩酊船』を連載。同年、太宰治、檀一雄、中原中也らと同人誌『青い花』を創刊。戦後、三十年以上の転居・放浪生活を経て作家デビュー。八七年『われ逝くもののごとく』で野間文芸賞を受賞。

野呂邦暢「草のつるぎ」

偏差値

48

文藝春秋
装幀:山口威一郎

野呂は高校を出たあと、一年ほど自衛隊に入隊していたことがあり、その時の体験を描いたものである。ただそれだけ、という気もする。

受賞後、多忙な生活の中で愛人ができたとかで妻と離婚し、四十二歳で急死してしまった。遺作となった長編『落城記』は、秀吉の九州征伐に従わなかったため龍造寺家晴に滅ぼされた伊佐早の西郷信尚の家臣らを描いたが、完成後に急死。向田邦子が惚れこみプロデューサーとしてドラマ化したが、放送前に向田が飛行機事故死した因縁の作である。

このあとの三月、ルバング島から小野田寛郎《ひろお》が帰国する。当時小学校三年生だった私は、小野田がまだ戦争が続いていると思っていたというのが不思議であった。小野田が刊行した手記は、津田信が代筆したものである。

野呂邦暢　のろ・くにのぶ（一九三七―一九八〇）長崎市岩川町生まれ。長崎県立諫早高校卒。様々な仕事を経て、五七年に佐世保陸上自衛隊入隊。翌年除隊後、故郷の諫早市で家庭教師やラジオの放送作家として働くかたわら創作を続ける。

第71回
（1974・上）

受賞作なし

　この頃、候補常連になっていたのが金鶴泳と加藤富夫で、金は東大理学部大学院を出て、吃音に悩んだ経験を「凍《こご》える口」に書いて文藝賞をとりデビュー。これはいい作品で、江藤淳が面倒を見ていたが、芥川賞はとれず、のち四十六歳で自殺した。加藤のほうは秋田大学卒、高校教師をしながら創作をしていたが、芥川賞はとれず、のち同僚の暴行によって死ぬという信じがたい運命をたどっているが、芥川賞をとって教職を辞めていたらそんなことはなかったのでは、と思うと、怖いものがある。

　なおこの年、文春文庫が創刊されている。一九七一年に講談社文庫が創刊され、続いて中公文庫が出た。それまでは、岩波、新潮、角川の御三家の文庫があり、芥川賞などをとって文藝春秋から出ても、最後は新潮文庫に持って行かれる（大江健三郎など）という状態だった。講談社は新書判のロマンブックスというのを出して文庫版の代わりにしていたが、ここでついに文庫創刊に踏み切ったわけで、芥川賞をとって文春から出た小説は、ほぼ文春文庫に収まるようになった。

第72回
（1974・下）

阪田寛夫「土の器」

偏差値

44

文藝春秋
装幀:司修

阪田寛夫は、童謡「サッちゃん」の作詞で知られ、叔父に作曲家の大中寅二、その子の大中恩《めぐみ》を従兄に持つ、音楽畑の人物で、東大卒後、大阪朝日放送に勤めて、ラジオドラマなどを書いていた。その前に叔父大中寅二を描いた「音楽入門」が候補になっており、私はこちらのほうが好きだ。あとは『わが小林一三《いちぞう》　清く正しく美しく』という伝記がある。NHKで小林一三の伝記ドラマをやった時、原作についての質問があったが、NHKは「原作はない」と答えていた。阪田の本を教えると盗作疑惑が起こるから教えないのだが、それなら阪田の本を原作にすればいいのに、最近NHKは原作つきを嫌がるようになった。

受賞作は母の死を描いたものだが、キリスト教徒であることのほかは特段のこともない。

阪田寛夫　さかた・ひろお（一九二五―二〇〇五）大阪市生まれ。東京大学文学部国史学科卒。在学中に、三浦朱門らと第十五次『新思潮』を興す。六二年、大阪朝日放送退社後、執筆を始める。八四年『わが小林一三　清く正しく美しく』で毎日出版文化賞、八七年「海道東征」で川端賞を受賞。九〇年、藝術院会員就任。娘は元宝塚スターの大浦みずき。

日野啓三「あの夕陽」

偏差値

59

新潮社
装画:久保田政子

日野は東大社会学科卒、長く読売新聞記者を務め、ベトナム戦争報道などをしていた。この前に『此岸《しがん》の家』で平林たい子文学賞という、不遇な作家に与えられる賞を受賞しており、新人かどうかは疑問である。

のち日野が中編『抱擁』を書いた時、幻想小説として話題になり、泉鏡花賞を受賞した。私はあとになって読んで、意外につまらないと思った。「あの夕陽」を読んだのはさらにそのあとで、面白かったから驚いた。これは最初の妻との離婚を描いたもので、朝鮮人の女との浮気がもとで、のちその女性と結婚する。ギリギリのところにいた体験が生きているのだろう。

日野は受賞前から文壇作家で、落選した時の受賞式にも来て作家仲間と話したりしていたようだ。その後は谷崎賞、野間文芸賞、藝術院賞、藝術院会員、芥川賞選考委員など「作家すごろく」を上りつめたが、特段これが名作だというものは残していない。

日野といえば、この年齢にもかかわらずアニメ好きで知られ、『伝説巨神イデオン』などを称賛していた。しかし、私より下の世代でも、あまりアニメ・特撮好きの作家というのを見かけないのは不思議だ。朱川湊人《しゅかわみなと》くらいか。

日野啓三　ひの・けいぞう（一九二九―二〇〇二）東京生まれ、朝鮮育ち。東京大学文学部社会学科卒。敗戦で日本へ引き揚げる。読売新聞社に入社し、ソウル、ベトナム特派員を務める。八二年『抱擁』で泉鏡花賞、八六年『夢の島』で芸術選奨文部大臣賞、同年『砂丘が動くように』で谷崎賞、九三年『台風の眼』で野間文芸賞、九六年『光』で読売文学賞を受賞。二〇〇〇年、藝術院会員就任。

第73回
（1975・上）

林京子「祭りの場」

偏差値

42

講談社
装幀:大泉拓

林京子と中上健次はともに同人誌『文藝首都』にいたが、のち中上は林を「原爆ファシスト」と呼んでいる（『群像』一九八二年二月号「創作合評」）。

林は長崎での被爆者で、そのことをくりかえし書いては文学賞をとっている。日本ではある時期から、原爆を描きさえすれば評価されるという悪しき風潮ができあがった。『はだしのゲン』などは独自性があるし、丸《まる》木《き》位《い》里《り》・俊《とし》の絵もその恐ろしさが伝わる。だが、林京子は、ひたすら原爆小説ばかりを書いては賞をとり出世していった。それがファシズムである。竹西寛子の『管絃祭』や阿川弘之の『魔の遺産』は、節度ある原爆文学であり、大田洋子には初期の激しさがある。だが林に限らず、一九七〇年代以後の原爆文学は、むしろ甘えが目立つ。

林京子　はやし・きょうこ（一九三〇―　）長崎市生まれ。父の転勤で生後すぐ中国・上海へ移住。十四歳で帰国し、高等女学校時代に長崎で被爆。長崎医科大学附属厚生女学部専科中退。「食糧タイムズ」勤務のかたわら小説を執筆。八四年「三界の家」で川端賞、九〇年『安らかに今は眠りたまえ』で谷崎賞、二〇〇〇年『長い時間をかけた人間の経験』で野間文芸賞を受賞。

第74回
（1975・上）

中上健次「岬」

偏差値

58

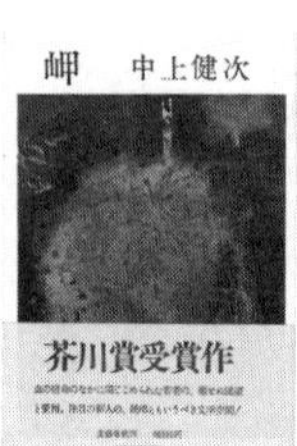

文藝春秋
装幀:司修

中上健次が一部の批評家にやたらと持ち上げられていた、というのは今さら言うまでもないだろうが、若い人は知らないだろうから名前だけあげると、柄谷行人、蓮實重彦、吉本隆明、江藤淳、川村二郎といった人たちだ。

『枯木灘《かれきなだ》』は、フォークナーの『アブサロム、アブサロム！』の亜流になってしまっているし、『地の果て　至上の時』は破綻しているし、『千年の愉楽』は題名が『百年の孤独』のまねだが、貴種流離譚に頼って通俗化した作品もあるし、どうも神話が独り歩きした作家である。

「岬」はしかし、いい。結局その後の中上の作品は、「岬」の引き延ばし、変奏、拡大が多かったのではないかと思う。

中上健次　なかがみ・けんじ（一九四六―一九九二）和歌山県新宮市生まれ。県立新宮高校卒。上京し、『文藝首都』に参加。『枯木灘』で七七年毎日出版文化賞、七八年芸術選奨新人賞を受賞。腎臓がんのため和歌山県東牟婁郡那智勝浦町内の病院で死去。

岡松和夫「志賀島（しかのしま）」

偏差値

44

文藝春秋
装幀:加倉井和夫

岡松は東大仏文科・国文科卒で関東学院短大教授を務めた。若い頃『文藝』の学生小説コンクールに入選している。受賞作は敗戦前後のことを描いたもので、可もなく不可もない。こういう作品が芥川賞をとって人目に触れることで、純文学・私小説はつまらないという思いこみが出来上っていくのだろう。

舟橋聖一が死去、大岡昇平はこれきりで選考委員を辞任した。この回の直木賞は佐木隆三が受賞している。

岡松和夫　**おかまつ・かずお**（一九三一―二〇一二）福岡市妙楽寺町（現・博多区古門戸町）生まれ。東京大学文学部仏文科卒、同国文科卒。同人誌『犀』創刊に参加。関東学院短期大学で教授を務めた。八六年『異郷の歌』で新田次郎賞、九八年『峠の棲家』で木山捷平賞を受賞。

第75回
(1976・上)

村上龍「限りなく透明に近いブルー」

偏差値

44

講談社
装幀:村上龍

はじめ「クリトリスにバターを」という題で群像新人賞に出して当選したが、これでは新聞発表できないので作中から文言をとって改題した。

マスコミが騒ぐのは、風俗を写したと見なすからで、「太陽の季節」と同じである。別に若者の多くがこういう生活をしていたわけではないし、文学的に優れているわけでもない。江藤淳が「サブカルチャー」と論難したのは間違いで、こんな筋のない退屈なサブカルチャーはない。

実のところ、世間で話題になっている作品に授与することで、芥川賞のプレゼンスを高めるという手法があって、ただ選考委員の多くは、作よりも才気を評価している。

しかし二作目の『海の向こうで戦争が始まる』は、作者の才能を感じさせる。その後の歩みを見るに、もし村上龍がSFや冒険ものの作家と見なされていたら、もっと多作していたかもしれないし、おのずと違っていただろう。結局問題は、石原慎太郎は「太陽の季節」、村上龍は『限りなく透明に近いブルー』、田中康夫は『なんとなく、クリスタル』が代表作で一番有名だということだろう。

私が村上龍でいちばんいいと思ったのは、『すべての男は消耗品である。』の第一巻である。「若くてきれいな女には、かなわない」といった一節などで、村上龍は「一億総中流」の幻想を打ち砕いた。

しかしそれも、その後「格差社会」論で多くの人が同じことを言うようになった。

村上龍　むらかみ・りゅう（一九五二―　）長崎県佐世保市生まれ。武蔵野美術大学造形学部中退。大学在学中に作家デビュー。九八年『イン ザ・ミソスープ』で読売文学賞、二〇〇〇年『共生虫』で谷崎賞、〇五年『半島を出よ』で野間文芸賞を受賞。

第76回
（1976・下）

受賞作なし

この回から、遠藤周作と大江健三郎が選考委員に加わった。候補には、小林信彦、金鶴泳、中村昌義らがいたが、この回の候補者でのち受賞した者はいない。

第77回
（1977・上）

三田誠広「僕って何」

偏差値
42

河出書房新社
装幀:山藤章二

『限りなく透明に近いブルー』騒ぎで久しぶりに芥川賞に光が当たり、次の受賞作も版画家として知られる池田満寿夫が入り、話題性があった。

『僕って何』は、ぼんやりと大学へ入って学生運動をして女と同棲する青年の一人称語りである。三田はドストエフスキーが好きで、高校時代に「Mの世界」という哲学小説を書いたが、ここでは一転して自然主義風である。

のち『別冊宝島　保守反動思想家に学ぶ本』（一九八五）に参加した三田は、学生運動体験なしと書いていたから、えっ、じゃああれは架空のものなのかと驚いたが、これは嘘だった。

三田は悪口を言われながら人気者で、ほどなく「朝日新聞」に連載小説「龍をみたか」を書いたが、これは芥川賞をもじり、三上三千輝という、自分と中上健次と高橋三千綱と宮本輝をあわせた名前の作家を出したが、これはドストエフスキーの『白痴』をもじった小説だった。それからも「おふざけモード」で書いていたが文学賞とは縁がなく、歴史小説など書き始めた。

三田誠広 **みた・まさひろ**（一九四八― ）大阪市生まれ。早稲田大学第一文学部演劇科卒。高校在学中に作家デビュー。広告プロダクションに入社し、編集・ライター業を経た後、大学講師のかたわら創作を続ける。武蔵野大学文学部教授。

池田満寿夫「エーゲ海に捧ぐ」

偏差値

42

角川書店
装幀・装画:池田満寿夫

池田は、版画家として知られており、若い頃は富岡多恵子と同棲していた。この後は、ヴァイオリニストの佐藤陽子との不倫で騒がれ、結局佐藤と結婚した。

この作品は角川書店の中間小説雑誌『野性時代』に載ったが、この雑誌から芥川賞が出たのはこれだけである。サンフランシスコに滞在している男が、ホテルの部屋で、脇に愛人が寝ている中で、日本にいる妻と電話で話すというワンシーンの小説である。

永井龍男がこれの受賞に反対し、受賞と決まると選考委員を辞任して話題を呼んだ。永井は選考会で受賞が決まると、後ろを向いて「俺は負けたんだ」と言っていたという。

池田は自らこの作を映画化し、続けて「窓からローマが見える」も映画にした。まあ版画家の手すさびであろう。

この回では、小林信彦、高橋揆《き》一郎《いちろう》が候補になっている。高橋のは「観音力疾走《かんのんりよく》」で、これは十分受賞に値する。小林はこの前に中原弓彦の名で『日本の喜劇人』を出して芸術選奨新人賞をとっており、芥川賞・直木賞は計五回候補になってとれず、それ以外の文学賞もとれず、不出来な『うらなり』を出したとき功労賞的に菊池寛賞をもらった。『日本の喜劇人』は優れた評論だが、小説は下手で、かつひどく屈折した人物で、「無断引用は固く禁じます」と書いたり（引用に許可は要らない）、『うらなり』では、第二次大戦が始まっていないのに「第一次大戦」と書き、神戸の中心駅は三宮なのに「神戸駅」と書いたり、私がそれを指摘したのに単行本でも文庫本でも直っていない。恐ろしい男である。

この回の直木賞は、三好京三が、文學界新人賞をとった「子育てごっこ」でそのまま受賞している。文學界新人賞受賞作が直木賞をとることはあるが、オール讀物などの新人賞が芥川賞をとることはない。

池田満寿夫　いけだ・ますお（一九三四―一九九七）満州国奉天市（現・瀋陽）生まれ。敗戦後、長野市に引き揚げる。長野県長野北高校卒。六五年、ニューヨーク近代美術館で日本人初の個展を開催。六六年、ヴェネツィア・ビエンナーレ版画部門で国際大賞を受賞。

第78回
（1977・下）

宮本輝「螢川」

偏差値

58

筑摩書房
装幀:風間完

これは、手がたい作品で、これくらいはつけておこう。のち宮本は『優駿』で最年少で吉川英治文学賞を受賞し、私は、芥川賞作家が大衆作家に転じたのだなと思っていたから、創設された三島由紀夫賞の選考委員になった時はちょっと驚いた。ああ、宮本輝は純文学作家なのか、と思ったのである。宮本は太宰賞出身で、同じ宮尾登美子とは、二人とも不安神経症を病んだということもあって仲が良かった。だがその二人の対談を読んだら、下品なので驚いた。宮本は創価学会員である。

宮本は、井上靖を師表と仰いでいるようだが、井上も宮尾も歴史小説を書くけれど、宮本は書かない。芥川賞の選考委員にはなったが、谷崎賞や野間賞はとっていないし、文壇でもあまり純文学作家だとは思われていないようだ。まあそれを言えば石川達三も丹羽も舟橋もそうだし、いいのか。

宮本輝　みやもと・てる（一九四七―　）兵庫県神戸市生まれ。愛媛、大阪、富山と転居を繰り返し育つ。追手門学院大学文学部卒。広告代理店勤務を経て、七七年『泥の河』で太宰治賞を受賞し作家デビュー。七九年から肺結核で入院。八七年『優駿』で吉川英治文学賞、二〇〇四年『約束の冬』で芸術選奨文部科学大臣賞、〇九年『骸骨ビルの庭』で司馬遼太郎賞を受賞。

高城修三
「榧（かや）の木祭り」

偏差値

48

新潮社
装幀:浜田知明

高城は京大卒である。筒井康隆はこの受賞作を読んで、自分の「熊の木本線」と同想なので驚いたと書いている。

高城はその後中央文壇からは姿を消し、京都文化人になったか、古代史ものやプロポリスの本、連歌などを書いている。

なおこの回は中野孝次《こうじ》の「鳥屋《とや》の日々」が候補になっているが、これは受賞して良かったと思う。

また杉本研士《けんじ》も候補になっており、これはのち関東医療少年院の院長として「酒鬼薔薇聖斗」の面倒を見た医師である。

高城修三　たき・しゅうぞう（一九四七―　）香川県香川郡円座村（現・高松市）生まれ。京都大学文学部言語学科卒。出版社勤務を経て京都市山科の自宅で学習塾を開業、そのかたわら創作を続ける。連歌会なども行っている。

第79回
（1978・上）

高橋揆一郎「伸予」

偏差値
72

文藝春秋
装釘:前田常作

高橋揆一郎の「伸予《のぶよ》」は、その前の「ぽぷらと軍神」などとともに、芥川賞受賞作の中では頂点に位置づけられるものだが、そのようなことを言っているのは私だけかもしれない。

高橋は当時五十歳。だがそれまでの歩みは、しっかりと文学者の歩みである。特に文章はまったく手にいっていて、リズムがあり、新人離れしている。「伸予」は、主人公の女の名で、中学校の教師をしていた時に生徒の善吉に恋をするが、のち別の男と尋常に結婚する。子供らも結婚したあとで、善吉と再会する、そういう話である。「昭和の名作」と言っていい。

見て分かる通り、芥川賞受賞作は、特に六〇年代以後、子供時代の生活を描いたものが多い。それは別段日本独特のものではなく、西洋にもトルストイ、トゥルゲーネフ、ディケンズなど、虚構化の度合いは違うが子供時代を描いている。若い作家の場合、描くものがそれしかない、という事情もあるが、中年（三十過ぎ）でもそういう作品を出してくる作家は少なくない。

もう十数年前であろうか、岩波文庫の中でよかったものはというアンケートで、中勘助の『銀の匙《さじ》』が三位にあがって話題になったことがある。「銀の匙をくわえて生まれてきた」と言えば、裕福な家庭に生まれたという意味で、私は、ひぇー岩波文庫の愛読者ともなるとええとこの坊ちゃん嬢ちゃんが多いんだなーと呆れたものだ。その紹介文には「子供の頃の想い出は、ひっくりかえした宝石箱のように鮮やか。誰の記憶の中にでもある」とあるが、冗談ではない。下層の家に生まれた子の思い出はそんなものではない。あるいは、谷崎潤一郎の「少年」が芥川賞の候補になったら、落選しただろう。

私が大江の「飼育」の点数を下げたのも、こういう「子供時代の美化」があるからで、「たけくらべ」でさえ美化されている。子供の悲惨は、内田春菊の『ファザーファッカー』や、下田治美の『愛を乞うひと』に描かれているが、そういう積極的な悲惨でなくても、もっとバナールな、小説に書くようなこともない、つまらない子供時代というのもある。

私は「禁じられた遊び」というのがなぜ名画なのか分からない。子供が男女で仲良くしていて妬ましいからである。こういうのも子供の美化だ。子供とはもっと醜悪なものだ。

芥川賞は、そういうことから目を背けて、無垢な子供、美しい子供時代という神話によりかかりすぎてきた（朝吹真理子にいたるまで）。

高橋揆一郎は、大人の世界を描いている。実のところ、日本では大人の世界を描くと「直木賞」になってしまう。だが直木賞受賞作でも「伸予」ほど瑞々しい作品はない。私が初期の高橋をいいと思うのは、まずそこのところだ。

私はだいぶ以前から、「伸予」をいいいい、と言ってきたが、今回読み直して、これはもしかしたら、中学三年生の時、九歳年上の竹下景子さんが好きで結婚したいとまで思った自分を逆投影しているのかもしれない、と思った。しかし名作は名作だ。

高橋揆一郎　たかはし・きいちろう（一九二八―二〇〇七）北海道歌志内市生まれ。北海道第一師範学校（現・北海道教育大学札幌校）中退。住友石炭で働き、七〇年退職。フリーのイラストレーターのかたわら、同人誌『くりま』に参加し創作を続ける。九一年『友子』で新田次郎賞を受賞。

高橋三千綱「九月の空」

偏差値

42

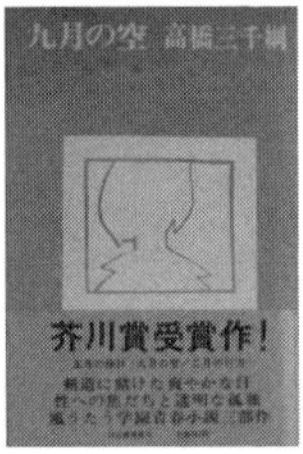

河出書房新社
装幀:大沢昌助

「両高橋」と言われたが、こちらは買えない。当時、受賞作の載った『文藝春秋』を父親が買ってきたのだが、当時高校へ入るばかりだった私は、こんな明朗な高校生活を小説にして何の意味があるのかと鼻白んだ。

この回から、開高健と丸谷才一が選考委員に加わった。

高橋三千綱　たかはし・みちつな（一九四八―　）大阪府豊中市生まれ、東京で育つ。サンフランシスコ州立大学、早稲田大学英文科中退。小学生時代に子役としてテレビ、映画に出演。高校卒業後にアメリカで三年間過ごす。七三年に東京スポーツ新聞社に入社し、記者として働くかたわら創作を続ける。七五年退社。漫画原作も多数。父は作家の高野三郎。

第80回
（1978・下）

受賞作なし

この回は、増田みず子、松浦理英子、丸元淑生《よしお》、立松和平が候補になっており、いずれも受賞しそこねた。丸元は東大仏文科卒だが、このあと料理の本を書くようになり、こんな食事をしていたら病気になるから自分で料理を始めたと書いていたが、わりと早くに死んだ。増田は『シングル・セル』など独身者もの小説で一時は文藝雑誌の流行作家だったが、二〇〇五年くらいから書かなくなっていた。少し前に『季刊文科』に書いていたし、舟橋聖一文学賞の選考委員も務めている。

このあと、七九年三月に筒井康隆が、直木賞をとれなかった恨みから『大いなる助走』を上梓している。直木賞選考委員皆殺し小説で『文学賞殺人事件』として映画化もされた。芥川賞も対岸の火事ではない。だが直木賞では、広瀬正がとれなかったのが不可解である。

第81回
(1979・上)

重兼芳子「やまあいの煙」

偏差値

46

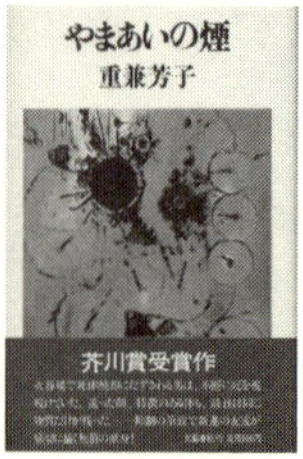

文藝春秋
装幀:坂田政則

高橋揆一郎が五十歳で受賞し、重兼が受賞するころから、「中年女性の時代」が来る。世間的には芥川賞が地味になった時代で、村上龍や池田満寿夫の時代の反動とも言え、五十歳前後の地味な女性作家の受賞が目立つようになる。

この時は村上春樹が群像新人賞をとった「風の歌を聴け」で候補になっていたがとれなかった。瀧井は「架空の作りものは」と述べているが、のち斎藤美奈子が分析して、実体験を断片化してばらばらにしただけだろうということに今ではなっている。私自身は数年後に読んで感心したし、受賞させてしかるべきだったろう。

さて重兼のほうは、早大客員教授で中国文学者、エロティックな小説も書く駒田信二の小説教室で学んだ人で、当時駒田の名前が週刊誌に出たりした。受賞作は、精神を病んだ青年の死を描いたものだが、その青年は全裸でペニスを屹立《きつりつ》させて現れるというのである。そういう病気があるものだろうか。

重兼芳子　**しげかね・よしこ**（一九二七―一九九三）北海道空知郡上砂川町生まれ。福岡県立田川高等女学校（現・西田川高校）卒。四六年プロテスタントの洗礼を受ける。主婦業のかたわら六九年より作歌を始め、七六年から朝日カルチャーセンターで創作を学ぶ。同人誌『まくた』に参加。

青野聰「愚者の夜」

偏差値

42

文藝春秋
装画:ホルスト・ヤンセン

青野は、批評家の青野季吉《すえきち》の子だが、季吉が五十過ぎて愛人に産ませた子である。そのため「母」もの小説が多かったが、『母よ』で読売文学賞をとってからは書かなくなっていた。一時柄谷行人の仲間のようだったが、次第に影が薄くなり、多摩美大教授を務めて、数年前に紫綬褒章なんか貰っていた。

受賞作は、世界中を放浪している青年と、オランダ人の妻がパリあたりでうだうだする話で、まったく退屈である。「要するに、ヘンな外人を女房にした男の曲りくねったノロケ話といえば、それにつきるであろう」（安岡）。

しかし青野は、この前に候補になった「母と子の契約」で、自分の母、つまり青野季吉の愛人が聰を含めて三人の子を作っていた（実際は四人いた）のを知らずにいた正妻が、聰を生んで数年後に愛人が死んだあとへ乗り込んで暴虐を尽くすのを描いていて、こちらのほうがずっと面白いのである。またそのあと書いた「猫っ毛時代」は、女性器を見たいと念願する少年の話で、これも私小説っぽいが、面白い。だが野間新人賞は、またしても海外放浪して女を作る『女からの声』でとっていて、つまらない作品に限って賞をとる作家だった。

なおこの秋、講談社の野間文芸賞の新人部門として野間文芸新人賞が創設された（主催は野間奉公会）。第一回受賞は津島佑子の短編集『光の領分』で、当時はこれをとると芥川賞の候補にはならないという了解があったようだ。だが青野はこの第一回も次の年も候補になっている。

津島は先ごろ死去したが、一貫して純文学を書き続けた作家だった。アイリス・マードックに比べられたりしたがマードックより不器用で、八五年に息子を事故で亡くしてからはそのことばかり書いていた。大江健三郎の『人生の親戚』は、津島をモデルにしたものだろう。

青野聰　あおの・そう（一九四三―　）東京都世田谷区生まれ。早稲田大学第一文学部中退。海外を放浪後、作家デビュー。八八年『人間のいとなみ』で芸術選奨文部大臣賞、九二年『母よ』で読売文学賞を受賞。多摩美術大学教授を務めた。

第82回
（1979・下）

森禮子「モッキングバードのいる町」

偏差値

42

新潮社
装画:天野邦弘

この回は、直木賞のほうでつかこうへい、阿久悠と中山千夏が候補になっていたので、テレビ特番まで作られていたが、直木賞は受賞作なし、芥川賞が無名の森禮子という寂しい結果になった。森禮子は放送作家で、五十一歳。同人誌での創作歴も長いが一般には知られておらず、キリスト教の洗礼を受けて、椎名麟三などに兄事していたらしい。受賞作はいきなり『新潮』に載ったもので、アメリカ人と結婚してオクラホマあたりに二十四年住んでいる女が主役の「国際結婚」ものだが、森自身の経験ではなく、あるいは姉のことであろうか。丹羽や中村が絶賛しているのだが、退屈である。

当時の芥川賞は、世間が見延典子や中沢けい（候補になったことなし）で騒いでいるのに背を向けて、地味なほうへ、地味なほうへと心がけていたようで、ちょっと不気味でさえある。

だいたい、その後もちゃんと小説を書いていける人は、遅くとも四十代前半までには書いているものである。

森禮子　もり・れいこ（一九二八―二〇一四）福岡市生まれ。県立福岡高等女学校卒。西南学院大学図書館勤務を経て上京し、同人誌『文藝首都』に参加。劇作家、放送作家として脚本も執筆。四七年、バプテスト教会の信者となる。キリスト教関連の著作も多い。

文藝評論家の地位

　今の芥川賞選考委員は、作家だけで、往年の河上徹太郎や中村光夫のような文藝評論家はいない。入れるべきだ、という声もあるが、まあムリだろう。文藝評論家の地位は、この四十年ほどでかなり低下したからだ。

　一九七〇年代の文藝雑誌を見ると、秋山駿、柄谷行人ら文藝評論家だけ五人くらいの座談会があったりして驚かされる。今はそんなものはありえない。当時は、文藝評論家が作品を批判するということは普通にあり、江藤淳など実に手厳しかった。だが江藤の晩年あたりから、文藝雑誌で作家の批判はしづらくなってきた。

　川端康成は、昭和初期に文藝時評をやっていて、そのあらかたは講談社文芸文庫の『文芸時評』に入っているが、かなり厳しく批判している。だが川端はある時期から他人の作品の批判はしなくなり、仲良し文壇を作ってその長になった。

　吉岡栄一の『文芸時評　現状と本当は怖いその歴史』（彩流社）を見ても分かるが、新聞の文藝時評も、昔は批判をしていたが、一九七〇年代半ばから、褒め批評に変わって行き、今では「産経新聞」が荒川洋治、石原千秋を起用して批判的文藝時評をやっているのを除くと、褒め時評の場と化している。文学専門の人はどうしても批判的になるので、今では片山杜秀や佐々木敦など、文学の素人にやらせているありさまで、文藝雑誌もそれに準じ、批判的な文藝評論家は遠ざけられて久しい。絓秀実《すがひでみ》、渡部直己、斎藤美奈子、福田和也などである。

　もっとも文藝に限らず、紙媒体は、インターネット以降、批判や論争をさせなくなり、そういうのはウェブ上でやってくれという姿勢になっている。特に文藝の場合は、一九六〇—七〇年代のように、「日本文学全集」が売れた時代と違っ甲論乙駁《こうろんおつばく》、毀《き》誉褒貶《よほうへん》あって、買わせるというのもあっていいだろうと思うが、まあそううまくはいくまい。

1980年代

第83回
(1980・上)

受賞作なし

この回は村上春樹が『1973年のピンボール』で二度目の、そして最後の候補になっている。野間文芸新人賞は立松和平が『遠雷《えんらい》』で受賞した。

しかし世間には、村上春樹はなぜ芥川賞をとれなかったのか、などと言う人がいて、それは村上と芥川賞と双方を意識しすぎである。芥川賞をとらなくてそれなりの作家になった人なんて他にもたくさんいるのである。

第84回
(1980・下)

尾辻克彦「父が消えた」

尾辻は赤瀬川原平《あかせがわげんぺい》の名で知られるポップアーティストで、兄は直木賞作家の赤瀬川隼《しゅん》、尾辻は本名・赤瀬川克彦で、尾辻という筆名の由来は不明。「千円札裁判」で知られるが、小説を書いたのは『海』の編集者だった村松友視《ともみ》の要請で、赤瀬川名義で一編載せてから、中央公論新人賞を「肌ざわり」で受賞、芥川賞候補になり、三度目のこれで受賞した。

「純文学のポップアート化」などと言われていたから、どんなだろうと期待して読んだら、普通に父が死んだあとのことを書いた小説だったから拍子抜けした。

そのうち、赤瀬川原平としての著作のほうが多くなってゆき、「尾辻克彦が消えた」ということになるのだが、池田満寿夫にせよ唐十郎にせよ、他分野から参入して芥川賞をとっても、元の本業へ戻って行く、という傾向がある。

この回は、あの『なんとなく、クリスタル』も候補に入っているのだが、とらなかった。江藤淳が何か勘違いして絶賛していたが、結局は田中康夫というのは作家としても政治家としても大した人ではなかったから、まあいいのだが。

偏差値

42

文藝春秋
装訂:福田隆義

尾辻克彦　おつじ・かつひこ（一九三七―二〇一四）横浜市生まれ。武蔵野美術学校（現・武蔵野美術大学）油絵学科中退。美学校講師、イラストレーターのかたわら作家デビュー。路上観察学会を創設し、八七年『東京路上探険記』で講談社エッセイ賞を受賞。九八年『老人力』がベストセラーとなり「老人力」が同年の流行語大賞を受賞。武蔵野美術大学日本画学科の客員教授を務めた。

第85回
(1981・上)

吉行理恵「小さな貴婦人」

偏差値
36

新潮社
装幀:葉祥明

大学で、教授の息子や娘が大学院へ入ってきたら、その親である教授は論文審査では欠席するのが普通である。高橋源一郎の前の妻が文藝賞の最終候補になった時も、高橋は選考会を欠席した。しかし吉行理恵については、この前に候補になった時、兄の淳之介は棄権の態だったが、欠席はしなかったようだ。あまり騒がれなかったのは、当時、世間が芥川賞にあまり感心がなかったからだろう。なお大江健三郎は、小関智弘と上田真澄を推している。上田は「真澄のツー」という変わった小説で候補になった女性だが、その後姿を消している。

この後、野間文芸新人賞は村上龍が『コインロッカー・ベイビーズ』で、宮内勝典《かつすけ》が『金色の象』で受賞している。ただし宮内はこの次も芥川賞候補になっている。

なお『なんとなく、クリスタル』で注目された文藝賞は、この年、十七歳の堀田あけみの『1980アイコ十六歳』が受賞して話題になった。堀田はその後普通の恋愛小説を書いていたが、結婚して出産した。むしろ同時受賞したふくださちの『百色メガネ』が異形の作品である。

この回の直木賞は青島幸男の『人間万事塞翁《ばんじさいおう》が丙午《ひのえうま》』が受賞し、直木賞には珍しいベストセラーになった。何しろ五木寛之がリチャード・バックのスピリチュアル小説『かもめのジョナサン』を翻訳して売れた時、対抗して『にわとりのジョナサン』（これは傑作）を訳した青島である。

吉行理恵　よしゆき・りえ（一九三九―二〇〇六）東京都千代田区生まれ。早稲田大学第二文学部国文科卒。在学中より『ユリイカ』に詩を投稿。六八年『夢の中で』（詩集）で田村俊子賞を受賞。作家の吉行エイスケと美容家の吉行あぐりの次女。兄は芥川賞作家の吉行淳之介、姉は女優の吉行和子。

第86回
（1981・下）

受賞作なし

この回は、佐藤泰志、車谷長吉、宮内勝典が候補に入っている。直木賞はつかこうへいが受賞した。八二年一月に、福武書店が文藝雑誌『海燕』を創刊した。これは小島政二郎の小説の題名だが、雑誌の命名者は埴谷雄高らしい。

第87回
(1982・上)

受賞作なし

私は高校時代に、作家を目ざしており、大学時代は創作らしいものもしたのだが、なぜか新人賞に応募したりはしなかった。私が大学に入ったのは八二年だが、その当時の芥川賞の「受賞作なし」「地味な受賞者」の連続を見ると、そんな気にならなかったわけも分かるというものだ。

この回は、早稲田の教授だった平岡篤頼《とくよし》が候補になり、「雨が好き」で中央公論新人賞をとった女優の高橋洋子が、「通りゃんせ」で候補に入っているが、もう何が何でも世間の話題になんかなってやるもんかという選考委員の執念が感じられる。なお瀧井は退任した。

野間文芸新人賞は村上春樹が『羊をめぐる冒険』で受賞し、静かに芥川賞の圏外へ去った。直木賞は文學界新人賞出身の深田祐介と、村松友視が受賞している。

第88回
（1982・下）

唐十郎「佐川君からの手紙」

偏差値
36

河出書房新社
装幀:菊地信義

断っておくが、私は唐十郎が好きである。舞台では『秘密の花園』が特にいい。テレビドラマ『安《や》寿子《すこ》の靴』もいいし、泉鏡花賞をとった『海星《ひとで》・河童』も、これより前に書いた小説『下谷万年町物語』も、まずまずである。だが、その唐でも失敗することはあって、小説『佐川君からの手紙』はその最たるものである。もし唐をよく知らない人が、芥川賞だから、というのでこれを読んで、ナーンダ唐十郎ってこの程度か、と思われたらまことにつらいのである。

開高健が悪いのだという意見もあるが、この作に関しては、大江が絶賛し、丸谷がダメだと書いている。

唐十郎　から・じゅうろう（一九四〇―　）東京市下谷区（現・台東区）生まれ。明治大学文学部演劇学科卒。劇団「青年芸術劇場」を経て、六三年「シチュエーションの会」を結成。翌年、「状況劇場」を旗揚げ。八八年、劇団「唐組」結成。横浜国立大学教授、近畿大学文芸学部客員教授を務めた後、明治大学文学部客員教授。七〇年『少女仮面』で岸田國士戯曲賞、七八年『海星・河童』で泉鏡花賞、二〇〇四年『泥人魚』で読売文学賞を受賞。

加藤幸子「夢の壁」

加藤は劇作家・加藤道夫の姪にあたるが、太平洋戦争開戦の年から敗戦まで北京にいた、その時の体験を中国人側、日本人側双方から描いたのが受賞作である。丸谷が「小説であるにしてはあまりにも苦りがきいてなさすぎる。（…）口あたりのいい美談であって、温良な美談佳話《かわ》を一篇の作品に仕立てるだけの力量はこの人にない」と言っているのに同意する。大江は褒めているがそれは政治的立場からだろう。だが大江がいつもおかしいわけではないし、丸谷がいつもいいわけではない。この回は特に丸谷の正しさと大江のおかしさが目立った。

加藤幸子　かとう・ゆきこ（一九三六―　）札幌市生まれ。北海道大学農学部卒。四一年に両親とともに北京へ渡り、四七年に帰国し東京で暮らす。農林省農業技術研究所、日本自然保護協会勤務のかたわら創作を続ける。九一年『尾崎翠の感覚世界』で芸術選奨文部大臣賞を受賞。

偏差値

44

新潮社
装画:高山辰雄

第89回
（1983・上）

受賞作なし

この回は、伊井直行と、島田雅彦が候補に入っている。島田は東京外国語大学ロシア語在学中の二十二歳で、新人賞出身ではなく、「優しいサヨクのための嬉遊曲」を『海燕』編集部に持ち込んで掲載され、話題となった。のち平野啓一郎も『新潮』に同じことをしている。文藝雑誌の最後のページには「投稿原稿は新人賞応募作品として受付けます」と記してあったが（今は『文學界』にはない）、そういう例外的なことはしてもいいのである。

島田の作は、特にどうということのない、むしろ何が言いたいのか分からない作品だったが、「サヨク」という表記だけが話題になり、磯田光一など『左翼がサヨクになるとき』などという評論を書いた。しかし芥川賞には六回候補となってついにとれなかった。

佐伯一麦の『芥川賞を取らなかった名作たち』で「優しいサヨクのための嬉遊曲」が取り上げられ、佐伯がこれを、ロシア・フォルマリズムの方法で書かれていると書いているが、ロシア・フォルマリズムというのは文藝批評の方法であって、小説を書く方法ではない。大江健三郎が、選評でロシア・フォルマリズムに触れている、と佐伯は言うが、大江は、ロシア・フォルマリズムと同時期のブルガーコフなどの作品に触れているだけで、ロシア・フォルマリズムの方法で書かれているなどとは書いていないのである。

「ロシア・アヴァンギャルド」とか「ロシア構成主義」であればまだ分かるのだが、それでも主として絵画・音楽・演劇・詩の手法であって、小説に使われる名称としては聞いたことがない。巻末では佐伯と島田が対談をして、島田も「ロシア・フォルマリズム」と言っているのだが、外大で何を学んでいたのであろう。

当時「ニューアカ」時代で、ゴンブロヴィッチがどうとかオペラが好きとか言っていたためニューアカ要員になって浅田彰と対談本を出したりしたが、小説の出来が悪く、着想は面白そうなのだが読んでいくと飽きてくる。「青二才」とか「ヒコクミン」とか言って左翼ぶっていたが、のちに熱烈な皇室ファンであることをカムアウト。早々と結婚はしたが二枚目なので女にもて一時は四人の愛人がいてその一人石井苗子《みつこ》のヌード写真が島田から流出したりした。法政大学教授になったがこれは川村湊の陰謀で偽公募で入っている。

三島由紀夫を意識していて、三島賞が創設された時はいずれ島田がとると言われて、しかしとれず、雅子さんとの恋を描いたとされた『無限カノン』三部作は、大佛次郎賞をとると言われたがとれず、今日まで谷崎賞も野間文芸賞もとれず、しかしなぜか人気作家で文藝誌にしょっちゅう連載していて、ついに芥川賞の選考委員になった。

作品として一番話題になったのは『彼岸先生』（一九九二）だろう。これは泉鏡花文学賞を受賞している。これは当時なぜか名作扱いされるようになった漱石の『こゝろ』を下敷きにしているらしいのだが、私は『こゝろ』が好きではなかったし、今では女性嫌悪の愚作だと思っている。まあ内容はあまり『こゝろ』とは関係ないのだが、よく分からない小説だったし、その頃島田が岩波新書で書いた『漱石を書く』は、徹頭徹尾意味不明だった。

この回を最後に井上靖が選考委員を降りた。直木賞は胡桃沢耕史《くるみざわこうし》が『黒パン俘虜記《ふりよ》』で受賞したが、それまで清水正二郎《しょうじろう》の名でポルノ小説などを書いていた胡桃沢が、「私小説ならとれると思った」として書いた長編である。

第90回
（1983・下）

笠原淳「杢二の世界」

偏差値

40

福武書店
装幀:菊地信義
装画:木村茂

この頃私は大学二年で、部屋にまだテレビがなく、芥川賞の発表をラジオで聴いていた。すると受賞作が「もくじのせかい」「ひかりだくともよ」と発音されたので、字が分からなかったのを覚えている。候補作一覧は新聞でチラッと見たが、記憶するほどではなかった。

笠原淳は、新潮新人賞を七年前にとった人で、それまではラジオドラマなどを書いていた。初候補での受賞作は、視点人物である男の、十五歳ほど年下の、生活力のない杢二という弟が転落死した話で、そこへ杢二の愛人だったらしい女が来て語り合うが、すとんと終わっている。選考委員も褒めているんだか何だか分からない、なんで受賞したのか分からない作である。

笠原淳　かさはら・じゅん（一九三六―二〇一五）神奈川県川崎市生まれ。法政大学経済学部除籍。放送作家としてラジオドラマの脚本を数々手掛けた後、作家デビュー。法政大学文学部教授を務めた。

髙樹のぶ子「光抱く友よ」

偏差値

42

新潮社
装画:甕嘔

これは四回目の候補である。髙樹は山口大学の理系の教授の娘で、その高校時代の不良っぽくなった友人のことを書いている。しかしこれは、まず自分のことを書いてからでないと、バランスの悪い小説になってしまっている。自分自身のことは、先に候補になった「その細き道」で書いており、書くネタが私小説として尽きたからこういう作品になったので、安岡章太郎が「最初の『その細き道』の素直さを憶い返して貰いたい」としているのは、作家にしてはそのことを理解していない、いわば意地悪な評言だし、安岡は別に「その細き道」を推していたわけではないので、まことに意地が悪い。そして意地悪された作家は自分が選考委員になると同じ意地悪をするのだ。

その後髙樹は『時を青く染めて』『波光きらめく果て』など、すごいタイトルの、おおむね恋愛小説を書く作家になった。髙樹は年譜によると若い頃結婚して子供も産んだが自身の浮気のため離婚し、子供とも会えなくなり、その後再婚している。美人でそういう経歴なので、恋愛について、もてないとか、そういう視点からはまったく考えないので、私とは徹底的に相性が悪い。もう二十年くらい前に、髙樹が新聞に載せた、高校生に贈るみたいなエッセイは、いじめとかもてないとかそういうことは一切眼中になく、恋愛やセックスや旅をしたいが親や教師が認めない、といったことについてだけ書いてあったので、批判したことがある。

谷崎賞をとった『透光の樹』は通俗恋愛小説としても出来が悪く、新聞に連載した「甘苦上海《がんくうしゃんはい》」などは、歯ブラシを使ったセックスとかが出てくるデロデロの通俗ポルノ小説で、全四巻で出したあとなぜか「完結版」として一冊にまとめて、文藝誌で書評されたりしていたが、奇妙なことをしたものだ。芥川賞選考委員はしているが、宮本輝と同じで、この人のこともほとんど純文学作家だと思っている人はいないのではなかろうか。

この回は干刈《ひかり》あがたが「ウホッホ探検隊」で候補に上っている。干刈のこれは映画化されて絶賛され（しかし興行成績は振るわず）、「ゆっくり東京女子マラソン」もテレビドラマ化と妙に人気があった。あまり私は感心しなかったが。

髙樹のぶ子　たかぎ・のぶこ（一九四六―　）山口県防府市生まれ。東京女子大学短期大学部教育学科卒。出版社勤務、結婚、出産、離婚を経て作家デビュー。九九年『透光の樹』で谷崎賞、二〇〇六年『ＨＯＫＫＡＩ』で芸術選奨文部科学大臣賞、二〇一〇年「トモスイ」で川端賞を受賞。

第91回
（1984・上）

受賞作なし

この頃は、佐藤泰志、島田雅彦、干刈あがた（「ゆっくり東京女子マラソン」）が常連候補になっているが、とれない。何度も候補になるのは、日本文学振興会つまり文春でとらせたいと思っているからなのだが、やはり候補者は文壇バーとかで選考委員を接待しないといけないものなのか、そのへんはよく知らない。

このあと、青野聰と島田雅彦が野間新人賞をとるが、初期は芥川賞をとれなかった作家の救済賞みたいだったのに、青野だけ芥川賞をとってからとっている。

なおこの回は大江が欠席しそのまま辞任しているが、これは小田切秀雄・中野孝次ら文学者の反核運動に際して、文藝春秋のオピニオン誌『諸君！』が批判し、朝日新聞の本多勝一から、なぜ大江はそういう文春の賞の選考委員をしているのかと責められたのと、『諸君！』の編集長で、のち保守・右翼の論客となる堤堯《つつみたかし》が『文藝春秋』の編集長に就任したためである。ただしのち戻ってくる。

この五月、中央公論社の『海』が休刊になった。「朝日新聞」では、文藝誌発売の毎月七日に二面下を四つ切りで地味に文藝誌の広告を並べていたが、『海』の欄は、季刊の『中央公論文芸特集』が年四回だけ載り、あとは中央公論社の広告になった。『海』創刊前は、この欄は三つ切りだったり四つ切りだったりして、『新潮』『文學界』『群像』の広告が載っていた。『すばる』と『海燕』はこの欄には入っていなかった。

第92回
（1984・下）

木崎さと子「青桐」

偏差値
44

文藝春秋
装幀:高柳裕

木崎は、父も夫も理系の学者で、受賞作は叔母が乳がんで死ぬまでを描いたものである。かといって私小説ではなく、視点人物は三十すぎの独身女で、従兄への片思いとかがあるらしい。フランス小説めいているが、別に面白くはない。

この頃候補になっていたのが桐山襲《かさね》で、天皇暗殺計画を描いた「パルチザン伝説」で文藝賞の最終候補になった。作として出来がいいとは思えないが、選考委員の小島信夫は、こういうものを当選させて右翼に脅されたら困る、などと選評に書いて物議を醸した。

木崎さと子　きざき・さとこ（一九三九―　）満州国新京市（現・長春）生まれ。東京女子大学短期大学部卒。少女時代を北陸で過ごす。会社員を経て、六二年に結婚。夫とともに二十代から三十代をフランスで過ごす。直木賞作家の皆川博子は従姉。

第93回
（1985年上）

受賞作なし

この回で丸谷が選考委員を辞任するが、五年後に大江とともに戻ってくる。戻った時吉行が「丸谷はなんで辞めたんだっけな」などと言っていたが、そりゃ毎回つまらない作品ばかり受賞していて嫌になったのだろう。

このあと、野間新人賞は中沢けいと増田みず子が受賞し、いよいよ芥川賞をとれなかった作家のセーフティネット賞となっている。

第94回
(1985・下)

米谷ふみ子「過越しの祭」

偏差値

44

新潮社
装幀:米谷ふみ子

米谷は「遠来の客」で文學界新人賞を、「過越しの祭り」で新潮新人賞をほぼ同時にとってデビューし、こちらでそのまま芥川賞をとった。五十代女性による、ユダヤ人との結婚を描いた、おなじみ国際結婚ものである。ユダヤ人差別ではないか、と少し問題になった。最近は九条護憲派として気炎を上げている。

この回は、小林恭二、石和《いさわ》鷹《たか》に、当時話題の文藝賞受賞の山田詠美「ベッドタイムアイズ」が候補にあるが、素直に山田詠美にあげておけば良かったのに。田久保英夫、古井由吉、また直木賞選考委員からの横すべりで水上勉が新選考委員になった。

この回の直木賞は林真理子が受賞している。栗本慎一郎は、『野性時代』の八四年五月号に「紐育の少女　小説・林真理子」を書き、九月に「白雨の少女　小説・林真理子パート2」を書いているが、単行本に入っていない。

米谷ふみ子　こめたに・ふみこ（一九三〇―　）大阪市生まれ。大阪女子大学（現・大阪府立大学）国文科卒。二科展に油絵で三年連続入選。六〇年から米国に留学し、アメリカ人画家と結婚。ロサンゼルス近郊、パシフィック・パリセイズ在住。

第95回
（1986・上）

受賞作なし

山田詠美「ジェシーの背骨」、島田雅彦「ドンナ・アンナ」などが候補。野間新人賞は岩阪恵子と干刈あがたが受賞。

第96回
（1986・下）

受賞作なし

島田のほか、山本昌代が候補に入っている。遠藤周作と安岡章太郎が欠席し、そのまま選考委員を辞任した。中村光夫がこの前に辞任しており、選考委員が一新されて、「中年女性の時代」は終りに近づく。安岡と遠藤は、芥川賞がお祭り騒ぎになっていると批判していたから、「地味路線」を支えた二人と言ってよかろう。島田は吉行に否定され続けたと文句を言っているが、何も言っていない遠藤や安岡は、やはり推していなかったのだろう。選考会というのは、誰が何を言ったかは部外秘に近く、選評を読んでも本当のところは分からないものだ。

第97回
(1987・上)

村田喜代子「鍋の中」

偏差値

52

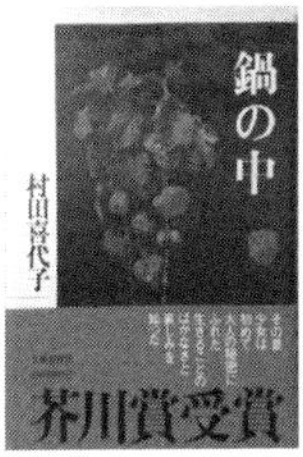

文藝春秋
装幀:坂田政則
装画:野田弘志

これはちょうど私が大学院へ入った頃のことである。ミーハーに蓮實重彦の授業などに出てフロベールの『感情教育』を教わっていたが、蓮實先生は授業に出る学生が嫌いだとかで、出席者は少なく、一度など私一人だったことがあった。

選考委員刷新で、大庭みな子、河野多恵子、黒井千次、日野啓三が入った。初の女性選考委員だが、今では四人もいる。中村光夫が辞めた時、次は自分が選考委員になるだろうと期待しただろうと思われるのが江藤淳である。評論家枠が空いたからだが、選ばれなかった。江藤は八四年に丸谷、吉行、古井、大庭らを批判して中上健次を称揚する『自由と禁忌』を刊行しており、いくらかは文壇から孤立していた。以後今日にいたるまで、批評家は芥川賞の選考委員には入っていない。

「鍋の中」は黒澤明が「八月の狂詩曲《ラプソディー》」として映画化したが不評で、特に村田は不満で、「ラストで許そう、黒澤明」を書いている。村田はシナリオ作家をしていたのである。

これは四人の子供たちの八十歳になるおばあさんに、六十年前にハワイへ渡った弟の息子から、広大なパイナップル畑を所有しているという手紙が来て、子供の親つまりおばあさんの子らがハワイへ渡っている夏休みに、子供らがおばあさんと生活をともにするという話である。

黒澤はそれだけではネタが足りないと思ったのか原爆ものにしてしまった。ラストシーンで驟雨の中をおばあさんを迎えに子供らが走って行くのだけが良かったと、これは多くの人が思ったらしい。

村田は当時四十二歳、これも「中年女性」作家かと思ったが、着実に文学賞もとって文壇内作家になっている。

この時の直木賞を『ソウル・ミュージック・ラバーズ・オンリー』で山田詠美が受賞している。

この回は飯田章が候補になっている。七四年に「迪子《みちこ》とその夫」で群像新人賞をとり、のち今世紀になってからいくつかの単行本を刊行した。二〇一五年に出た短編集『破垣《やれがき》』（幻戯書房）が良かったので小谷野賞を授与したが、世間ではちっとも話題にならなかった。

この年は、村上春樹の『ノルウェイの森』と、俵万智の『サラダ記念日』がベストセラーになった。そのため村上は嫉妬され、文壇から距離を置くことになった。

村田喜代子　むらた・きよこ（一九四五―　）福岡県八幡市（現・北九州市）生まれ。八幡市立花尾中学校卒。結婚、出産を経て、同人誌に参加し創作を続ける。九八年「望潮」で川端賞、九九年『龍秘御天歌』で芸術選奨文部大臣賞、二〇一〇年『故郷のわが家』で野間文芸賞、一四年『ゆうじょこう』で読売文学賞を受賞。

第98回
(1987・下)

池澤夏樹「スティル・ライフ」

偏差値
42

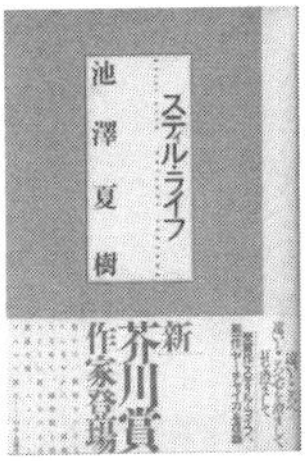

中央公論
装幀:戸田ツトム

池澤夏樹は四十二歳、福永武彦の子だが、生まれてほどなく母と福永が別れたため、母に育てられ、ギリシア語の翻訳やアンゲロプロスの映画の字幕の仕事などをしていた。『夏の朝の成層圏』という長編をいきなり『中央公論』に発表したが、全然話題にならず、改めて中公新人賞に応募して受賞した「スティル・ライフ」でそのままの受賞になった。

「スティル・ライフ」は「静物画」であり、「静かな生活」でもある。話は簡単で、染色会社に勤める「ぼく」が、佐々井という男と知り合って、投機を始め、失敗するというそれだけのものだ。退屈だが、どうやらキモは間に差し挟まれる感想のごときものらしい。

のちに選考委員らは、久しぶりに才能のある芥川賞作家が出たと語ったという。実際池澤のその後は目ざましく、数々の文学賞を受賞し、芥川賞選考委員を務めたがわりあいさっさと辞め、藝術院会員になり朝日賞をとっている。

『マシアス・ギリの失脚』のような本格小説も書いており、マジック・リアリズムと言われているが、小説の数はあまり多くなく、エッセイ・評論が多い。海外の文学にも詳しいとされ、河出書房新社で「世界文学全集」「日本文学全集」を一人で編纂するなど、文壇の一方の重鎮である。四十過ぎて世に出たことや、丸谷才一の後継者的であること、埼玉大中退といった学歴は、辻原登と双璧ともいえる。

むしろ作家というより、随筆家・評論家であり、政治的なリベラルで、かといって藝術院入りを拒否する左翼でもない、「なんとなく、リベラル」そのものである。かつて福田和也は池澤を厳しく批判していたが、代表作がない。賞はたくさんとっているが、これが売れたとか話題になったという著作はないのではないか。十歳上の大江健三郎と比べても、小説家として特に優れているとは思えない。ほぼ同年で死去した車谷長吉のほうが、作家としては圧倒的に上であろう。

池澤夏樹　いけざわ・なつき（一九四五―　）北海道帯広市生まれ。埼玉大学理工学部物理学科中退。世界各地を旅して帰国後の七八年に詩集を発表。ギリシャ、沖縄、フランスに滞在し、現在は札幌在住。九二年『母なる自然のおっぱい』で読売文学賞、九三年『マシアス・ギリの失脚』で谷崎賞、二〇〇一年『すばらしい世界』で芸術選奨文部科学大臣賞を受賞。一二年、藝術院会員就任。

三浦清宏「長男の出家」

偏差値

44

福武書店
装幀:田村義也

三浦は五十七歳、英文学者で、明大工学部のち理工学部の教授だったが、先輩同僚の小島信夫に兄事して小説を書き始めた。一九七〇年『群像』に小説を発表、芥川賞候補になったのは七四年で、それから十三年後の受賞である。当時として森敦に次ぐ高齢受賞である。なお、五十歳を過ぎて候補になって落選して、そのあとで受賞した例は、芥川賞にはない。

受賞作は題名どおり、長男が出家したというだけの話である。河野多恵子が絶賛している。ところで三浦は英国でのオカルト体験を書いていて、この後はオカルトの人になっていく。作家にもオカルトな人はいて、田口ランディや吉本ばななが有名だが、宮内勝典もそうである。宮内悠介も、「こういった超常現象は『ある』と答えるのは科学的ではない。しかし『ない』と答えるのは心が無いとも思えるのです」などと言っていて（『新刊ニュース』二〇一六年六月）、やっぱりオカルトだったかと思った。

この回の直木賞は、阿部牧郎《まきお》『それぞれの終楽章』という私小説が受賞している。筒井康隆は、佐木隆三と阿部は昔の友達だったが、苦節十年で佐木が受賞、苦節二十年で阿部が受賞、俺はあと十年やらないと貰えないのかと恨み言を言い、陳舜臣《ちんしゅんしん》を呆れさせている。「そのうちあなたが選考委員になってしまいますから」とも言われたが、ならなかったじゃないか。

三浦清宏　みうら・きよひろ（一九三〇―　）北海道室蘭市生まれ、東京育ち。東京大学文学部英文学科中退、アメリカ・サンノゼ州立大学卒業後、アイオワ大学ポエトリー・ワークショップ修了。海外で旅行社、航空会社に勤務後、六二年に帰国。テレビ制作会社を経て大学講師として働く。明治大学理工学部教授を務めた。心霊研究者としての著作も多い。

第99回
（1988・上）

新井満「尋ね人の時間」

偏差値
42

文藝春秋
装画:ディヴィッド・ホックニー

新井はCMプロデューサーで、森敦が芥川賞をとった時、檀ふみとCMで共演してほしいと、森が檀一雄の友人だったことも知らずに頼みに行って知り合い、その後森に師事して小説を書くようになった。

三回目の候補になった「ヴェクサシオン」は野間新人賞を受賞しており、野間新をとったあとで芥川賞をとった初の例となり、以後、野間新は「芥川賞以前」に位置づけられることになる。

私は高校三年の春（一九八〇）「みんなのうた」で新井が歌った「展覧会で逢った女の子」を聴いていたから新井の名は知っていたはずだが、井沢満《まん》と混同していた時期もあった。だが作品は、華やかな職業がら、というところから想像できるとおり、片岡義男や村上春樹風のこじゃれたもので、中間小説誌に載る風俗小説のようだ。おしゃまな娘との会話も悪くスノッブである。

新井はその後は、「千の風になって」の訳詞をしたり、仏教経典の自由訳をしたりと、通俗文化人になった。地味路線を脱却するとこうなるわけで、難しいものである。もっともこの回は佐伯一麦と吉本ばななが候補になっており、佐伯に授与すべきだったろう。

この頃、吉本隆明の次女が吉本ばななの名で海燕新人賞をとった「キッチン」が話題になっていた。

新井満　あらい・まん（一九四六―　）新潟市生まれ。上智大学法学部卒。電通に入社し、二〇〇六年に定年退社。二〇〇七年「千の風になって」でレコード大賞作曲賞を受賞。北海道亀田郡七飯町在住。

第100回
（1988・下）

南木佳士「ダイヤモンドダスト」

偏差値

42

文藝春秋
装幀:菊地信義

南木は現職の医師で、私小説作家と見られている。だが、あったことを書けばいい私小説になるというわけではないだろう。あまりにも藝がない。のち『草すべり　その他の短編』で泉鏡花賞と芸術選奨を受賞するが、これはほとんど、書かれていることの意味が時おり把握できなくなるありさまだった。

佐伯一麦が受賞せず南木が受賞するあたり、選考委員の作家たちは、自分たちのライヴァルになりそうな作家には受賞させないのではないか、という疑念を抱かせるものがある。

南木佳士　なぎ・けいし（一九五一―　）群馬県吾妻郡嬬恋村生まれ。秋田大学医学部卒。長野県佐久市在住。内科医のかたわら創作を続ける。八一年、難民医療チームに加わり、タイ・カンボジア国境滞在中に作家デビュー。二〇〇八年『草すべり　その他の短篇』で泉鏡花賞、〇九年に芸術選奨文部科学大臣賞を受賞。

李良枝「由熙(ユヒ)」

李良枝は、子供の頃に両親が日本に帰化しており、日本国籍である。だが早大をすぐ中退して、朝鮮文化にのめりこんでいく。「由熙」は、この名の在日朝鮮人が、韓国の大学に入って文学を勉強しようとするが、韓国語もおぼつかず、挫折して帰国するという話を、韓国で世話をした年長の女性の視点から書いたものである。

在日朝鮮人二世、三世の中には、日本語が母語であるにもかかわらず、政治運動的な意味あいから韓国・朝鮮に関心をもち、韓国へ渡ったりするのだが、自身がその国に属していると思っているのにその国の言葉ができないという不条理な事態に直面して混乱する者が少なくない。これは、そういうことをテーマとしてはっきりと書いた、いわばテーマ小説である。芥川賞はテーマ小説を嫌うので、これはよくぞ受賞したと思う。

テーマの選択がいいので、李良枝の腕前がいいのではないのかもしれないが、これを書いたのは李良枝が初めてである。だがこの数年後、李は急死した。

この回の直木賞は藤堂志津子が受賞した。この後一時期藤堂は、恋愛のリアルな姿を描いて純文学の域に達したことがあった。その後、書かなくなったが……。

偏差値

72

講談社
装幀:菊地信義

李良枝　い・やんじ（一九五五―九二）山梨県南都留郡西桂町生まれ。早稲田大学社会科学部中退、ソウル大学校国語国文学科卒。六四年、両親の帰化により日本国籍となる。ソウル大学在学中に作家デビュー。梨花女子大学舞踊学科大学院在学中に、急性肺炎とウイルス性の心筋炎のため死去。

第101回
（1989・上）

受賞作なし

この回は鷺沢萠が候補に上がっていた。開高健が選考会に欠席、ほどなく死去した。野間新人賞はやはり芥川賞のとれなかった伊井直行が受賞した。またこれより先、新潮社が三島由紀夫賞と山本周五郎賞を創設した。新潮社は文藝出版社の最老舗で、戦後は「新潮文庫」を成功させたが、賞では文藝春秋に負けていて、新潮社文学賞、ついで日本文学大賞を設けたがあまり注目されないので、芥川・直木賞に対抗して、年一回、長編小説を主たる対象とし、大江、江藤淳、筒井康隆、中上健次、宮本輝を選考委員にして、第一回三島賞（一九八八）は高橋源一郎が受賞した。

この年は、吉本ばななの『ＴＵＧＵＭＩ』が山本周五郎賞を受賞し、ベストセラーになった。

第102回
（1989・下）

瀧澤美恵子「ネコババのいる町で」

偏差値

42

文藝春秋
装釘:森玲子

「芥川賞は一発屋でもいい」という意見があるのだが、私は賛同できない。だいたいその一発が抜群に優れていればいいが、そんな一発屋はいないのである。これなども、四十過ぎてふと小説を書きだした女性が、文學界新人賞をとってそのまま芥川賞にまで至った例であり、その後は通俗小説めいたものを三冊ほど出して終りである。

実際には四、五回候補になって、功労賞的に授賞することもあるのだから、いっそそういうものと決めてしまったほうがいい。

これはアメリカで育った女の子の物語だが、別に面白くはないし、題名が何だか「モッキングバードのいる町」のまねみたいだ。

瀧澤美恵子　たきざわ・みえこ（一九三九―　）新潟県中蒲原郡村松町生まれ。東京外国語大学中国語学科中退。外資系企業の社長秘書などとして働いた後、結婚。主婦業のかたわら朝日カルチャーセンターの駒田信二の小説教室に通い、創作を始める。

大岡玲「表層生活」

偏差値
38

文藝春秋
BD:坂田政則
彫刻:安田侃

大岡信《まこと》の子で、東京外大でイタリア語を学んだ。これより先、「黄昏のストーム・シーディング」で三島賞を受賞しており、三浦哲郎は、前に候補になった時、「私は、しかるべき権威を持つ文壇への登龍門、たとえば芥川賞、三島賞、直木賞、山本賞などを一つくぐった新人は、それだけで新進作家と認めてやっていいのではないかと思っている。（略）私は今回、三島由紀夫賞と新進作家大岡玲氏の名誉のために、彼の予選通過作品『わが美しのポイズンヴィル』に対する選考委員としてのすべての権利を放棄したことをここに明記しておく」とし、この時も同じことを表明した。

しかし三浦は、大岡の作風にまったく感心できなかったのではないか。単行本の惹句《じゃっく》にはこうある。「稀代の頭脳を持った人間嫌いの青年が、コンピュータを駆使して大衆を操ろうと企てた時……」。だが中身は、「計算機」とあだ名される男が、花嫁学校の事務局長をしている主人公に、学生を対象としてデータ集めをしたいと言いだしてごたごたする話で、といって筋らしい筋はない。

何か退屈な小説を読みたいという人がいたらお勧めしたいくらいで、これで前衛的なつもりなのか。推したのは大庭、黒井、日野、河野である。大岡信の子という親の七光りでもあったのか。

その後大岡玲はテレビ番組の司会をしたりして、小説は書いたが、大学教授になってからは小説はやめてしまったようだ。福田和也が漫罵していた。

大岡玲　おおおか・あきら（一九五八―　）東京都三鷹市生まれ。東京外国語大学イタリア語専攻修士課程修了。父は詩人の大岡信、母は劇作家の深瀬サキ。高校教師、大学講師のかたわら作家デビュー。東京経済大学教授を務める。

私小説をめぐって

このところ、私小説論義が一部で盛んだが、だいぶ間違ったことが言われている。というのは、私の『私小説のすすめ』（平凡社新書）あたりを無視するからである。

その間違い、ないし怪しい説は、

一、かつて私小説は純文学の精髄として尊重されていた。
二、私小説は日本独特のものである。
三、私小説は「私」を追究する哲学的なものである。

というあたりだが、「一」は十年以上前に、ホラー作家でもある大塚英志が私小説攻撃のために言っていたことで、だがその当時は、すでに私小説は尊重されてなどいなかったから、大塚の文章の時制がおかしくなっていた。

ではかつてはそうだったのかと言うと、私小説批判というのは昭和初年からあり、それは大正時代に作家が、自分と周囲のことを漫然と書いて小説として通用させていたからである。特にプロレタリア文学は私小説に批判的で、小林秀雄が「私小説論」で、日本の私小説は「社会化されていない」としたのは、プロレタリア陣営への流し眼だろう。だから宮本百合子でさえ攻撃された。

まして一九七〇年代には、私小説はダメだという認識が一般化しており、戦後、安部公房や遠藤周作、北杜夫の、明らかに私小説ではないものが芥川賞をとっている中で、私小説が権威だったなどということはありえない。ただし、一九八〇年代の、「中年女性の時代」には、妙に私小説が多く、よりによって反私小説派の丸谷才一が選考委員をしていた時に多くて、それがまたことごとくつまらなかった。つまらない私小説はよくないが、じゃあファンタジー小説はみな面白いのかといえばそうではないのは当然のことである。

だが私小説には、事実の力というものがあって文藝として強いから、傑作に私小説が多いのである。もちろんそういう意味では、ノンフィクション、モデル小説など取材したものもそうである。

「二」についても、ルソーの『告白』とか、ゲーテの『若きウェルテルの悩み』など、自身の経験をもとにした文学は西洋にもたくさんあり、ディケンズやトルストイ、ドストエフスキーやフロベール、ボーヴォワールやマルグリット・デュラスにも自伝的作品があり、カロッサやヘンリー・ミラーのような私小説専門の作家もいる。「二」の論者たちがそういうことを踏まえて、しかし日本に多い、と言うならまだ分かるのだが、そういうことを一切無視して、日本にしかないみたいなことを言うから変なのである。それに、徳川時代には私小説的なものはほぼない。まあ『折《おり》たく柴《しば》の記』とかはあるが、自身の恋愛について書いたものなどなくて、それは儒教がそういうことに批判的だったからで、だから漢文学には自分の恋愛を描いたものがほとんどない。

「三」は、小林秀雄もまた「私を征服しえたか」などと言っており、哲学へ向かう傾向の強い文藝評論青年が陥りやすいところだが、田山花袋や近松秋江がそんなものを追究したであろうか。文藝というのは、何か「問題」を追究するためのものではない。

1990年代

第103回
（1990・上）

辻原登「村の名前」

偏差値

38

文藝春秋
装幀:野田弘志

辻原は四十四歳、文化学院卒で大学は出ていない。一九六七年に村上博の本名で文藝賞の佳作になっているが、その後郷里の和歌山に帰り、千枚の小説を『文藝』の編集者に渡したが一年後黙って返されたという。三十過ぎて中国貿易の会社に勤め、四十歳で再度小説を書き始めた。

「村の名前」は、商社員が中国のある村で接待を受け、そこの娘に夜伽《よとぎ》をされるという話らしく、桃《とう》源郷《げんきょう》をイメージさせている。当時、中国への侮辱だとか言われたが、とにかく小説として面白くないし、日本語がおかしい。「やっと少年がかん高く口を開いた」っておかしくないか。

この回から、どういうわけか大江と丸谷が選考委員に戻ってきた。推したのは丸谷で、「われわれの文学の宿題みたいになつてゐるリアリズムからの脱出といふことを、かなりうまくやつてゐる」と言うのだが、別にそれなら村上春樹の『世界の終りとハードボイルド・ワンダーランド』は谷崎賞をとっていたし、はるか以前に川端の「片腕」もあり、何を言っているのかよく分からない。

辻原は「丸谷グループ」の番頭みたいになり、池澤夏樹と並んでむやみと文学賞をとり、一方の重鎮になっているが、どうもその作品は純文学じゃないような気がするし、かといって特に面白くもないのだが……。

なおこのあと十月、芥川賞をとれなかった佐藤泰志が自殺した。四十一歳だった。最近になってそのことへの同情からか作品が復刊したり映画化されたりしているが、私にはそう大した作家とは思われない。

この頃、筒井康隆の『文学部唯野《ただの》教授』がベストセラーになっていた。

辻原登　つじはら・のぼる（一九四五―　）和歌山県日高郡切目川村生まれ。文化学院卒。ＩＴ関連企業勤務のかたわら創作を続ける。九九年『翔べ麒麟』で読売文学賞、二〇〇〇年『遊動亭円木』で谷崎賞、〇五年『枯葉の中の青い炎』で川端賞、〇六年『花はさくら木』で大佛次郎賞、一一年『闇の奥』で芸術選奨文部科学大臣賞を受賞。一六年、藝術院会員就任。東海大学教授を務めた。

第104回
(1990・下)

小川洋子「妊娠カレンダー」

偏差値

52

文藝春秋
装幀:山本容子

小川洋子は私と同年だがぎりぎりの早生まれなので学年は一つ上だ。旧姓は本郷で、祖父の代からの金光教《こんこうきょう》の家に生まれ、早大在学中は金光教の寮にいた。海燕新人賞をとって四回目の候補で受賞した。当時私はカナダにいたが、その前に福武書店から最初の本を出していた。担当の女性編集者は、小説を書くよう熱心に勧めてくれ、カナダ滞在中に私は、小説を書きたいと手紙を出したのだが、返事はなく、帰国後、福武書店を辞めたらしいと知った。結局私はその時小説を書くことはなかった。「妊娠カレンダー」は、姉の妊娠に嫉妬する妹の話だが、小川は長女で、この時すでに子がいたから、姉のほうが自分なのだろう。

受賞が決まった時、小川は岡山にいて電話で取材に答えていた。今のように、ほぼ全員が東京周辺で「待ち」をするなんてことはなかったのだ。

小川は、早大文藝科で小説を卒論として卒業、郷里の医科大学の教員秘書をしてから結婚した。だから初期の小説は病院ものが多く、女の生理を描くタイプだった。『アンネの日記』が好きで作家になったという。しばらくは普通に小説を書いてさほどパッとしなかったが、『博士の愛した数式』がベストセラーになり、文壇の中枢へ出て、芥川賞選考委員になった。しかし最近の作風は、とても純文学作家とは思えない。

小川洋子　おがわ・ようこ（一九六二―　）岡山市生まれ。早稲田大学第一文学部文藝科卒。大学の秘書室勤務、結婚を経て作家デビュー。二〇〇四年『博士の愛した数式』で本屋大賞と読売文学賞、『ブラフマンの埋葬』で泉鏡花賞、〇六年『ミーナの行進』で谷崎賞、一三年『ことり』で芸術選奨文部科学大臣賞を受賞。

第105回
（1991・上）

辺見庸「自動起床装置」

辺見は、本名を辺見秀逸《しゅういつ》という通信社記者で、八七年五月、北京特派員だったが、スパイ容疑で中共政府から国外退去させられた。その頃岸本葉子さんが北京で学んでいて、駐在員と交際していたというが、辺見の話は出てこないから妙な疑いを受けている。「自動起床装置」は、まあまあ面白いが、この後受賞した藤原智美の「運転士」とどうも印象がかぶっていけない。

その後は作家というより、九条護憲派の論客としての仕事が多く、ほかに詩もあるが、まあ紫綬褒章をもらったりしないだけましなほうだろう。

辺見庸　へんみ・よう（一九四四―　）宮城県石巻市出身。早稲田大学第二文学部卒。共同通信社に入社し、北京特派員、ハノイ支局長、編集委員、外信部次長として勤務。七八年日本新聞協会賞、九四年『もの食う人びと』で講談社ノンフィクション賞受賞を経て九六年退社。二〇一一年『生首』（詩集）で中原中也賞、一二年『眼の海』（詩集）で高見順賞、一六年『増補版 1★9★3★7』で城山三郎賞を受賞。

偏差値

52

文藝春秋
装幀:森玲子
写真:姉崎一馬

荻野アンナ「背負い水」

偏差値

42

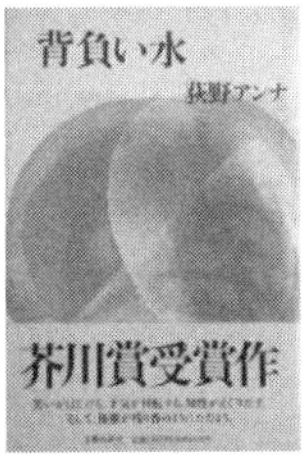

文藝春秋
AD:坂田政則
装画:江見絹子

これが芥川賞をとった時浅田彰が漫罵していたが、実に珍妙な受賞である。荻野はアメリカ人の父と日本人画家の母をもち、慶大仏文科の大学院へ行き、パリでラブレーの研究で博士号をとり、今は慶大教授である。当時は助手。慶應は、自校（自塾？）出身者を教授にする場合は、一遍も外へ出さないで、助手→講師→助教授と不変態の動物みたいにする。

荻野は、芥川賞受賞の電話を受けて「あ、ショウ」とダジャレを言ったとされ、ダジャレとギャグが好きだとされていたが、それがまた死ぬほどつまらない。「背負い水」は、当時つきあっていて結婚を親に反対された男の話だが、文体は軽薄で、「バッグン」とか、まるで六〇年代、森村桂《かつら》だし、「イズムと名のつくものはすべからく苦手にしている」と「すべからく」を誤用しているし、日本語が苦手らしい。のち読売文学賞をとった『ホラ吹きアンリの冒険』（自伝的小説にこういう題名をつけるのもどうか）を読んだが、日本語が下手なので辟易した。

この回を入れて四回候補になったが、一貫して河野多惠子が推し続けている。河野の推し方はかなり不可解だ。丸谷はこれについて「わたしには解しかねる作品であつた。登場人物間の関係が、表面的なことはよくわかるけれど、ちよつと深い層になると見当もつかない。どうやら、ユーモアのつもりのものが魂を描くことの邪魔をし、新しさを狙ったものが真実に迫ることを妨げてゐるらしい」としている。「背負い水」というのは、人が背負って生まれてくる水の量で、それが人生の苦労を意味するらしい。

この頃、候補の常連にいたのは、村上政彦、多田尋子《ひろこ》だが、村上はのち日本文藝家協会理事を務めた。この年の三島賞は佐伯一麦が『ア・ルース・ボーイ』で受賞し、芥川賞から離脱する結果となった。

荻野アンナ　おぎの・あんな（一九五六―　）横浜市生まれ。慶應義塾大学仏文学科大学院博士課程満期退学。パリ第四大学にて文学博士号取得。大学講師のかたわら創作を続ける。二〇〇二年『ホラ吹きアンリの冒険』で読売文学賞を受賞。慶應義塾大学文学部仏文科教授。

第106回
（1991・下）

松村栄子「至高聖所（アバトーン）」

この回は、ほかの候補作が大したことがないため受賞したような気味がある。松村は海燕新人賞出身、筑波大学卒だが、私はこれを読んで、筑波というのはそんなに学内恋愛が多いのかと思ったら、陸の孤島なので多いとのことだった。松村はその後、ファンタジー小説めいたものを書いている。

ところで松村のデビュー作「僕はかぐや姫」を読んだら、高校の文藝部で、『源氏物語』がどうとか言っている。私は高校時代に『源氏』はまだ通読していなかったから、ずいぶんレベルの高い学校だなあと思ったが、女子だとそういうことがあるのだろうか。

松村栄子　**まつむら・えいこ**（一九六一―　）静岡県湖西市生まれ、福島県で育つ。筑波大学第二学群比較文化学類卒、同大学院教育研究科中退。出版社、コンピュータソフト商社勤務を経て作家デビュー。京都市在住。

偏差値

42

福武書店
装幀:菊地信義
装画:武田史子

第107回
（1992・上）

藤原智美「運転士」

男である。これはまあ、題材が良かった。いつも電車に乗っていても、運転士の生活は知らなかったなあ、という読者が多いからだ。その分作家の才能ではないので、その後は小説はあまり書かず評論家になっている。それにしても河野多恵子の褒める時の絶賛ぶりが異様だ。ここでも、スケッチに過ぎないがそれでよい、という丸谷の言に共感する。

藤原智美　ふじわら・ともみ（一九五五―　）福岡市生まれ。明治大学政治経済学部卒。大学在学中に劇団を結成。コピーライター業のかたわら作家デビュー。

偏差値

52

講談社
装幀:菊地信義
装画:浅野竹二

第108回
（1992・下）

多和田葉子「犬婿入り」

偏差値
44

講談社
装画・装幀:永畑風人

多和田葉子は、すごい作家だと思われている。村上春樹がノーベル賞を取らなかったら、多和田が次の候補だろうと言いだしたのは私だが、実際クライスト賞もとった。群像新人賞受賞作「かかとを失くして」で、かかとをなくすとはどういうことか、とほかの選考委員が言ったら柄谷行人が「帰国子女」と言い当てたとかいう伝説があり、当時柄谷といったらニューアカのカリスマだから、柄谷が認めたと言われ、柄谷と浅田彰が編集委員をする『批評空間』に「聖女伝説」の連載があって、柄谷が認めた、すごい、となった。

それに多和田はドイツで学んで博士号をとり、ドイツ語でも小説を書くし、自作をドイツ語訳したりもする。これが英語だったらさしたることもあるまいが、日本人はドイツ語あたりになると劣等感がある。で、すごいということになってきた。

だが多和田の小説は、私にはよく分からなかった。いろいろ賞をとったものを読んだが、「犬婿入り」の時から分からない。これの寓意はしいて言えば、昔でいえばハイミスということだろう。それを寓話化することで効果が生じているかといえば疑問だ。

なおこの頃から、女性作家が異類婚姻譚を寓意に使うことが増えてきた。異類婚姻譚は日本では多く、『八犬伝』から『遠野物語』、古くは『日本霊異記《りょういき》』、ほか民話にもある。津島佑子は「伏姫」を書いていたし、このあと川上弘美、最近の本谷有希子まであり、松浦理英子には犬になってしまう『犬身《けんしん》』があるが、私にはあまり面白くはない。ほかにも、津島もそうだが、神話や民話・伝説をもって現代文学を活性化しようという試みがあり、笙野《しょうの》頼子などもやっているが、そんなに成功はしていない。

近代文学は私小説・自然主義で貧血に陥ったから、神話や物語で面白さを取り戻そうという論がおかしいのは、そういうことは通俗小説やSF・ファンタジーではとっくにやっているからで、そういう手法を用いてなお純文学であるとはどういうことか、ということが議論されなければならないのに、そういう議論がないのである。蓮實重彦が『小説から遠く離れて』で批判したのは、そういう反省のない、純文学扱いされている作品群であった。

この頃常連候補だったのは、野中柊、角田光代、塩野米松である。

多和田葉子　たわだ・ようこ（一九六〇—　）東京都中野区生まれ。早稲田大学第一文学部露文学科卒、ハンブルグ大学大学院修士課程修了、チューリッヒ大学博士課程修了。八二年、書籍輸入会社に入社しドイツに移住。二〇〇〇年、永住権を取得。二〇〇〇年『ヒナギクのお茶の場合』で泉鏡花賞、〇三年『容疑者の夜行列車』で谷崎賞、一一年『雪の練習生』で野間文芸賞、一三年『雲をつかむ話』で読売文学賞・芸術選奨文部科学大臣賞、一六年クライスト賞を受賞。

第109回
（1993・上）

吉目木晴彦「寂寥郊野」

偏差値
65

講談社
装幀:山崎英樹
写真:細野晋司

吉目木は、芥川賞以前に平林たい子文学賞、野間文芸新人賞を受賞し、芥川賞以後ほとんど小説を書かなくなり、広島にある安田女子大学の教授になって文学を教えている。そのため、芥川賞受賞作で未読のものをひととおり読んだ際、吉目木のものだけ読み残しになっていた。ところが、これを映画化した「ユキエ」（監督・松井久子、主演・倍賞美津子）を観たら、いいのである。それで原作も読んだら、これは名作だった。

米国人と結婚し、子供らも成長した初老の女性がアルツハイマーに罹る話だが、ユキエはそのため英語が出てこず日本語で話し、子供らは理解するが夫には分からないというところがある。

あっと思ったのだが、これまでの「国際結婚もの」小説は、言語の壁についてなぜか書いていなかった。いとも簡単に異言語間の疎通をしていたのである。これは「中国もの」でもそうだし、大衆小説でもたいていそうだ。映画でも、海外へ渡った日本人や、日本へ来た外国人が、たやすく現地の言葉を話したりする。山崎豊子の『大地の子』が上川隆也主演でドラマ化されたのを観て、上川に「ほれて」しまった岸本葉子は、中国残留孤児役の上川が、特訓で中国語をしゃべっていたのはともかく、日本語がうますぎると言っていた。世間で「カルチャーショック」などと言われているものの大半は、その正体は単なる言語的障壁だと私は思っているが、言語藝術である文学が、そういうものをちゃんと書いてこなかったのは不思議である（私の「鷗たちのヴァンクーヴァー」には書いてある）。李良枝の「由熙」も、そこのところを描いているから名作なのである。

野間新人賞の『ルイジアナ杭打ち』は、アメリカにいる日本人たちを描いたスケッチ集めいたものだが、これも傑作で、残念ながら知られていない。

なおこの年の三島賞は、車谷長吉の『鹽壺《しおつぼ》の匙』が受賞したが、車谷はあくまで芥川賞を目ざすことになる。

吉目木晴彦　よしめき・はるひこ（一九五七―　）神奈川県小田原市生まれ。成蹊大学法学部卒。父の出向に伴い、六六年からルイジアナ州、バンコクで暮らす。会社勤務のかたわら作家デビュー。九一年『誇り高き人々』で平林たい子文学賞を受賞。安田女子大学文学部日本文学科教授を務める。

第110回
（1993・下）

奥泉光「石の来歴」

偏差値

44

文藝春秋
装釘:山形正治

奥泉光は、元学者で、今も近畿大学教授である。私はその頃、同時代の小説に興味を失ってほとんど読んでいなかったのだが、ある集まりで、小森陽一が新刊の『「吾輩は猫である」殺人事件』を話題にしていたので読んでみた。これは『ドグラ・マグラ』みたいな、タイムリープをしているうちに人（猫）が消えてしまうというもので、その後奥泉の旧作などまとめて読んだが、推理小説風に始まってタイムリープとかのＳＦで解決するというのが多く、これはルール違反じゃないかなあと思ったものだ。

『「吾輩は猫である」殺人事件』のはさみこみ栞では柄谷行人と対談していて、私は、柄谷がまだ小説に関心があったのかと驚いたりした。奥泉は着々と出世して芥川賞選考委員だが、『神器――軍艦「橿原《かしはら》」殺人事件』なんか、天皇のところをもっと掘り下げたらよかったろうし、何しろ天皇制がどんどんタブー化している現代では、初期の島田雅彦の「天皇に立候補します」とかのほうが面白かったと思う。そういえば奥泉は、芥川賞をとれなかった島田雅彦が一度だけ主催した「瞠目反《アンチ》・文学賞」を受賞しており、だがその後奥泉が芥川賞をとってしまった。島田も一時近畿大学にいて、今は二人とも選考委員である。

まあ通俗小説を純文学として通用させる村上春樹以来の流れの中でうまく踊っている軽薄才子、という感じしかしない。

奥泉光　おくいずみ・ひかる（一九五六―　）山形県東田川郡三川町生まれ、埼玉県所沢市で育つ。国際基督教大学大学院比較文化研究科博士前期課程修了。大学講師のかたわら創作を続ける。二〇〇九年『神器―軍艦「橿原」殺人事件』で野間文芸賞、一四年『東京自叙伝』で谷崎賞を受賞。

第111回
（1994・上）

笙野頼子「タイムスリップ・コンビナート」

偏差値

49

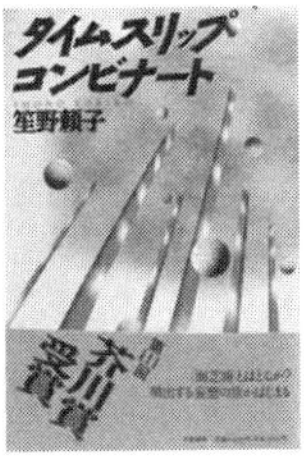

文藝春秋
装丁:ミルキィ・イソベ

笙野頼子は、一時は恐ろしい人だった。今でも少しは恐ろしい。一度も就職したことはなく、二十代で群像新人賞をとったが単行本が出してもらえず、十年苦労した。その頃のことは「居場所もなかった」「なにもしてない」などの私小説に描かれている。この前に笙野は『二百回忌』という変形私小説で三島賞をとっているが、私がそれらを読んだのはあとのことで、最初に読んだ笙野の小説はこの「タイムスリップ・コンビナート」であった。これはわけが分からず頭を抱えた。マグロと恋愛する夢を見ていたら電話がかかってきて、海芝浦へ行ってほしいと言われて出かけるのだが、このへんはつげ義春ばりである。だが、つげのような面白さが感じられないのだ。

選評で河野多恵子は「名作である」といつものように言い、日野は「地方都市で十何歳かまで育ってから、いきなり東京に住むと、東京はこんな風に見えるものだ、という河野多恵子さんの意見にはそうかもしれない、と思った」と書いている。

なお「海芝浦」という駅は鶴見線の突端に実在するということを今ごろ知ったのだが、清水良典によると、これは『渋谷色浅川』と並ぶ東京探訪小説だというから、そちらを読んでみたら、こっちはそれなりに人が出てくるから面白い。「タイムスリップ・コンビナート」はあまり人が出てこないので小説の感じがしない。
そういう時は、周囲の人の意見を聞くに限るのだが、どういうわけか私が気をおかずに話せる人というのは日本現代文学を読んでいないので、読ませたら、面白いという意見もあった。

笙野頼子　しょうの・よりこ（一九五六―　）三重県四日市市生まれ、伊勢市で育つ。立命館大学法学部卒。九四年『二百回忌』で三島賞、二〇〇一年『幽界森娘異聞』で泉鏡花賞、一四年『未闘病記』で野間文芸賞を受賞。

室井光広「おどるでく」

偏差値

52

講談社
装幀:菊地信義
装画:吉田克朗

この回は芥川賞がどうかしたんじゃないかという感じで、どっちもある意味「前衛」なのである。

室井は、慶大卒で、予備校講師をしながら、文藝評論で群像新人賞をとったが、そのあとに小説で新潮新人賞最終候補になっていた。初候補での受賞だが、ヨーロッパ文学に詳しい人なので、「おどるでく」という言葉がカフカの作品に出る「オドラデク」と似ているというあたりであれこれ衒学的に書いている。

河野多恵子が反対している。推したのは丸谷あたりか。だが単行本は芥川賞史上最低の売れ行きで、『榧の木祭り』以来の、文庫にならないという不名誉を担った。のち東海大学准教授になるが、五十代で退職、文学塾を開き、文藝評論を細々と刊行している。なかなか難儀な人生である。選評にも「難儀なところへさしかかっている」と、これは室井だけのことではないのだが、あった。

吉行はこの選考会に欠席し、そのまま死去した。

室井光広　むろい・みつひろ（一九五五—　）福島県南会津郡下郷町生まれ。早稲田大学政治経済学部中退、慶應義塾大学文学部卒業。私立図書館勤務、主夫、予備校講師を経て作家デビュー。東海大学文学部准教授を務めた。神奈川県大磯町で文学塾てんでんこを主催。

第112回
（1994・下）

受賞作なし

この二カ月前に、大江健三郎がノーベル賞を受賞している。実はこの回では、密かに事件が起きていた。『新潮』九四年九月号に載った柳美里の初の小説『石に泳ぐ魚』が、モデルとされた韓国人女性から、名誉毀損で提訴されたのだ。詳しくは私の『現代文学論争』（筑摩選書）に書いておいたが、最高裁で原典版の刊行差し止めとなったのは、描かれたのが隠されていない事実である点から見ても不当判決である。のみならず、『石に泳ぐ魚』は柳美里のこれまでの小説の中での最高傑作である。その原告側から、これは芥川賞候補になるのかと問い合わせがあり、恐らくそのために候補にならなかった。候補になって受賞すべきだったろう。

この回は内田春菊が候補になり、またこの当時の候補常連に、三浦俊彦がいる。三浦は私の先輩で、小説新潮新人賞で「M色のS景」という精神的SM小説で優秀作になりデビューした。専門は美学で、当時和洋女子大の講師だったが、のち教授をへて、東大文学部教授になった。かなりの変人で、カップめんとサプリメントだけで生きているとか、ミミズを飼っているとか、『のぞき学原論』を出すとかしているが、SMは本当の趣味らしく、当時同僚がフィクションだと思ってくれたから助かったと言っていた。

この選考の五日後に阪神の大地震があり、二ヵ月後には地下鉄サリン事件があった。

第113回
（1995・上）

保坂和志「この人の閾（いき）」

偏差値

62

新潮社
装幀:新潮社装幀室
装画:黒田アキ

これより先、三島賞は山本昌代に授与されたが、選考会が麻原彰晃逮捕の日だったため、東京では報道されたが大阪にいた私は新聞のどこを見ても受賞作が分からなかった（受賞作は『緑色の濁ったお茶 あるいは幸福の散歩道』）。この頃から三島賞のプレゼンスは低下し、三島賞をとっても芥川賞の候補にはなるがその逆はなく、野間新人賞も同様になって、芥川賞は、三島・野間新の上に位置づけられる賞になったのである。かといって、ポッと出の新人が受賞することもあり、よく分からない賞になる。『文學界』では、この年下半期から、「新人小説月評」の欄を設けて、文藝誌に載った新人の短編を評するようになり、これが芥川賞の下準備となった。だから「新人」はここでは芥川賞をとっていない作家のことで、だがもちろん芥川賞をとらずに大物になっていく作家もあり、いつはずすかが問題になる。村上春樹や吉本ばななは当然のごとくはずれたが、少し前に佐藤洋二郎がとりあげられ、なぜ自分が新人なのだと怒っていた。確かにここではずされずにいることは、まだ大物ではないと宣告されたようなものである。星野智幸などは、自ら芥川賞から降りた宣言をしてはずしてもらっている。佐藤も怒らないで降りた宣言すればいいのだ。

ところで保坂の「この人の閾」は面白い。中心となっている女性がたいへん魅力的で、「おいでよ、おいでよ」という台詞が印象に残り、選考委員が好感を持ったのもよく分かる。

ところがその後、谷崎賞をとった『季節の記憶』を読んだら、庄野潤三のまねか、というくらい淡々とした家族の日常で、しかるに当時保坂には子供がいなかったという話があり、まあそれはいいのだが、仮に私小説だとしてもこう淡々としたのは私は評価しない。その後、『書きあぐねている人のための小説入門』というのが売れていたので読んでみたが、ピンと来ない。失敗作は全集の「初期作品」のところに入れればいいとか書いてあって、いったい誰に向かって書いているのだ、と思った。

そのうち、小島信夫を尊敬しているとか、若い作家に保坂グループができていて芥川賞をとりやすいとかいう話が出てきた。つまりは退屈な小説を純文学らしく書くということで、私は保坂に興味がなくなったのである。

ついでに言うと、保坂は哲学に関心があるようだ。私は、哲学に一定の敬意は払うが、「哲学青年」的な哲学への関心の持ち方は、「文学青年」的な文学への関心のもち方と同じように有害だと思っている。それは要するに「自分はなぜ生きているのか」などと問う、ナルシシズムである。文学はもっと世俗的ないとなみである。

なおこの回の候補は、柳美里、川上弘美、青来《せいらい》有一、車谷長吉、藤沢周で、のち全員が芥川・直木賞をとっている。だが久しぶりの候補で落とされた車谷は恨み骨髄、選評でも推したという委員がいなかったから、選考委員全員のわら人形を作って丑の刻詣りをした、とのち直木賞受賞第一作「変」(『別冊文藝春秋』)に書いているのだが、残念なことにこの「小説」は車谷の単行本に入っていない。

この秋を最後に『中央公論文芸特集』が休刊になり、中央公論社は文藝雑誌を失う。そのあとついに倒産して中央公論新社になる。「朝日新聞」の四つ切り広告の一角に『すばる』が入るのは九九年四月のことである。

保坂和志　ほさか・かずし(一九五六―　)山梨県生まれ、神奈川県鎌倉市で育つ。早稲田大学政治経済学部卒。西武百貨店に入社し、作家デビュー後の九三年に退社。九七年『季節の記憶』で谷崎賞、一三年『未明の闘争』で野間文芸賞を受賞。

第114回
（1995・下）

又吉栄喜「豚の報い」

偏差値
44

文藝春秋
装丁:中島かほる
装画:田中一村

沖縄作家の受賞である。しかし例によって、御嶽《ウタキ》とかが出てくる。ある独特の民俗をもつ土地を舞台にして、あまり学のないような、いかにも前近代的な感じの男女がごたごたする、というのが、芥川賞の定番になっていて、のちの田中慎弥「共喰い」などは、その定番を目ざして書かれたものだ。

この回から、池澤夏樹、石原慎太郎、宮本輝が選考委員に加わった。大江は受賞作に政治的含意がないとして否定し、石原が反対して推したという。また候補作だった柳美里の「もやし」について大江が「人間観にもヒズミがある」と書いたため柳が大江を批判するということがあったが、これは『石に泳ぐ魚』裁判で、大江が原告側についていた関係もあった。

あと三浦俊彦が「エクリチュール元年」で候補になっていたが、これは文学の大学院を描いたもので、三浦は東大比較の大学院のへんてこな話を知っているはずなのに、むやみと変形してつまらなくしてしまった、と読んでがっかりしたことがある。

この回の直木賞は、夫婦の藤田宜永《よしなが》と小池真理子がともに候補になり、小池が受賞した。藤田は「片手でバンザイ」と言っていた。

又吉栄喜　またよし・えいき（一九四七―　）沖縄県浦添村（現・浦添市）生まれ。琉球大学法文学部史学科卒。浦添市立図書館勤務のかたわら作家デビュー。

第115回
（1996・上）

川上弘美「蛇を踏む」

偏差値

44

文藝春秋
AD:大久保明子
装画:河原朝生

川上弘美は「神様」でデビューした。くまと抱きあうあの「神様」である。これは傑作である。今日にいたるまで、川上の最高傑作は「神様」であり、それを収めた連作短編集『神様』である。だが「神様」では芥川賞はとれない。そこで芥川賞向けにチューニングしたのが「蛇を踏む」であろう。石原慎太郎と宮本輝は、この時福島次郎の、ゲイの私小説「バスタオル」を絶賛したが、他の委員の賛同を得られなかった。私も「バスタオル」は哀切な名作だと思う。これなら偏差値は六二である。「蛇を踏む」はいかにもその後の川上である。人名がカタカナで「サナダさん」とかなっていて、「カナカナ堂」などというのが出てきて、幻想的でよく分からない。書き手と主人公が男なら異類婚姻譚だが、女なので、蛇が女になると何なのか分からない。高橋たか子がこういう作風だったが、高橋より落ちる。

のち『センセイの鞄』が話題になった時、読んだ私は、面白くないので憮然とした。谷崎賞をとったが、河野多恵子は「あれで谷崎賞というのはつらい」と言っていたとか。そのあとの『真鶴』は純文学の文章になっていたが、これは小澤實との不倫が下敷きになっている。それをもっと素直に書けばいいのにと思った。

大江健三郎は、ガルシア＝マルケスは最初の『落葉』が一番よくて、あとは『百年の孤独』も衰弱していると言っていたが、川上も「神様」が一番良かったのだろう。
この年十一月を最後に『海燕』が休刊になり、元の福武書店、ベネッセコーポレーションは文藝出版から手を引くことになる。

川上弘美　かわかみ・ひろみ（一九五八―　）東京都生まれ。お茶の水女子大学理学部生物学科卒。大学在学中にＳＦ小説を発表。中学・高校教師として勤務後、結婚。九四年に再デビュー。二〇〇一年『センセイの鞄』で谷崎賞、〇七年『真鶴』で芸術選奨文部科学大臣賞、一五年『水声』で読売文学賞、一六年『大きな鳥にさらわれないよう』で泉鏡花賞を受賞。

第116回
（1996・下）

柳美里「家族シネマ」

柳美里は、横浜で事業を営む在日朝鮮人の父のもとに生まれ、高校を中退して劇団「青春五月党」を旗揚げ、「魚の祭」で岸田國士戯曲賞を受賞したが、小説に転じた。この頃はまだ、その最初の小説をめぐる裁判が進行中だった。「家族シネマ」は、自身の家族を描いているが、奇妙にぬるい。のちにフィクション化された『ゴールドラッシュ』で描いた父や母への感情が、映画を撮るというフィクションの枠に入れたために、抑えられ過ぎているし、家族を映画に撮るという設定にリアリティがない。

柳は、『創《つくる》』の連載の原稿料が支払われていない、と発言して話題になり、そのあと『貧乏の神様』を刊行した。しかし『命』シリーズはかなり売れて、印税も二億くらいにはなったはずで、いくら税金を引かれても一億はあるし、その印税はどうしたのだ、ということになった。それは、昔の恋人だった東由多加《ひがしゆたか》のがん闘病で数千万円を使い、また柳が、あれば使ってしまう人だということとなのだが、世間の人の「自分が濫費しただけだろう」という感覚が、どうも柳には理解できないらしい。

願わくは、文学的技法はこの場合おいておいて、そういう人格を形成した自身の両親や家族について、正面から描いてほしいと思うのである。作家は、自分の親について書いた時にひとつ山を越える、

偏差値

44

講談社
装幀:菊地信義

という気がする。

柳美里　**ゆう・みり**（一九六八―　）神奈川県横浜市生まれ。横浜共立学園高校中退。国籍は韓国。東由多加の劇団「東京キッドブラザース」に入団。役者、演出助手を経て、八六年に演劇ユニット「青春五月党」を結成。九三年『魚の祭』で岸田國士戯曲賞を最年少で受賞。九六年『フルハウス』で泉鏡花賞を受賞。二〇一五年より福島県南相馬市在住。

辻仁成「海峡の光」

偏差値

38

新潮社
装幀:新潮社装幀室
装画:若月公平

辻仁成は「じんせい」と読むミュージシャンだったが、八九年にすばる文学賞をとり作家にもなった。それから八年で芥川賞である。小説の単行本としては十七冊目で、明らかに「新人」ではないし、昔ならそれで失格だし、直木賞ではないのだ。何でも辻は創価学会で、宮本輝が懸命に推したという噂もあり、確かに選評では宮本がやたら褒めている。しかし石原も褒めているのは不可解だ。丸谷は「この語り手の教養に合せて文体を選んだと見るのならば、これだけ言語能力の低い者の一人称で小説を書かうとした作者の責任が問はれなければならない。（略）小説全体もこの文章にふさはしく意味不明で、主人公行状も語り手の感慨もいちいちわけがわからなかった」としているがその通りである。辻はもともとキザで大仰な文体で知られ、ここでもその癖は直っていない上、さらに芥川賞狙いで書いたからかぎくしゃくしている。話はいじめをめぐる通俗的なもので、重松清の弟子が書いたようなものだ。

この時は町田康の「くっすん大黒」が候補になっており、これが受賞するのが妥当だっただろう。大江と大庭は欠席し、そのまま委員を辞任した。大江は以後、『文學界』には一切寄稿せず、『文藝春秋』も井上ひさしが死んだ時に寄稿した一回きりで、ほぼ文春と縁を切った形になった。

辻仁成　つじ・ひとなり（一九五九―　）東京都南多摩郡日野町（現・日野市）生まれ。成城大学経済学部中退。八五年、ロックバンド「ＥＣＨＯＥＳ」のボーカリスト、辻仁成《じんせい》としてデビュー。九九年『白仏』の仏語翻訳版で仏フェミナ賞を受賞。映画監督、演出家でもある。二〇〇三年よりフランスを拠点に活動。

第117回
（1997・上）

目取真俊「水滴」

偏差値
49

目取真俊は、先ごろ沖縄でのデモで逮捕されたが、どうしても、文学がやりたいのか政治運動がやりたいのか分からない人という印象を受けざるを得ない。これは政治に限らず、玄侑宗久《げんゆうそうきゅう》のように、仏教評論家として活動するために芥川賞をとったのかというような人もいる。ただし文学的にいえば、ある域には達している。目取真は大江健三郎と「沖縄が憲法を敵視するとき」（『論座』二〇〇〇年七月号）という対談をしているのだが、題名倒れで、真率な議論にはいたらなかった。改憲すれば米軍を減らせるのに。

この回は、大江と同じ東大仏文科卒という触れ込みでデビューした佐藤亜有子が候補になっているが、のち幼時の性的虐待を明らかにした本を出し、その後四十三歳で急死した。また鷺沢萠も最後の候補になっているがのち自殺した。鷺沢は教科書に採用されることが多いが、いい作家だったと思う。

目取真俊　めどるま・しゅん（一九六〇―　）沖縄県今帰仁《なきじん》村生まれ。琉球大学文学部文学科卒。警備員、塾講師、高校教師など様々な仕事を経て作家デビュー。二〇〇〇年「魂込め《まぶいぐみ》」で川端賞を受賞。

文藝春秋
装幀:芦澤泰偉
水滴画:西口司郎

第118回
（1997・下）

受賞作なし

この回は、阿部和重、吉田修一、藤沢周が候補になり、『文藝春秋』には候補作の中から弓透子《ゆみとうこ》の「ハドソン河の夕日」が掲載された。受賞作なしの場合は、候補作の中から、一般には最も評価の高かったものが『文藝春秋』に掲載される。受賞作があっても別途掲載されることもあった。この回で丸谷が辞任した。以下は受賞作以外で掲載された作品である。

三回（一九三六）「遺唐船」高木卓（のち受賞辞退）（受賞は鶴田知也、小田嶽夫）
八回（一九三九）「お帳場日誌」吉川江子《きみこ》（受賞は中里恒子）
十回（一九四〇）「光の中に」金史良（受賞は寒川光太郎）
十二回（一九四一）「祝といふ男」牛島春子（受賞は櫻田常久）
十三回（一九四一）「山彦」相野田《あいのだ》敏之（受賞は多田裕計）
二十二回（一九五〇）「夏草」前田純敬《すみのり》（受賞は井上靖）
二十七回（一九五二）「雲と植物の世界」伊藤桂一（のち直木賞）
三十回（一九五四）「オンリー達」広池秋子、「流木」庄野潤三（のち受賞）、「吃音学院」小島信

夫（のち受賞）
三十一回（一九五四）「遠来の客たち」曽野綾子（受賞は吉行淳之介）
三十五回（一九五六）「地唄」有吉佐和子（受賞は近藤啓太郎）
三十六回（一九五七）「犬の血」藤枝静男
三十八回（一九五八）「死者の奢り」大江健三郎（のち受賞）（受賞は開高健）
三十九回（一九五八）「水の壁」北川荘平（受賞は大江健三郎）
四十回（一九五九）「鉄橋」吉村昭、「朴達《パクタル》の裁判」金達寿、「ふりむくな奇蹟は」林青悟《せいご》
四十二回（一九六〇）「基地」小堺昭三、「海」なだいなだ
四十三回（一九六〇）「パルタイ」倉橋由美子（受賞は北杜夫）
四十四回（一九六一）「紙の裏」木野工《たくみ》（受賞は三浦哲郎）
四十五回（一九六一）「名門」大森光章《こうしょう》
四十六回（一九六二）「透明標本」吉村昭（受賞は宇能鴻一郎）
四十八回（一九六三）「美少女」河野多恵子（のち受賞）
四十九回（一九六三）「ソクラテスの妻」佐藤愛子（のち直木賞）（受賞は後藤紀一、河野多恵子）
五十回（一九六四）「機関士ナポレオンの退職」清水寥人《りょうじん》（受賞は田辺聖子）
五十二回（一九六五）「さい果て」津村節子（のち受賞）、「ラッペル狂詩曲」立川洋三
五十三回（一九六五）「剣ヶ崎」立原正秋（のち直木賞）（受賞は津村節子）

五十四回（一九六六）「鳩の橋」小笠原忠（受賞は高井有一）
五十五回（一九六六）「眼なき魚」山崎柳子《りゅうこ》
五十六回（一九六七）「孵化」竹内和夫（受賞は丸山健二）
六十回（一九六九）「客」佐江衆一
六十五回（一九七一）「黄色い娼婦」森万紀子、「実験室」山田智彦
六十九回（一九七三）「鳥たちの河口」野呂邦暢（のち受賞）（受賞は三木卓）
七十一回（一九七四）「浮ぶ部屋」日野啓三（のち受賞）、「小蟹のいる村」岡松和夫（のち受賞）
七十三回（一九七五）「営巣記」小沢冬雄（受賞は林京子）
七十六回（一九七七）「陽ざかりの道」寺久保友哉
八十回（一九七九）「母と子の契約」青野聰（のち受賞）、「髪」重兼芳子（のち受賞）
八十三回（一九八〇）「羽ばたき」丸元淑生
八十六回（一九八二）「離郷」木崎さと子（のち受賞）
八十七回（一九八二）「消えた煙突」平岡篤頼
八十九回（一九八三）「優しいサヨクのための嬉遊曲」島田雅彦
九十一回（一九八四）「ゆっくり東京女子マラソン」干刈あがた
九十三回（一九八五）「掌《てのひら》の護符」石和鷹
九十五回（一九八六）「ジェシーの背骨」山田詠美（のち直木賞）
九十六回（一九八七）「苺」新井満（のち受賞）

一〇一回（一九八九）「わが美わしのポイズンヴィル」大岡玲（のち受賞）
一一二回（一九九五）「ドッグ・ウォーカー」中村邦生
一一八回（一九九八）「ハドソン河の夕日」弓透子
一二一回（一九九九）「幽」松浦寿輝（のち受賞）
一四二回（二〇一〇）「ビッチマグネット」舞城《まいじょう》王太郎《おうたろう》

第119回
（1998・上）

藤沢周「ブエノスアイレス午前零時」

偏差値

42

河出書房新社
装幀:菊地信義
装画:中山隆右

これより少し前、藤沢周の『サイゴン・ピックアップ』と町田康の『くっすん大黒』が割と売れていて、へぇこんなものが売れるのか、と思って読んでみたら、町田のほうはめっぽう面白かったが、藤沢のはよく分からなかった。

文藝誌でも論壇誌でも、二段組である。だから雑誌で読むのと、単行本で読むのとでは印象が違うことがある。「ブエノスアイレス午前零時」は雑誌で読んで、これは単行本で読むと印象が違うだろうなと思った。

福島県と新潟県の境にある温泉旅館で働くカザマという、三十過ぎくらいの何かに挫折した青年が、社交ダンスのツアーで来た、耄碌した七十歳くらいの老婆と出会って踊る話である。四度目の候補だが、これはハードボイルド小説純文学風味で、中間小説誌に載るような小説ではないかと思う。「自分は場末のキャバレーの天使だったという耄碌を聞き」というのは日本語がおかしくないか。

藤沢周　ふじさわ・しゅう（一九五九—　）新潟県西蒲原郡内野町（現・新潟市）生まれ。法政大学文学部日本文学科卒。図書新聞社勤務のかたわら作家デビュー。現在、法政大学経済学部教授。

花村萬月「ゲルマニウムの夜」

偏差値

42

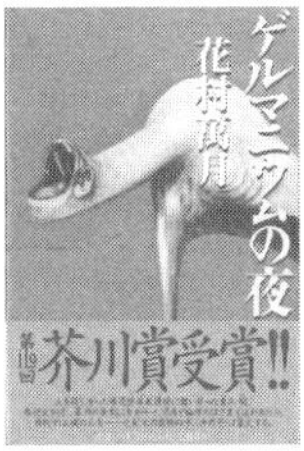

文藝春秋
装幀:関口聖司
装画:フランシス・ベーコン

この回は、車谷長吉が『赤目《あかめ》四十《しじゅう》八瀧《やたき》心中未遂』で直木賞をとっている。芥川賞を逸した車谷は、代わりに直木賞をとろうと考え、伊藤整文学賞に決まったのを辞退し、背水の陣で臨んでとったから怖い。しかし私は車谷を高く評価するが、『赤目四十八瀧心中未遂』はあまりいいとは思わない。車谷は短編のほうがいい。

さて花村萬月は小説すばる新人賞でデビューした暴力派の娯楽作家だとされていたので、この回は芥川賞と直木賞が逆転したと言われた。「ゲルマニウムの夜」は、修道院での瀆《とく》聖を描いたもので、前に書かれた『聖殺人者イグナシオ』の書き直しだと浅田彰に指摘された。石原慎太郎が推しているのだが、私はこういう題材には興味がないし、キリスト教徒ではないから何も感じない。

この回は文學界新人賞をとった若合《わかい》春侑《すう》の「脳病院へまゐります。」が候補になっていた。この作はちょっと面白いと思ったが、もうしばらく書いていない。

花村萬月　はなむら・まんげつ（一九五五— ）東京都文京区生まれ。東京サレジオ学園卒。中学を卒業後、オートバイで全国を放浪し、数々の職業に就く。花園大学客員教授を務める。

第120回
（1998・下）

平野啓一郎「日蝕」

二十三歳の京大生・平野は、新人賞に出すと途中で落とされると考え、『新潮』の前田速夫《はやお》編集長に手紙を書き、「日蝕」を渡して、一挙掲載されたという話は伝説になっているらしい。確かにすぐ話題になり、芥川賞も「エーゲ海に捧ぐ」以来の、話題の作品にはやらない主義を捨ててこれに授賞した。

ウンベルト・エーコの『薔薇の名前』と舞台背景が似ているとか、あとになって佐藤亜紀が自作『鏡の影』のパクリだとか言い出したが、平野は佐藤著は読んでいないというし、だいたいそう面白いものではなく、単に難しげな漢字が多用されているこけおどしの類である。その後ぼちぼち平野の作は読んでいるが、感心したものはない。

この回は赤坂真理が「ヴァイブレータ」で候補になっている。

世間では、高村薫の『レディ・ジョーカー』と天童荒太の『永遠の仔《こ》』がベストセラーになっていたが、私は読んで感心し、直木賞小説のほうがリアリティがあるんじゃないかと思った。

偏差値
42

新潮社
装幀:新潮社装幀室

平野啓一郎　ひらの・けいいちろう（一九七五―　）愛知県蒲郡市生まれ、福岡県北九州市で育つ。京都大学法学部卒。大学在学中に作家デビュー。二〇〇四年から文化庁の文化交流使として一年間、パリに滞在。〇九年『決壊』で芸術選奨新人賞、同年『ドーン』でドゥマゴ文学賞、一四年にフランス芸術文化勲章シュヴァリエを受章。

第121回
（1999・上）

受賞作なし

この頃常連候補なのは大塚銀悦、伊藤比呂美である。

第122回
（1999・下）

玄月「蔭の棲みか」

偏差値

38

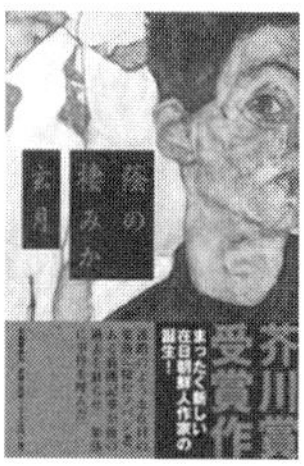

文藝春秋
装幀:鶴丈二
装画:エゴン・シーレ

藤野千夜「夏の約束」

偏差値

38

講談社
装丁:稲葉さゆり
装画:松井雪子

実は私はこの頃売れていたので、「朝日新聞」の「ニッポン現場紀行」という企画で、佐久間文子《あやこ》が担当して、芥川賞選考会のある新喜楽で記者たちとともに待機するというのをやった。だから候補作も全部読んで、劇作家の宮沢章夫の「サーチエンジン・システムクラッシュ」がいちばんいいと思った。

結果は、玄月と藤野千夜で、東京會舘へ移って藤野の姿を見てちょっと驚いて訊いたら、男だったのが性同一性障害だったということだった。

もっともこの時強烈だったのは、新喜楽で選考について説明しに出てきた宮本輝で、私は宮本輝がしゃべるのを初めて見たのだが、繊細な青年風の人だと思っていたら、エグい大阪弁で、えらく尊大な態度だったからである。

しかしこの回は、よりによって、芥川賞史上でも稀に見る「一作受賞でなんでこれが？」の回であった。玄月のは大阪の朝鮮人を描いているが、焦点が散漫で何の印象もない。藤野のは、題名からしてまるで高校生の作文で、内容もたわいない。玄月を推したのは池澤と宮本、藤野を推したのは河野と三浦で、マイノリティーの権利擁護の回でもあったのだろうか。

この回から、候補作は『新潮』『群像』『文學界』『すばる』『文藝』の五誌から選ばれることになる。これが私の名づけた「九九年体制」で、別に文春でそう宣言したわけではなく、二、三回続いて気づかれたことだ。前回で同人誌『樹林』から候補作が出て以後は、『早稲田文学』から川上未映子の作品が選ばれたのが、久しぶりに同人誌から、と話題になったが、『早稲田文学』は一般的な同人誌とは違うだろう。直木賞のほうはもうちょっと早く、一二〇回から、単行本だけが候補になるようになった。かつては、同人誌連載作品も候補になったりしたものだ。

玄月　げんげつ（一九六五—　）大阪市生まれ。大阪市立南高校卒。在日韓国人二世。様々なアルバイト、自営業のかたわら創作を続ける。現在は大阪・心斎橋で文学バー「リズール」をプロデュース。

藤野千夜　ふじの・ちや（一九六二—　）福岡県北九州市生まれ。千葉大学教育学部卒。出版社で漫画雑誌の編集に携わった後、作家デビュー。九八年、『おしゃべり怪談』で野間文芸新人賞を受賞。

美人作家路線

美人作家で売る、というのは今では普通のことになったが、曽野綾子が登場した時の冷淡さを見ると、昔はやはりそういうのは邪道だと思われていたのだ。かつては「美人作家に美人なし」と言われたほどだが、樋口一葉、由起しげ子などは美人のほうだろう。

美人作家路線の萌芽は、一九七八年に、早大生の見延典子（一九五五―　）が「もう頬づえはつかない」でデビューしたあたりだろう。大学の文芸科の卒論小説が『早稲田文学』に載り、単行本化され、映画化されて話題になった。しかし長すぎたせいか、芥川賞候補にはならなかった。この年には、松浦理英子が二十歳で文學界新人賞をとり、芥川賞候補にもなっているのだが、当時はちっとも話題にはならなかった。また小池真理子が二十六歳でエッセイ『知的悪女のすすめ』を出して、一部男性のスケベ心を動かしていた。

世間では、中沢けいが高校生の時に書いた小説で群像新人賞をとったとか、早稲田の卒業小説第二弾、三石《みついし》由起子（一九五四―　）の『ダイアモンドは傷つかない』とか、文藝賞をとった中平まみとか、そちらに目が行っていたようだ。

その頃高樹のぶ子も芥川賞をとるのだが、私が「美人作家」を意識したのは、文學界新人賞をとり、十九歳で芥川賞候補になった峰原緑子《みどりこ》（一九六一―　）の単行本『風のけはい』（一九八二）の口絵の著者近影を見た時で、私は予備校生だった。よく見るとそれほどの美人ではないのだが、そこそこの美人ではあって、私があやうくその本を買いそうになったのは、ほかの人が騒いでいないために「自分だけのもの」感がしたからだろう。年齢は私の一つ上で、当時立正大学生だったが、その後の消息は不明である。

それから二十五年ほどして、私は古書でこの本を買い、峰原の、単行本に収められなかった小説まで雑誌からコピーして読んだが、まあ小説としては大したことはなかった。

その頃『幻想文学』で見た山尾悠子（一九五五―　）の美貌にはたまげたし、大原まり子（一九五九―　）の『銀河ネットワークで歌を歌ったクジラ』の裏表紙の著者近影は、聖心女子大卒という経歴とあいまって私を少し興奮させた。

文学者と、クラシックの演奏家を容姿で売ってもいいんじゃないかという雰囲気は、八〇年代後半になって一気に加速した。ピアニストの仲道郁代、ハーピストの吉野直子などは私もファンだったし、八七年には俵万智（一九六二―　）の『サラダ記念日』がベストセラーになり、八八年には椎名桜子《さくらこ》（一九六六―　）が登場した。なお「小説家。処女作執筆中」という肩書で登場したという伝説は、川口則弘さんがブログで詳しく検証している。これは「美人作家」を作ってしまおうというプロジェクトだったと言えるだろうが、その『家族輪舞曲《ロンド》』が、果してすばる文学賞をとった本城《ほんじょう》美智子の『十六歳のマリンブルー』に比べて特段にひどいか、というと疑問である。

その後は、俳人の黛まどか（一九六二―　）、歌人の水原紫苑（一九五九―　）、エッセイストの岸本葉子（一九六一―　）、作家では鷺沢萠（一九六八―二〇〇四）、柳美里など美人文学者が叢出し、すばる文学賞では元アナウンサーの松本侑子（一九六三―　）、野中柊（一九六四―　）が話題を呼んだ。

芥川賞では、髙樹のぶ子（八三年下、三十七歳）や小川洋子（九〇年下、二十八歳）がいたのだが、九六年上期の川上弘美（三十八歳）の受賞は、受賞作が載った『文藝春秋』の広告に川上の立ち姿がデカデカと写しだされるという、美人作家の歴史は「川上弘美以前・以後」に分かれるというほどのインパクトをもたらした。

今世紀に入ってからは、綿矢りさの芥川賞最年少美人女子大生受賞という大イベントをへて、歌手の川上未映子、名家出身の朝吹真理子、直木賞の桜庭一樹などもう、石を投げれば美人作家に当たるという凄惨な状況に至ったのである。その間には、美人学者というのもどんどん増えて、一方クラシック音楽のほうでは、いくらジャケットが美人でも演奏は関係ないので、美人演奏家ブームは下火になった。まあ作家でも、美人でも中身が伴わないとしょうがないのであるが。

2000年代

第123回
（2000・上）

町田康「きれぎれ」

偏差値

52

文藝春秋
装幀:関口聖司
装画:寺門孝之

「くっすん大黒」のあと、町田は候補になっても「もう飽きた」などと言われて逸しており、このまま取らずじまいになるのかと懸念していたらとった。

ところが、とった頃になって私のほうが飽きてしまい、しばらく読まずにいたので、いかんいかんと谷崎賞をとった『告白』を読んだら、長い。それでも何とか読みとおしたが、野間文芸賞をとった『宿屋めぐり』は、入手したけれど挫折した。

するうち「3・11」だの「石牟礼《いしむれ》道子」だのといった本に書くようになって、あれそんな凡庸なパンクだったのかと思ってわりあい白けた。西村賢太は町田と和気あいあいと対談していたが、そのあとで町田がこういうのを書いて、それから西村が「3・11とか言ってるバカな文学者たち」（大意）と書いたのは、町田のことも含んでいたのだろうか。

町田康　まちだ・こう（一九六二―　）大阪府堺市生まれ。大阪府立今宮高校卒。ロックバンド「INU」のボーカリスト、町田町蔵として八一年にデビュー。詩人、俳優としても活動するかたわら作家デビュー。二〇〇二年「権現の踊り子」で川端賞、〇五年『告白』で谷崎賞、〇八年『宿屋めぐり』で野間文芸賞を受賞。

松浦寿輝
「花腐（くた）し」

偏差値
42

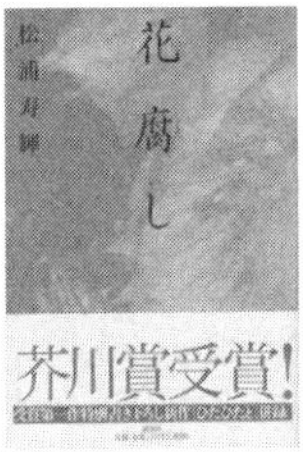

講談社
装幀:鈴木一誌
写真:荒木経惟

松浦寿輝は、私が学生の頃から、詩人として知られていた。同時に東大出身のフランス文学者で、当時は電気通信大で教えていた。サークルにいた聖心女子大の学生が、松浦が非常勤でフランス語を教えに来ていると言い、「松浦先生すてきー」と言っていた。そのうち、金井美恵子と同棲してるらしいよ、と言った者がおり、彼女はショックを受けていた。金井は松浦の七つ上だった。松浦はフランスから帰ってきたあと結婚したらしい。私が大学院へ行くと、先輩に松浦寿夫《ひさお》という美術学者がいて、兄弟だと思っている人や、筆名だと思っている人がいて、しかし年は同じで関係はなかったらしい。そのうち東大駒場の先生になった。

九六年に『折口信夫論』で三島賞をとったので、読んだがわけが分からなかった。文藝評論をやるつもりはないと言っていた。そのうち文藝誌に小説を書き始めて、二度目の候補で受賞した。古井由吉の亜流みたいなつまらない小説だった。選評でまともに褒めている委員は一人もおらず、なんで受賞したのか謎である。詩と評論（学問）と小説でやたら賞をとった。新聞に連載したネズミの話『川の光』が話題になったが、どうもこの人は特に売れた本はないようだった。そのうち五十八歳くらいで大学は辞めた。存外この人は不器用で、後世は忘れられる人じゃないかと思ったら、ちょっとかわいく思えた。
この回は佐藤洋二郎が候補になっている。すでに五十一歳で、野間新人賞と芸術選奨新人賞をとっており、著書は十二冊、どう見たって新人ではない。この回から村上龍が選考委員に加わった。

松浦寿輝　まつうら・ひさき（一九五四―　）東京都文京区生まれ。東京大学大学院仏文科博士課程単位取得満期退学。大学教授を務めるかたわら作家デビュー。東京大学名誉教授。九六年『折口信夫論』で三島賞、二〇〇〇年『知の庭園』で芸術選奨文部大臣賞、〇五年『半島』で読売文学賞を受賞。

第124回
（2000・下）

青来有一「聖水」

芥川賞受賞作には、読んだのだけれどストーリーがあったような気がしなくて、あとで人がまとめた筋を見て、そういう話だったのか、と思うということが多い。多分それが、芥川賞的な純文学のテクニックということなのだろう。

この「聖水」も、父親ががんで、聖水をあがめる怪しい新宗教が出てくる話だというのを私はすっかり忘れていて、要するに面白くなかったからである。

青来は戦後の長崎出身で、数年後に『爆心』という原爆もので谷崎賞をとったが、その選評で筒井康隆が、受賞に反対した旨を記し、まだ単行本四冊目だし、原爆ものというと評価する風潮を批判していた。だが『爆心』は伊藤整賞までとった。だからこの作家の印象は悪い。

青来有一　せいらい・ゆういち（一九五八―　）長崎市生まれ。長崎大学教育学部卒。長崎市役所勤務のかたわら創作を続ける。二〇〇七年『爆心』で谷崎賞を受賞。

偏差値

44

文藝春秋
装幀:石崎健太郎
写真:鈴木理策

堀江敏幸「熊の敷石」

偏差値

42

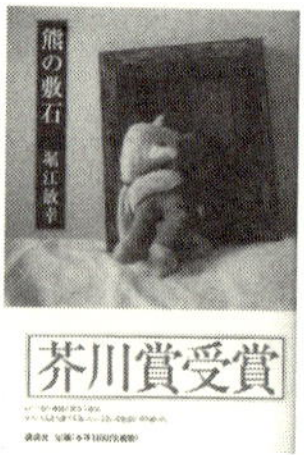

講談社
装幀:堀江敏幸+磯上浩久(GRID)
写真:エルヴェ・ギベール

堀江は今では選考委員であり、すでに多くの賞をとり、いずれはノーベル賞候補になろうかという作家である。しかしもう五十歳過ぎで、川端や大江や村上春樹でさえ、その頃はもう堂々たる大作家になっていた。堀江から漂うのは「文壇の優等生」的雰囲気である。早大仏文卒、東大大学院をへて、明治大理工学部助教授から早大教授。その間、パリ留学時のことを描いた上品なエッセイ集『おぱらばん』で三島賞を受賞。「おぱらばん」とはフランス語のauparavant（かねて、あらかじめ）という意味で、題名のつけ方もしゃれている。

顔だちも優等生的で丸眼鏡でしゃれている。谷崎賞をとった『雪沼とその周辺』（その中の「スタンス・ドット」で川端賞）は、丸谷才一が褒めていたが、まあしゃれている。大江が描くような人間の恐ろしさや生々しさはこの人には全然ない。選考委員になってからの選評はまるで文藝時評で、どれがよくてどれがダメなのか分からない。

推したのは黒井と田久保らしいが、河野の「とても推せなかった。（略）会話、幾つものエピソード、食事や風景のこと、いずれもエスプリもどき、知性まがいの筆触しか感じられない。『私』のような閲歴であるらしい作者がそういう自分を直接に当てにして『私』を書いているからだろう」というのが正しいだろう。

堀江敏幸　ほりえ・としゆき（一九六四―　）岐阜県多治見市生まれ。早稲田大学第一文学部仏文科卒、東京大学大学院仏文科博士課程中退。大学講師を務めるかたわら作家デビュー。早稲田大学教授。二〇〇三年「スタンス・ドット」で川端賞、〇四年『雪沼とその周辺』で谷崎賞、〇五年『河岸忘日抄』と〇九年『正弦曲線』で読売文学賞、一六年『その姿の消し方』で野間文芸賞を受賞。

第125回
（2001・上）

玄侑宗久「中陰の花」

偏差値

42

文藝春秋
装幀:菊地信義
装画:小林裕児

この回は、阿部和重「ニッポニアニッポン」と佐川光晴「ジャムの空壜」が候補になっていた。阿部のほうは、デビュー作「アメリカの夜」以来の大仰文体がまだ残っていたが、このどちらかが受賞すべきだったろう。結局、霊魂が存在すると考えている人とは私は相いれない。何のことはない、芥川賞をとって一人の僧侶兼仏教評論家が生まれただけで、だいたい仏教評論でカネを儲けたらどこかへ寄付するのが正しいだろう。

なお佐川光晴は、北大法学部卒で、学生運動をした余波でと畜業をしていたことがあり、それを描いた「生活の設計」で新潮新人賞をとり、何しろちょっとしたタブーなので話題になった。私は「生活の設計」をなぜか精読して、ここには妻の浮気が隠されている、と考えて『文學界』に書いた。すると佐伯一麦から手紙が来た。だが佐川は、それは自分では考えていなかったと書いた。その後佐川は「縮んだ愛」というどこか推理小説めいたものを書いたが、それはこの件に触発されたからで、題名は谷崎の「痴人の愛」をもじったと言うが、私を含め誰もそのことには気づかなかった。

玄侑宗久　げんゆう・そうきゅう（一九五六―　）福島県三春町生まれ。慶應義塾大学文学部中国文学科卒。数々の仕事に就いた後、京都の天龍寺専門道場に入門。住職のかたわら作家デビュー。二〇一四年、『光の山』で芸術選奨文部科学大臣賞を受賞。臨済宗妙心寺派の福聚寺住職。

第126回
（2001・下）

長嶋有「猛スピードで母は」

偏差値

36

文藝春秋
装幀:大久保明子
装画:佐野洋子

この回から髙樹のぶ子が選考委員に加わった。のち二〇一一年に池澤夏樹が辞任した時、自分の考え方が主流になったから辞める、と言っていて、そういう出処進退は立派だと思うが、この時期のおかしな受賞作はみな池澤が推していたかというと、次の吉田修一などは評価していないからそうでもない。

長嶋有の受賞作はげんなりする。別にシングルマザーがいたっていいが、それを元気づける小説を書かなくたっていいし、そのアクセサリーが自動車で「猛スピード」というのは、いったい交通事故死者が当時七千人はいたことをどう考えているのか。

長嶋有　**ながしま・ゆう**（一九七二―　）埼玉県草加市生まれ、北海道で育つ。東洋大学二部文学部国文学科卒。シャチハタ勤務を経て、ライター業のかたわら作家デビュー。一六年『三の隣は五号室』で谷崎賞を受賞。俳人の長嶋肩甲、コラムニストのブルボン小林という別名義を持つ。

第127回
（2002・上）

吉田修一「パーク・ライフ」

偏差値
36

文藝春秋
装幀:大久保明子
装画:寄藤文平

この時期はひどい。吉田はほぼ同時期に山本周五郎賞を受賞し、純文学も通俗小説もいける才能として注目されたと言うが、これなどはスターバックスの宣伝のための小説のようで面白くも何ともない。のちなぜか評価された『悪人』も、最初から答えが分かっている「どちらが悪人か」という問いのために長ったらしく書かれた小説で、世間が本当にいいと思っているのか、ちと問い詰めたくなる。

吉田は二〇一六年下期から選考委員になった。

この回で日野啓三がいなくなり、ほどなく死去した。

吉田修一　よしだ・しゅういち（一九六八―　）長崎市生まれ。法政大学経営学部卒。アルバイト生活を経て作家デビュー。二〇〇二年『パレード』で山本周五郎賞、〇七年『悪人』で大佛次郎賞を受賞。

第128回
(2002・下)

大道珠貴「しょっぱいドライブ」

偏差値

36

文藝春秋
装幀:大久保明子
装画:丸山誠司

これもひどい。『センセイの鞄』の縮小再生産みたいで、推しているのは高樹と河野なのだが、河野はどうやら女の作家になると点が甘くなるらしい。しかし今、中央文壇からは姿を消して、『かまくら春秋』にほそぼそと連載していた大道を見ると、芥川賞をとったあとダメだった作家というものの哀れを感じる。

大道珠貴　だいどう・たまき（一九六六―　）福岡市生まれ。福岡県立福岡中央高校卒。ラジオドラマの脚本などの執筆のかたわら創作を続ける。二〇〇五年『傷口にはウオッカ』でドゥマゴ賞を受賞。

第129回
（2003・上）

吉村萬壱「ハリガネムシ」

偏差値

38

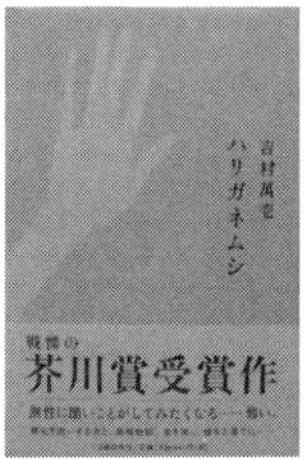

文藝春秋
装幀:大久保明子
装画:中村隆

この回から山田詠美が選考委員に加わった。受賞作はエロというよりグロテスクと暴力、汚穢《おわい》描写に満ち満ちていて、発表時には通読できなかった。今回改めて挑戦したがまことにしんどかった。映画の世界には、ひたすらこういうのを好む輩がいるが、喫煙シーンを子供がまねするといかんとか言うやつらは、なんで暴力シーンについて同じことを言わないのか謎だ。宮本輝は「『文学』のテーマとしての『暴力性』とかそれに付随するセックスや獣性などといったものに、私はもう飽き飽きとしている」と書いていて同意するが、「と」は余計だ。「飽き飽きしている」が正しい。宮本はまともな日本語で選評も書けないから困る。吉村が最近島清恋愛文学賞をとった『臣女《おみおんな》』もはなはだ気持ち悪かった。

吉村萬壱　よしむら・まんいち（一九六一―　）愛媛県松山市生まれ、大阪で育つ。京都教育大学卒。東京、大阪の高校、支援学校教諭を務めるかたわら作家デビュー。

第130回
(2003・下)

綿矢りさ「蹴りたい背中」
金原ひとみ「蛇にピアス」

ひところ地味だった芥川賞は、この二人の「最年少受賞」で一気に盛り上がった。金原はすばる文学賞からそのまま受賞、綿矢は、「インストール」で文藝賞を受賞して単行本がベストセラーになったあとである。

この時私は依頼を受けて「蹴りたい背中」について書いたのだが、まだ「インストール」は読んでいなかった。大分あとになって「インストール」を読んだら、こちらのほうが良かった。綿矢は、米国の児童文学作家カニグズバーグが好きだと言っていたが、私が大学で「児童文学を読む会」に入って最初の読書会が、カニグズバーグの『クローディアの秘密』だった。だが私にはこの小説はよく分からなかった。ところが「インストール」を読んだら、ああそういうことかと分かったのである。つまり小説で小説を解説したわけで、私は「インストール」なら五五ポイントくらいはつける。しかし

偏差値
44

河出書房新社
装幀:泉沢光雄
装画:佐々木こづえ

偏差値
38

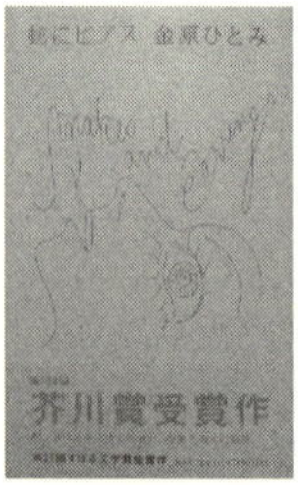

集英社
装丁・装画:葛西薫

「インストール」は候補になっていないので、読んでいない選考委員もいただろう。宮本輝、黒井、高樹などが称賛しているが、本気かどうかは分からない。三浦哲郎は批判している。しかし文学賞といえども興行だから、景気づけも必要だろう。

金原のほうは、すばる文学賞からの直行だが、発表時は読み始めて痛そうで挫折し、今回改めて読んだが、安っぽいハードボイルド小説の出来そこないのようで、単にそれを二十歳の女の子が書いたというだけのことだ。

この頃から、十年以上候補になり続けたのが、島本理生と舞城王太郎である。

綿矢りさ　わたや・りさ（一九八四―　）京都市生まれ。早稲田大学教育学部卒。高校在学中に作家デビュー。二〇〇一年『インストール』で文藝賞、一二年『かわいそうだね？』で大江賞を受賞。

金原ひとみ　かねはら・ひとみ（一九八三―　）東京生まれ。文化学院高等課程中退。一〇年『ＴＲＩＰ　ＴＲＡＰ』で織田作之助賞を受賞。二〇一二年パリへ移住、同年『マザーズ』でドゥマゴ賞を受賞。父は法政大学教授・翻訳家の金原瑞人。

第131回
（2004・上）

モブ・ノリオ「介護入門」

偏差値
44

文藝春秋
装丁:奥定泰之

文學界新人賞から直行で受賞。ラップ口調で祖母の介護を描いたものだが、これも当時途中で挫折した。「受賞は、全く意外であった」（河野）「私は全く評価しなかった」（石原）「一過性の小技」（宮本）などと言われつつなぜ受賞したのか謎。池澤と黒井が推したらしい。しかし舞城王太郎の「好き好き大好き超愛してる」は、山田詠美と池澤の支持を得ているのだから、ますます謎である。ただし私は舞城は娯楽長編作家だと思っていてこれは評価しないが、この後もしつこく延々と候補になり続けるのだ。

モブ・ノリオ（一九七〇―　）奈良県桜井市生まれ。大阪芸術大学文芸学科卒。家庭教師、スカムロックバンドのミュージシャンなどを経て作家デビュー。

第132回
(2004・下)

阿部和重「グランド・フィナーレ」

これは受賞した時に読んで「えっ、これで受賞!?」と思ったもので、のちに山田詠美が「失敗作」(『顰蹙《ひんしゅく》文学カフェ』)と言っているのを見て、ああやっぱりそうなんだと納得した作品である。

阿部はデビューから十年、日本映画学校で蓮實重彦の映画批評に触れ、映画にも造詣が深く、蓮實周辺からは評価されていたが、これより前に長編『シンセミア』を完成していて、伊藤整文学賞をとったが、この長編でむしろ谷崎賞をとるべき作で、なのに不出来な短編で功労賞的に芥川賞をやったという感じである。

この回は白岩玄の「野ブタ。をプロデュース」や、山崎ナオコーラの「人のセックスを笑うな」など、文藝賞をとって話題になった作品も候補にあったが、まあこれらに受賞価値があるとは思わない。

この頃の芥川賞は選考委員の顔ぶれにブレがあったか、病んでいた。野間新人賞や三島賞は芥川賞の下位に位置づけられ、この二賞をとっても芥川賞の候補にはなる、その逆はない、という状態になっていた。それはつまり講談社や新潮社が、自社の賞を下位に位置づけているということで、ちょっと不思議である。

偏差値
36

講談社
装幀:studio S&D
装画:さわのりょーた

阿部和重　あべ・かずしげ（一九六八―　）山形県東根市生まれ。山形県立楯岡高校中退。日本映画学校卒。映画演出助手、アルバイトを経て作家デビュー。二〇〇四年『シンセミア』で伊藤整文学賞と毎日出版文化賞、一〇年『ピストルズ』で谷崎賞を受賞。妻は芥川賞作家の川上未映子。

第133回
（2005・上）

中村文則「土の中の子供」

偏差値

36

新潮社
装幀:新潮社装幀室
装画:木村繁之

これは文章がひどい。最近はいくらかましになったが、中村文則は、ドストエフスキーのようなものを書くのが文学だと信じていて、まあそのへんが頭が悪い。大江賞をとった『掏摸《スリ》』も退屈だった。それに、イスラムのテロや北朝鮮のミサイルも、アメリカの軍需産業の陰謀だと考えたがる平和ボケ人種らしい。

これを石原が推しているのだが、どうも暴力的な男の子の文章の荒いあたりで共感してしまったのか、こういうのを推すのは石原のよくないところだと思った。

中村文則　なかむら・ふみのり（一九七七―　）愛知県東海市生まれ。福島大学行政社会学部卒。二〇一〇年『掏摸』で大江賞を受賞。一四年、米文学賞デイビッド・グディス賞を日本人で初めて受賞。

第134回
（2005・下）

絲山秋子「沖で待つ」

偏差値

56

文藝春秋
装丁・写真:高林昭太

これは久しぶりに面白かった。短いのがいい。絲山は小説はうまいのだが、ちょっと怖い人である。群像新人賞の選考委員になったのを一期で辞めてしまった。直木賞候補になったこともあり、娯楽作家としてもいける。

ただこの回は、西村賢太の「どうで死ぬ身の一踊り」が候補になっており、願わくはこれと二作受賞にしてほしかったと思う。

絲山秋子　いとやま・あきこ（一九六六―　）東京都生まれ。早稲田大学政治経済学部卒。住宅設備機器メーカーの営業職を経て作家デビュー。二〇〇四年「袋小路の男」で川端賞、二〇一六年『薄情』で谷崎賞を受賞。高崎経済大学非常勤理事。

第135回
（2006・上）

伊藤たかみ「八月の路上に捨てる」

偏差値
36

文藝春秋
装幀:大久保明子
装画:引地捗

とにかく退屈な小説で、筋はあってなきがごとし、ただ文章だけがいいというしろものである。芥川賞の伝統で、こういうのが評価されるのは困ったことだ。「二人の委員が強く推し」（宮本）というのは、選評を見ると高樹と黒井か。

鹿島田《かしまだ》真希、島本理生、本谷有希子といった常連候補に、中原昌也「点滅……」が混じっている。中原の小説は下品で意味がないひどいもので、それがどういうわけか一時期やたら文藝誌に載っていた。三島賞をとっているが、髙樹のぶ子が「とにかく、私は反対しました」と言っていて、この時は髙樹に好感を覚えた。

伊藤たかみ　いとう・たかみ（一九七一―　）兵庫県神戸市生まれ。早稲田大学政治経済学部卒。在学中に作家デビュー。二〇〇〇年『ミカ！』で小学館児童出版文化賞、〇六年『ぎぶそん』で坪田譲治文学賞を受賞。直木賞作家の角田光代と結婚していたことがある。

第136回
（2006・下）

青山七恵「ひとり日和」

偏差値

68

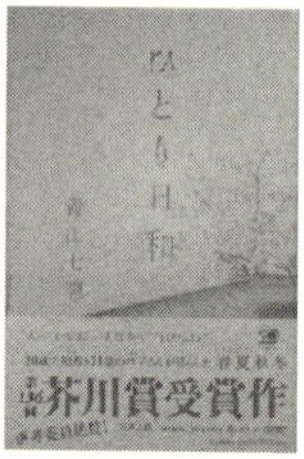

河出書房新社
装幀:田口覚
写真:大森克己

選考会前に石原と村上が対談して、今回はいい候補作があった、と言っていて、二人で熱烈に推したのが青山七恵である。

これは久々の良作だった。私小説っぽいが、おばあさんのほうはフィクションかもしれない。地名ははっきり書かれていなかったが、京王線の笹塚駅が出てくるから、八幡山《はちまんやま》にヒロインは住んでいると見当をつけて探訪してきた。

「文学賞メッタ斬り！」を二〇〇三年からやっている豊崎由美と大森望は、これの良さが分からなかったらしい。

青山七恵　**あおやま・ななえ**（一九八三―　）埼玉県大里郡妻沼《めぬま》町（現・熊谷市）生まれ。筑波大学図書館情報専門学群卒。旅行会社勤務のかたわら作家デビュー。二〇〇九年「かけら」で川端賞を最年少で受賞。

第137回
(2007・上)

諏訪哲史「アサッテの人」

偏差値
44

講談社
装幀:柴田尚吾

この回から、川上弘美と小川洋子が選考委員に加わった。この頃、漫画家の松井雪子が小説を書いて常連候補になっていた。またこの回、歌手だった川上未映子が『早稲田文学』に発表した「わたくし率 イン 歯ー、または世界」が話題になり、久しぶりに文藝五誌以外から候補になったと新聞記事にまで書かれた。

さて受賞作は群像新人賞からすぐ受賞したもので、「ポンパ！」などと突然叫び出す叔父さんを描いた反小説的小説である。受賞後、これはトゥレット症候群ではないかという指摘があったが、それは言葉を発するだけで、この叔父さんのようにそれをくりかえしたりはしない。

この叔父さんは、二十九歳の時に五歳下の女性と結婚するが、彼女が十七歳の時に大学生として家庭教師をしていたという。ところが妻が夫の「奇癖」に気づくのは、結婚してからなのである。いったい七年間、何をしていたのか、またこの叔父さんは、それまで他人に対してその奇癖をどうしていたのかが分からない。前衛だから分からなくていいというものではない。

諏訪哲史　すわ・てつし（一九六九―　）名古屋市生まれ。國學院大學文学部哲学科卒。名古屋鉄道勤務のかたわら作家デビュー。独文学者の種村季弘に師事。愛知淑徳大学教授。

第138回
（2007・下）

川上未映子「乳と卵」

偏差値

44

文藝春秋
装丁:大久保明子
アートワーク:吉崎恵理

前の候補作もそうだったのだが、散文詩としか思えない。もっとも川上の場合は、その後の出世が早いので疑念を呼んでいるが、私にはいまだ実力は分からない人である。文学に詳しい人ではないことは確からしい。

この回は西村賢太の「小銭をかぞえる」が候補にあり、順当ならこちらが受賞すべきだったと思う。山田詠美は西村に対して、「いちげんさんの読者を意識すべし」と書いているが、私や久世光彦《てるひこ》は「どうで死ぬ身の一踊り」を読んだだけですごいと思ったのである。

川上未映子　**かわかみ・みえこ**（一九七六―　）大阪市生まれ。大阪市立工芸高校卒。二〇〇二年に歌手デビューした後、二〇〇七年に作家デビュー。〇九年『先端で、さすわ　さされるわ　そらええわ』で中原中也賞、一三年『愛の夢とか』で谷崎賞を受賞。夫は芥川賞作家の阿部和重。

第139回
（2008・上）

楊逸「時が滲む朝」

偏差値

25

文藝春秋
装幀:野中深雪

どうしようもない日本語で、新人賞に応募したら一次選考ではねられるレベル。中身も辻褄が合っていない。単なる日中友好のための受賞としか思えない。こんなのに授賞して「外国人の受賞」とか、このあとシリン・ネザマフィが候補になると、「初の漢字圏以外からの候補」とか騒ぐくらいなら、リービ英雄に受賞させておけば良かったのである。

これを称賛しているのは、髙樹、池澤、川上、小川で、山田詠美にいたっては「ページをめくらずにはいられないリーダブルな価値は、どちらかと言えば、直木賞向きかと思う」などと書いていて、皮肉かもしれないがどうかしている。反対したのは石原、宮本、村上である。

楊逸　**ヤン・イー**（一九六四－　）中国黒龍江省ハルビン生まれ。八七年留学生として来日、お茶の水女子大学文教育学部地理学専攻卒。在日中国人向けの新聞社勤務などを経て、中国語教師のかたわら作家デビュー。日本大学藝術学部文芸学科教授。

第140回
（2008・下）

津村記久子「ポトスライムの舟」

津村は、筑摩書房の太宰治賞の出身者である。筑摩書房は、戦前、信州出身の古田晁が創業し、臼井吉見や唐木順三が顧問を務め、雑誌『展望』をもって、一九六五年に太宰治賞を公募新人賞として創設、第二回に吉村昭（佳作に加賀乙彦）、ついで金井美恵子（最終候補）、秦恒平、宮尾登美子、宮本輝を輩出した。七三年には『文藝展望』を創刊したが、七八年、業績悪化でいったん倒産、更生したが、雑誌はなくなり、太宰賞も中止された。九九年に、太宰ゆかりの三鷹市との共催で復活したが、雑誌がないため発表の場がなく、毎年最終候補作をまとめた雑誌体のものを出していた。だがなかなかその後続く作家が出なかったが、津村は二〇〇五年の受賞者で、初の復活太宰賞からの候補で、三度目で受賞した。

受賞作は派遣社員を描いたもので、社会問題を扱ったものとされたが、私は文藝は第一義において社会問題を扱うものだとは思っていないので評価はしない。

なお二〇〇八年八月『文學界』に、古屋健三の「老愛小説」が載っていて私はこれを高く評価したのだが、候補にもならなかった。残念である。

偏差値

44

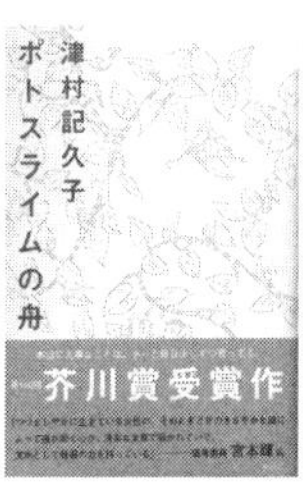

講談社
装幀:名久井直子
装画:のりたけ

津村記久子　つむら・きくこ（一九七八―　）大阪市生まれ。大谷大学文学部国際文化学科卒。会社勤務のかたわら創作を始める。二〇〇五年「マンイーター」（「君は永遠にそいつらより若い」に改題）で太宰治賞を受賞しデビュー。〇八年『ミュージック・ブレス・ユー!!』で野間文芸新人賞、一一年『ワーカーズ・ダイジェスト』で織田作之助賞、一三年「給水塔と亀」で川端賞、一六年『この世にたやすい仕事はない』で芸術選奨新人賞を受賞。

第141回
（2009・上）

磯崎憲一郎「終の住処」

偏差値

52

新潮社
装幀:新潮社装幀室
写真:高橋ヨーコ

この回は、イラン人女性のシリン・ネザマフィが文學界新人賞から候補に入り、「初の漢字圏以外からの」と話題になったが、すでに楊逸がとっているからそういうくくりにするかと。リービ英雄もいるのに。
「終《つい》の住処《すみか》」は、私小説っぽく、不穏なものがあって割と面白かったが、本人がいかにもサラリーマン風なのに違和感があり、その後も着々と文学賞をとっているが、それらはよく分からない。

磯崎憲一郎　いそざき・けんいちろう（一九六五―　）千葉県我孫子市生まれ。早稲田大学商学部卒。三井物産勤務のかたわら作家デビュー。二〇一一年『赤の他人の瓜二つ』でドゥマゴ文学賞、一三年『往古来今』で泉鏡花賞を受賞。一五年に退職し、東京工業大学教授を務める。

第142回
（2009・下）

受賞作なし

この回は、兄弟二人で書いた大森兄弟、演劇人の松尾スズキが候補になったが、どうもこの頃から現在まで芥川賞は、演劇や他分野ですでに有名な者には授与しない雰囲気になっていたようだ。

幾たびも新人賞

秋山駿は、群像新人賞を評論部門でとったあと、『群像』で載せてくれないので、もういっぺん新人賞に出そうとして止められたという。

宮尾登美子は女流新人賞をとったが、『婦人公論』ではあまり小説は載せてくれず、だいたい女流新人賞をとって作家になった人なんて、宮尾のほかには稲葉眞弓と田中阿里子くらいなのである。宮尾は不遇の十年ほどをへて、『櫂《かい》』で太宰治賞に応募して受賞、作家になったが、吉村昭も、四回芥川賞候補になったあとで、太宰賞を受賞している。

直木賞作家の青山文平が、四十四歳の時影山雄作の名で中央公論新人賞をとったが鳴かず飛ばずで、捲土重来で松本清張賞をとり、六十七歳で直木賞をとったのは知られているが、やはり中公新人賞をとった池田章一も、山本音也と名を変えて清張賞をとり、それでやっと単行本が出せている。

数年前には、野間文芸新人賞をとった岡崎祥久《よしひさ》が、日本ファンタジーノベル大賞に応募していた。最終候補にも残らなかったが、作品は『群像』に載せてもらい、講談社から単行本になった。艱難辛苦である。

だが最近は、二〇〇六年に文學界新人賞をとり、単行本も一冊出した田山朔美が、すばる文学賞に応募して二次選考あたりまで残っていた。こうなると同じ純文学公募新人賞だから、シャレにならない。

ところで私は、三十代終りに歴史短編で松本清張賞に、その後また清張賞、あと文藝賞にも応募したが、雑誌に名前が載るところまでいきつかなかった。

文藝賞に出したのは芥川賞候補になってからなので、名前ではずされた可能性もないではないが、ほかの人の応募作とか見ていて、あれはどういう基準で選ばれているのかというのが謎である。受賞作がくだらないこともあり、選評で散々に言われていることもある。小説の指導塾をやっていて、五十過ぎの人がノスタルジーにひたって過去の思い出なんか書いてくるのはだいたいダメであるのは分かっているし、あと日本語になっていないのもあると聞くが、問題はその上で、思うに四割くらいは「どんぐりの背比べ」で、途中で下読みとか編集部とかの好みで最終候補が決まっているのではないかと思う。

松本清張賞なんか、毎年最終候補に残る人がいたりして、それなら本にしてあげればいいのにと思う。

2010年代

第143回
(2010・上)

赤染晶子「乙女の密告」

偏差値

40

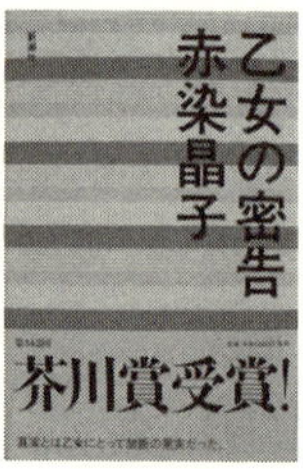

新潮社
装幀:新潮社装幀室

赤染は本名・瀬野で、北大大学院でドイツ文学を学んだ。文學界新人賞の出身で、初候補での受賞である。この頃は、舞城王太郎、柴崎友香、鹿島田真希らが常連候補になっている。

これは『アンネの日記』のパロディらしいのだが、小川洋子は『アンネの日記』が好きで作家になった人なので強く推して受賞したらしい。だが、意味が分からない。宮本輝は否定的な選評で、アンネ自身が密告したということを書いた。「産経新聞」の文藝時評で、そんなことは小説には書いてない、と石原千秋が痛罵したのだが、何しろ分からないし、私にはこの小説が何が言いたいのかさっぱり分からないのである。

なおアンネ・フランクは、自分はユダヤ人よりオランダ人でありたいと書いているが、オランダが帝国主義国家であり、日本の敵であったということを日本人はころっと忘れているらしい。赤染はその後、「WANTED!! かい人21面相」という珍妙な受賞第一作を発表して消えてしまった。

この回の候補作では、ネザマフィの「拍動」がいいと思った。石原もこれを推していた。

赤染晶子　あかぞめ・あきこ（一九七四―　）京都府宇治市出身。京都外国語大学ドイツ語学科卒、北海道大学大学院ドイツ文学専攻博士課程中退。二〇〇四年に「初子さん」で文學界新人賞を受賞。

第144回
（2010・下）

朝吹真理子「きことわ」

偏差値

44

新潮社
装幀:新潮社装幀室
装画:河村怜

朝吹は、サガンを訳していた朝吹登水子《とみこ》を大叔母に持ち、詩人で慶大教授の朝吹亮二の娘というサラブレッドとして『新潮』に載せた「流跡」が堀江敏幸の選考によるドゥマゴ文学賞をとり、二作目「きことわ」が候補になって、世間がわあわあ騒いでとってしまった。慶大の国文科大学院にいて鶴屋南北を専攻していたが、修士だけでやめた。

葉山に別荘があるお嬢様と、そのお手伝いの娘の話で、いかにもなブルジョワ小説である。「流跡」は散文詩としか思えなかったが、この時は島田雅彦が選考委員に加わり、文壇バーかどこかで朝吹が島田の頭に何かを被せて、朝吹がピースしている写真が流出したりした。

その後は何も発表しなくなり、没になっているという噂もあったが、どういうわけか対談とかにはやたらに出て、石原千秋から「文壇アイドル以下でも以上でもない」と批判されたが、最近『新潮』に隔月連載を始めた。受賞第一作も書かないで隔月連載とか、ああ日本は身分社会なんだなあ。

朝吹真理子　**あさぶき・まりこ**（一九八四―　）東京都生まれ。慶應義塾大学前期博士課程修了。大学院在学中に「流跡」で作家デビューし、二〇一〇年に同作でドゥマゴ文学賞を最年少で受賞。

西村賢太「苦役列車」

西村賢太が「苦役列車」で受賞し、映画化され、文学年表などにこの作品が出ているのは残念なことで、西村の作品では「秋恵」が出てくるのが一番いいのである。「苦役列車」はそれらには劣る。秋恵という名は近松秋江にちなんだのだろうが、秋恵ものなら偏差値は六〇くらいにはなる。

島田が、朝吹一人だと自分の縁故受賞だと思われるとでも思ったのか、西村を二作受賞で推薦したらしい。西村自身は、石原が推したと言っているが、石原は実は西村が最初に候補になった時は、選評全部で、ろくな作品がなかった、と言っていて、おそらくそのあとで、久世光彦が褒めたりしたので見なおしたのだろう。

この時は私の「母子寮前」が候補になっていて、私としては当然これが受賞すべきものであった。しかるに選評では、意味不明ないちゃもんが多かった。島田、黒井、宮本である。だが、実際に選考会で何があったのかは分からなかった。

偏差値

44

新潮社
装幀:新潮社装幀室

西村賢太　にしむら・けんた（一九六七―　）東京都江戸川区生まれ。市立中学校卒。藤澤清造の歿後弟子を称する。二〇〇四年に同人雑誌『煉瓦』発表の「けがれなき酒のへど」が、『文學界』に転載されて作家デビュー。芥川賞受賞後、ワタナベエンターテインメント所属。

第145回
（2011・上）

受賞作なし

エッセイストの石田千が小説を書いて初候補になり、あとは山崎ナオコーラ、円城塔、本谷有希子といったあたり。円城塔は東大大学院を出た理系学者で、作品はＳＦ風、そのため池澤や島田が推し、石原や宮本が反対することになって、選評では触れなかった村上龍が「科学的事実に間違いがある」と言ったため、円城から、どこですかと問われ、ちゃんと答えられなかった。それが村上の委縮につながったようだ。

この回は、本谷有希子の「ぬるい毒」が出色《しゅっしょく》の出来だったのだが、受賞しなかった。池澤夏樹がこの回で委員を降りた。

前回から、東京會舘での発表と記者会見の様子をニコニコ動画で実況するようになり、一回目は枡野浩一さんがやったのだが私が落とされたのでがっくりしてしまい、二回目からは栗原裕一郎がやって今に至る。

第146回
（2011・下）

円城塔「道化師の蝶」

「メッタ斬り！」の二人組は二〇〇三年からやっているが、大森はSF評論家で豊崎もSF好きなので、この頃からやたらSFの人を推奨するようになる。確かに筒井康隆は、SF的手法で純文学に乗り込んで成功したが、これはむしろ例外で、純文学作家にはSFに疎い人もいるため、円城などにはころっと騙されたというところか。

円城は、学者をやっていても未来がないので作家を目ざしたと言っているが、SFが書きたいのなら純文学へ出てくる必要はないし、候補にする必要もない。どうもこの後、文壇では、上田岳弘や宮内悠介など、SF需要があると勘違いして持ち出す傾向が強くなる。『新潮』の編集長の矢野優《ゆたか》などもSFが好きらしく、『SF新潮』の様相を呈している。

円城への授与に反対していた石原は、この回で委員を辞任した。

円城塔　えんじょう・とう（一九七二―　）北海道札幌市生まれ。東北大学理学部物理学科卒、東京大学大学院総合文化研究科博士課程修了。研究員などを経て、WEBエンジニアとして働くかたわら作家デビュー。二〇一二年に伊藤計劃との共著『屍者の帝国』で日本SF大賞特別賞、一三年『Self-ReferenceENGINE』英訳版でフィリップ・K・ディック賞特別賞を受賞。

偏差値

38

講談社
カバー:森岡智哉
装幀:泉沢光雄

田中慎弥「共喰い」

偏差値

40

集英社
装幀:菊地信義
装画:野見山暁治

田中は二〇〇五年の新潮新人賞デビューで、すでに川端賞、三島賞をとっていて、昔ならとうてい新人とはいえない。しかも文藝誌で連載もしていたのである（『燃える家』）。そんな芥川賞作家は昔は絶対いなかった。

初期の「蛹」などはへんてこで面白かったのだが、「共喰い」は、伝統的な田舎の土俗的男女関係をきちきちの文章で書いたもので、いかにも芥川賞狙いで書いた風で面白くない。田中は記者会見で話題を呼んだが、石原慎太郎の悪口を言えば受けると思っているあたりに単なるバカさが感じられた。その後『宰相A』などというのを書いたところを見ると、やはりバカらしい。

田中慎弥　たなか・しんや（一九七二―　）山口県下関市生まれ。山口県立下関中央工業高校卒。二〇〇八年「蛹」で川端賞、同年『切れた鎖』（「蛹」を収録した作品集）で三島賞を受賞。

第147回
(2012・上)

鹿島田真希「冥土めぐり」

この回から、奥泉光と堀江敏幸が選考委員になった。私としては町田康や松浦寿輝を予想していた。鹿島田といえば、一九九八年に文藝賞をとってのデビューだから、十四年もたっていて、その間に三島賞や野間新人賞をとっている。この二賞と芥川賞をとると「新人賞三冠」になり、笙野頼子が達成して、このあと本谷有希子も達成するのだが、こうなるともう新人賞ではないだろう。

鹿島田はカトリックらしく、ずぶずぶのおフランス趣味で、私は全然評価できなかったが、受賞作は私小説らしく、しかしフィクションまみれの性向から分かりにくい小説になっていて、評価できなかった。三年後に、ファンタジー作家だった長野まゆみが、やはり私小説『冥途あり』でいきなり野間文芸賞をとるのだが、題名や経緯に妙なパラレル感がある。もっとも長野のほうは、評価されがちな「原爆もの」で、鹿島田の三島賞『六〇〇〇度の愛』も原爆ものだ。

覆面作家の舞城王太郎はこの回三度目の候補になっているが、短編を五つ並べたものなので、選考委員から苦情が出たが、舞城ももう十年以上やっている作家で、この後も候補になるが、新人ではないし、娯楽作家として芥川賞の対象からは外すべきだろう。毎度意味不明なものが候補になっている。

偏差値

40

河出書房新社
装幀:高橋雅人
装画:牧野千穂

鹿島田真希　かしまだ・まき（一九七六―　）東京生まれ。白百合女子大学文学部仏文学科卒。大学在学中の一九九九年「二匹」で作家デビューし、同作で文藝賞を受賞。二〇〇五年『六〇〇〇度の愛』で三島賞、〇七年『ピカルディーの三度』で野間文芸新人賞を受賞。

第148回
（2012・下）

黒田夏子「ａｂさんご」

偏差値

38

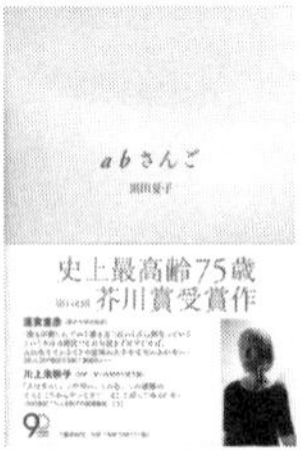

文藝春秋
装丁:加藤愛子
（オフィスキントン）

黒田は七十五歳で、森敦の最年長記録をいっきに十年以上塗り替えてしまった。これはもう更新されることはないのではないか。『早稲田文学』の新人賞で、蓮實重彦が選んだ作品である。とにかく読みにくく、またこの特殊な書き方が必要である理由も私には分からなかった。あるいは話題性を狙っての授与か。推したのは髙樹、奥泉、川上、堀江あたりか。

なお堀江と奥泉が選考委員になったあたりから、選評がおかしくなってくる。何を推して何を推さなかったのか分からない選評を書く人が出てきて、特に堀江のは、まるで候補作を使って文藝時評を書いているようだし、川上も小説の朦朧体が選評にまで及んだのか、意向不明になっていく。

黒田夏子　くろだ・なつこ（一九三七―　）東京生まれ。早稲田大学教育学部国文科卒。教員、事務員、校正者として働きながら創作を続ける。父はサンスクリット学者の辻直四郎。

第149回
（2013・上）

藤野可織「爪と目」

なんでこういうものに授与されてしまうのだろう。これは「二人称」で書かれている、というわけで、この頃から小説の人称を論じるのがはやるのだが、人称なんて大した問題ではなく、視点人物が問題なのだとはジェラール・ジュネットがとうに指摘したことで、「あなたは心に痛みを感じた」といったらそれは単に視点人物を「あなた」と呼んでいるに過ぎない。だいたい田山花袋の「蒲団」は三人称である。まともな文藝評論家が文藝誌から追放されたからこういうバカバカしいことが起きる。

本作はおよそ下らないホラー小説まがいで、私は候補作の中では鶴川健吉の「すなまわり」に好感を持ったが、のち川端賞をとった戌井《いぬい》昭人《あきと》の「すっぽん心中」あたりが妥当な線だっただろう。

藤野可織　ふじの・かおり（一九八〇―　）京都市生まれ。同志社大学大学院美学科博士課程前期修了。京都市内の出版社でアルバイトをしながら創作を続ける。

偏差値

38

新潮社
装幀:新潮社装幀室
装画:町田久美

第150回
（2013・下）

小山田浩子「穴」

偏差値

52

新潮社
装幀:新潮社装幀室
装画:PHILIPPE WEIBECKER

二回続けて、女性作家のホラー風作品の受賞である。だがこの時は、前回から続けて二回、いとうせいこうが候補になっており、熱い期待をする人がいた。だがいとうは、一九八八年に出した『ノーライフキング』が話題になった、二十五年もたつ作家であり、新人なのかという疑問もあったし、前に候補になった『想像ラジオ』は、福島地震もので際物だしオカルトで、私は評価しないが、野間新人賞をとった。また太宰賞をとった岩城けいの『さようなら、オレンジ』も候補で、これも熱く支持する人がいたが、私は通俗的だと思った。この二つを落したという点では、この時の選考委員は評価する。

小山田の「穴」は、面白いしまあいいか、というところだが、女性作家のホラー風小説なら、なぜ村田沙耶香を候補にしなかったのか、と今にして思う。

小山田浩子　おやまだ・ひろこ（一九八三―　）広島市生まれ。広島大学文学部卒。出版社、眼鏡販売店などの勤務を経て、主婦業のかたわら作家デビュー。二〇一〇年「工場」で新潮新人賞、一三年に『工場』で織田作之助賞を受賞。

第151回
（2014・上）

柴崎友香「春の庭」

偏差値
52

文藝春秋
装丁:加藤愛子（オフィスキントン）写真:米田知子

柴崎は、文学賞受賞こそ遅れたが、最初の単行本が二〇〇〇年だから、十四年もやっているので、新人と言えるか疑わしい。鹿島田もそうだが、「滞貨一掃セール」みたいな感じがする。

この時は、漫画家の小林エリカと、群像新人賞の横山悠太が候補にいたが、私はこの二人には受賞してほしくなかった。前者は「放射能」ものだし、後者は世間で騒ぐほど面白くなかったからだ。

柴崎の、二〇〇六年に織田作之助賞と芸術選奨新人賞をとった『その街の今は』は退屈だったが、「春の庭」は、半ば過ぎて「わたし」が出てくる仕掛けなど面白かった。

柴崎友香　しばさき・ともか（一九七三―　）大阪市生まれ。大阪府立大学総合科学部卒。機械メーカー勤務のかたわら作家デビュー。二〇〇六年『その街の今は』で織田作之助賞と芸術選奨新人賞を、一〇年『寝ても覚めても』で野間文芸新人賞を受賞。

第152回
(2014・下)

小野正嗣「九年前の祈り」

偏差値

38

講談社
装画:水野健一郎
装幀:Gaspard Lenski

この前の二回で、存外今の選考委員はまともなのかなと思っていたらしょい投げを食ったのがこの回で、恨み骨髄である。

私が二度目の候補になったのだが、どうやら最初に落とされたという。それで受賞したのが小野のこの優等生的で文学的な作だから不快きわまる。

小野は東大駒場言語情報科学出身のフランス文学者だから、沼野充義とか東大の学者が褒めていて、蓮實先生まで褒辞を寄せていたから嫌いになったし、阿部公彦《まさひこ》などは『文學界』の「新人小説月評」では私の「ヌエのいた家」を小野より上位に置いていたのに、このあと書いた書評では小野を絶賛して私のほうはあらずもがなの厭味まで書いていた。みんな死ね。

あとで中森明夫さんが「作家ってのは性格が悪いんだから、とれるわけがない」と言っていたが、まあそうなんだろう。小野は受賞作としては売れず、その後出したのも売れていないようだ。ざまあ見ろ。

小野正嗣　おの・まさつぐ（一九七〇―　）大分県南海部郡蒲江町生まれ。東京大学大学院総合文化研究科博士課程単位取得退学。パリ第8大学で博士号を取得。立教大学教授。二〇〇二年『にぎやかな湾に背負われた船』で三島賞を受賞。

第153回
(2015・上)

又吉直樹「火花」

羽田圭介「スクラップ・アンド・ビルド」

偏差値

49

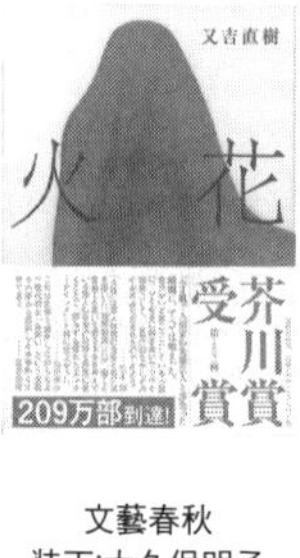

文藝春秋
装丁:大久保明子
装画:西川美穂

偏差値

42

文藝春秋
装丁:関口聖司
写真:広川泰士

漫才師・又吉直樹という人は、小説が『文學界』に載ってニュースになるまで私は知らなかった。まあこういうことでのマスコミの騒ぎが、まじめな純文学作家や編集者、文藝評論家に与えた無力感は分かるが、大学の文学研究者などには、いかに一般世間が「文学」などどうでもいいと思っているか理解していない者が多く、「大学の文系学部の一部廃止」とかに反論しているが、これは別に悪辣な政治家が考えているのではなく、一般世間がそんなもの要らないと考えているのだ。

私は漫才に興味がないので、漫才師をめぐるこの小説に特段感心するところはないが、まあ筋はあるし、こんな感じか。

それより、私は二作受賞なら島本理生の「夏の裁断」だと思っていたから、羽田というのは意外だった。これはボケてきたおじいさんを立て直すという意味の題名だが、退屈な小説だった。最近の常連候補の中では、羽田が一番つまらなかったが、芥川賞はつまらないのがお好き、なのである。それに、私の候補作品は二つとも、父を憎む話で、最後は私は会いにも行かなくなり死んでいる。高齢男性読者が多い『文藝春秋』に載せるには不適当だと思われたのであろうと、この作品を読んで思ったことであった。

又吉直樹　またよし・なおき（一九八〇─　）大阪府寝屋川市生まれ。北陽高校卒。よしもとクリエイティブ・エージェンシー所属のコンビ「ピース」として活動する芸人。舞台の脚本も手掛ける。

羽田圭介　はだ・けいすけ（一九八五─　）東京生まれ、埼玉県北葛飾郡で育つ。明治大学商学部卒。明治大学付属明治高校在学中に作家デビューし、文藝賞を受賞。会社勤務を経て、創作に専念する。

第154回
（2015・下）

滝口悠生「死んでいない者」

偏差値

42

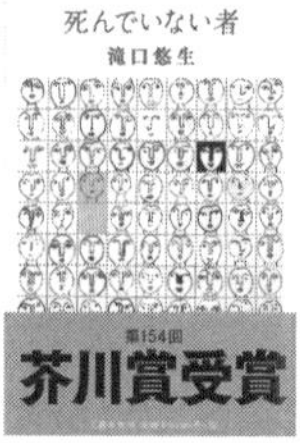

文藝春秋
装丁:関口聖司
装画:猪熊弦一郎

これもまた、老人が死ぬ話で、その通夜でたくさんいる子や孫がうろうろ会話するというだけの退屈な小説で、石原千秋はこの退屈さに意味があると言い、私と対談した小澤英実《えいみ》さんは、ものすごく退屈だったが傑作だと言った。だが退屈なのは良くないと私は考えている。そういうものに芥川賞を与えるから、世間では純文学とは退屈なものだ、と思うようになるのである。

滝口悠生　たきぐち・ゆうしょう（一九八二―　）東京都八丈町生まれ、埼玉県入間市で育つ。早稲田大学第二文学部中退。二〇一一年「楽器」で新潮新人賞、一五年『愛と人生』で野間文芸新人賞を受賞。

本谷有希子「異類婚姻譚」

偏差値

42

講談社
装幀:名久井直子
カバー作品:山野千里

本谷は、もとは劇作家で、しかし小説を書き始めたのは二〇〇〇年、芥川賞は二〇〇六年から四回目の候補で、これまで岸田戯曲賞、大江健三郎賞、野間新人賞、三島賞などをとっており、三人目の「三冠」になったのだが、本谷は美人で、「腑抜けども、悲しみの愛を見せろ」が佐藤江梨子主演で映画化もされており、一部では広く知られていたが、実力、名声が今一つだった。変な女の出る戯曲を得意としたが、小説で一番良かったのは「ぬるい毒」だった。受賞作は凡作で、とてもこれに及ばないし、受賞は功労賞、ないしは滝口だけでは地味だと思ってつけあわせたとしか思えない。残念である。

本谷有希子　もとや・ゆきこ（一九七九―　）石川県白山市生まれ。石川県立金沢錦丘高校卒。上京後、舞台女優、声優を経て、二〇〇〇年「劇団、本谷有希子」を旗揚げし、主宰として作・演出を手掛ける。二〇〇八年『幸せ最高ありがとうマジで！』で岸田國士戯曲賞、一四年『自分を好きになる方法』で三島賞を受賞。

第155回
（2016・上）

村田沙耶香「コンビニ人間」

偏差値
72

文藝春秋
装丁:関口聖司
装画:金氏徹平

いったい芥川賞に何が起きたのかという回で、この回は受賞作のほか、崔実《チェシル》「ジニのパズル」、今村夏子「あひる」と充実した作が候補になり、やはり村田の受賞になったが、私はそれまで村田を読んだことがなく、「コンビニ人間」を読んだらあまりに面白いので手あたり次第に村田の本を読んだくらいである。概して初期の、少女のやや異常な性を描いたものがよく、三島賞をとった『しろいろの街の、その骨の体温の』が良かった。

ここでいきなり最高ポイント作品が受賞してしまったのだが、つまらない小説に授与するのが芥川賞の伝統なのに、選考委員どうしちゃったんだ。「ジニのパズル」は織田作之助賞を受賞した。

村田沙耶香　むらた・さやか（一九七九―　）千葉県印西市出身。玉川大学文学部芸術文化コース卒。アルバイト生活のかたわら作家デビュー。二〇〇九年『ギンイロノウタ』で野間文芸新人賞、一三年『しろいろの街の、その骨の体温の』で三島賞を受賞。

第156回
（2016・下）

山下澄人「しんせかい」

偏差値

48

新潮社
題字:倉本聰
装幀:新潮社装幀室

この回は、とにかく候補作が全般にひどく、山下が四回目の候補で、三十年ほど前に倉本聰《そう》の富良《ふら》野《の》塾にいた時のことを描いた受賞作が、まあまし、という状態であった。これは、山下にとらせるための布陣ということになろう。倉本や富良野塾の名前は出てこないが、それにしても退屈で、それでもほかの候補作よりはましなのだから困ったものだ。まあ前回が面白すぎたので、ここは退屈な作品に授与されるという芥川賞の伝統を死守したといったところか。

ところで意外に思われるかもしれないが私は「北の国から」が好きである。もっとも倉本といえば、竹下景子さんが出た映画『ブルークリスマス』（一九七八）などは、当時高校一年だったが封切館まで観に行ったのは竹下さんのファンだったからで、アメリカのペーパーバックみたいな体裁で出たシナリオまで買って読んだが、竹下さんと勝野洋のベッドシーンで「獣のように抱き合う二人」と書いてあったから、なんでこういう表現をするのかと思ったものである。

などと話が脇へそれるくらい、この回は凡作ぞろいだった。

山下澄人　やました・すみと（一九六六―　）兵庫県神戸市生まれ。神戸市立神戸商業高等学校（現・神戸市立六甲アイランド高等学校）卒。富良野塾第二期生。九六年より劇団ＦＩＣＴＩＯＮを主宰、作・演出・出演を兼ねる。二〇一二年『緑のさる』で野間文芸新人賞を受賞。

「取材旅行」とか

よく作家が「取材で出かけ」たりする。フィクションの中の作家もよくする。しかし、実際にどの程度「取材」が必要なのかは分からない。

人に会って話を聞く、というならまだ分かるが、北海道を舞台の小説を書くのに北海道へ、ヨーロッパを舞台の小説を書くのにヨーロッパへ行く必要は、本当はないのである。

川端康成などは、土地の風景などに刺激を受けて書きだすところがあったから、越後湯沢へ行って『雪国』を書いたり、京都に滞在して『古都』を書いたりしたのだが、越後湯沢は温泉旅館に滞在して藝者と恋愛していたわけだし、「取材旅行」以上のものになってしまっている。

これは小説に限らず伝記やノンフィクションでもそうだが、大がかりな取材ができるのは、売れる書き手だけである。実は人に取材するのにもカネがかかるのである。まあ手土産というのが普通のところだが、誰でもそうそうタダで話はしてくれない。売れない書き手は二、三年かけるとか大枚をはたくとかそういうことはできないのである。

では名作はどこに

お前は否定ばっかりだ、と文句が出るかもしれない。では同じ昭和十年以降の日本文学で、私が名作だと思うものをあげておこう。芥川賞受賞作とは違う世界もあるのであり、芥川賞受賞作などというのは別に名作群ではないのである。偏差値もつけておこう。

谷崎潤一郎『細雪』八〇
川端康成『山の音』『眠れる美女』『片腕』『愛する人達』八〇
大江健三郎『個人的な体験』『万延元年のフットボール』『取り替え子《チェンジリング》』『静かな生活』『キルプの軍団』『水死』七〇～八〇
室生犀星「蜜のあはれ」七二
太宰治「お伽草紙」「眉山」六八
高見順「日記」六五
檀一雄『リツ子 その愛・その死』『火宅の人』七五
獅子文六『娘と私』六五

大岡昇平『俘虜記』『萌野《もや》』七四
井上靖『しろばんば』六八
島尾敏雄『死の棘』八〇
花田清輝『鳥獣戯話』六八
大西巨人『神聖喜劇』八〇
円地文子『朱を奪うもの』『傷ある翼』『虹と修羅』三部作　七七
石原慎太郎『わが人生の時の時』六八
萩原葉子『蕁麻《いらくさ》の家』七五
吉村昭『冬の鷹』『ポーツマスの旗』『冷い夏、熱い夏』六〇〜七〇
司馬遼太郎『花神《かしん》』『菜の花の沖』六八
海音寺《かいおんじ》潮五郎《ちょうごろう》『平将門《たいらのまさかど》』『海と風と虹と』七二
和田芳恵『暗い流れ』六二
筒井康隆『脱走と追跡のサンバ』七八『虚人たち』七五
車谷長吉『忌中』『業柱抱《ごうばしらだ》き』『武蔵丸』七二
金井美恵子『タマや』『文章教室』七〇
富岡多恵子『波うつ土地』六八
深沢七郎「東北の神武《ずんむ》たち」『盆栽老人とその周辺』六五
山崎豊子『花のれん』六四

杉森久英『天才と狂人の間』六四
宮尾登美子『櫂』『春燈』『岩伍《いわご》覚え書』『きのね』『天璋院篤姫《てんしょういんあつひめ》』六〇〜七〇
曽野綾子『木枯しの庭』六四
佐木隆三『復讐するは我にあり』六八
城山三郎『男子の本懐』六二
勝目《かつめ》梓《あずさ》『小説家』六八
渡辺淳一『花埋み』『遠き落日』六四
瀬戸内晴美『いずこより』六四
村松友視『鎌倉のおばさん』六二
なかにし礼『兄弟』五八
藤堂志津子『昔の恋人』『プライド』六〇
高村薫『レディ・ジョーカー』六〇
鷺沢萠『駆ける少年』五八
柳美里『石に泳ぐ魚』（原典）六四
西村賢太『どうで死ぬ身の一踊り』『小銭をかぞえる』六五

参考文献

永井龍男『回想の芥川・直木賞』文藝春秋　一九七九（のち文庫）
澤野久雄「私設・残念賞」『新潮』一九五九年三月号
有吉佐和子「芥川賞残念会」同
五十嵐康夫「三十代の川端康成」（一）―（十三）『経済往来』一九九一年三月―一九九二年三月
平山城児『川端康成　余白を埋める』研文出版　二〇〇三

あとがき

もし、芥川賞をとる秘訣はと問われたら、といっても、そもそも候補になること自体が難しい場合もあるのだが、それは措いて、

「退屈であること」

がまず第一にあげられるだろう。ただし、いかにもうまいという風に書いて、かつ退屈であることが重要なのである。

私はもともと学者で、大学にいたこともあるのだが、学者の世界で評価されるには、論文はあまり面白くてはいけないし、多すぎてもいけない、最近の風潮では博士論文が必要になってきたが、それも面白すぎてはいけないのである。人事になると、これはもう、ひたすら地味であることが求められる。もちろん、たまには「派手」な人事もあるが、これは九牛《きゅうぎゅう》の一毛《いちもう》であって、かつその人物は相当な世渡り上手であると見ていい。

一般の人は、面白いほうがいい、と思うに決まっている。だが、制度や組織というのは、時間がたてばたつほど、面白くてはいけない、派手ではいけない、という原理を抱え込むようになるものであるらしい。選考委員は変わっているのに、おそらく新しい選考委員は、じわじわとそこで洗脳されて

いくのであろう。

大学の人事でいうと、地味な人はだいたい地味なくらいだし、時には業績もない。その代わり人当たりがいい。他人とは争わない。たとえば世の中には「トンデモ」である学問が通用してしまっているることがあり、それは「地味な学者」の世界ではバカにされている。だが、それを表だって批判したりしてはいけない。そんなことをしたら、その人が「地味」ではなくなってしまうからだ。

芥川賞というのは、「文壇構成員」の入社試験のようなものである。だからそこでは、圭角《けいかく》のない、人と争わない人が求められているのであって、決して優れた文学作品が求められているわけではないのである。

では、というので、芥川賞以外の文学賞に幻想を抱く人もいるかもしれない。現に、谷崎潤一郎賞や泉鏡花賞はいい、などと言う人もいる。確かに、かつてこれらの文学賞が、比較的優れた文学作品に与えられるということはあった。だが、谷崎賞は五十年、鏡花賞もそれに近い年数を閲して、もうそんな「ウブ」な文学賞ではなくなっているのだ。

たとえば私なり誰かなりが、芥川賞の悪口を言うとする。受賞作の悪口を言うとする。それで、選考委員の誰かが答えるであろうか、いや答えないのである。代わりに「あいつはうるさいから賞なんかやらないぞ」となるのである。これが「世間」というものである。

ここで、ああ日本はそういう国なのだなあ、と思い、海外の文学賞はもっとフェアに違いないと思いをはせる人もいるだろう。たとえばマン・ブッカー賞は、毎年選考委員を変えており、作家だけでなく批評家や編集者なども選んでいる。これだけでも、芥川賞や直木賞とは違う。しかしだからといって海外は公正公平なのだ、なーんて幻想は抱かないほうがいい。それが人間の社会である以上、何かあるに決まっているので、それはロマン・ロランの『ジャン・クリストフ』を読めば分かる。

どうやら見ていると、文学賞の選考委員は、本人が言いださないと辞めさせることが基本的にできないらしいのである。ドゥマゴ文学賞などは、その弊《へい》に鑑《かんが》みて、あまり選考委員などやったことのない人を、一年に一人、選考委員にして選ぶという方式をとり、最初は確かに成功していた。ところがこれも回を重ねると、え？　この人ほかの賞でも選考委員をしているんじゃないの？　というような「おなじみの人」が選考委員になるようになった。制度である。

娯楽小説であれば、私の好きな貴志祐介など、直木賞をとらなくてもファンはいる。だが純文学は、こういう「文壇企業」に入れてもらえない場合、多くのファンが期待できないこともある。ただ長生きをすると、ふわりと評価されることがないでもない。それは別にしても、いい純文学を評価するのは、文藝評論家の役割である。ところがその文藝評論家が、あまり「文壇企業」からはずれた評価の仕方をすると、文藝雑誌や新聞の仕事がなくなったりする。なら大学教員など定職のある者がやればいいのだが、メジャーな発表の場所が与えられないとおのずとモチベーションは下がるから、あまりいない。

芥川賞が、なぜそんな有名な賞になってしまったかといえば、石原慎太郎や村上龍で盛り上がったということもあるが、発表の場が『文藝春秋』だというのも大きいだろう。『文藝春秋』はもとは半分くらい文藝誌だが、戦後は「保守」＝自民党寄りの総合雑誌になった。つまり、普通に官庁や企業で出世したいと思っている層が読む雑誌で、今もおおむねその地位を守っている。

前に、熱海で谷崎潤一郎が住んでいた家を訪ねたことがあるが、乗り込んだタクシーの運転手に「谷崎潤一郎の家が……」と言うと、運転手はどうも谷崎潤一郎を知らず、昔の剣豪か何かだと思ったらしく、昔の実業家の誰とかいう人の別荘がある、などと話していた。

長年文学などにたずさわっていると、世間の人は文学になど興味がないということがよく分かる。だが『文藝春秋』に載っていると、そういう人も読むのである。だから、『オール讀物』に発表される直木賞は、影が薄くなるのである。

それにしても、いわゆる「文学」は終わりに近づいている。『國文學』二誌に続いて、岩波書店の『文学』もついに休刊になった。文藝雑誌は、『別冊文藝春秋』のように電子化されて、それから無償配布になって消えるかもしれない。石原千秋は、自分のような年長者は、「おくりびと」になればいいが、若い人が気の毒だと書いていた。だが私は、これからの純文学は、ウェブ上に何も介在させずに発表するだけでいいと思う。

ともあれ、芥川賞受賞作を読んで、「これが今年を代表する『純文学』かあ。純文学ってつまらないな」と思う人が本書によって一人でも減ってくれたらうれしい。

小谷野敦

	黒田夏子	「abさんご」	(第148回・2012年下)
	円城塔	「道化師の蝶」	(第146回・2011年下)
	金原ひとみ	「蛇にピアス」	(第130回・2003年下)
	吉村萬壱	「ハリガネムシ」	(第129回・2003年上)
	藤野千夜	「夏の約束」	(第122回・1999年下)
	玄月	「蔭の棲みか」	(第122回・1999年下)
	辻仁成	「海峡の光」	(第116回・1996年下)
	辻原登	「村の名前」	(第103回・1990年上)
	大岡玲	「表層生活」	(第102回・1989年下)
	東峰夫	「オキナワの少年」	(第66回・1971年下)
	石原慎太郎	「太陽の季節」	(第34回・1955年下)
	遠藤周作	「白い人」	(第33回・1955年上)
	石川利光	「春の草」	(第25回・1951年上)
	小谷剛	「確証」	(第21回・1949年上)
	倉光俊夫	「連絡員」	(第16回・1942年下)
	多田裕計	「長江デルタ」	(第13回・1941年上)
	高木卓	「歌と門の盾」	(受賞辞退)(第11回・1940年上)
36	伊藤たかみ	「八月の路上に捨てる」	(第135回・2006年上)
	中村文則	「土の中の子供」	(第133回・2005年上)
	阿部和重	「グランド・フィナーレ」	(第132回・2004年下)
	大道珠貴	「しょっぱいドライブ」	(第128回・2002年下)
	吉田修一	「パーク・ライフ」	(第127回・2002年上)
	長嶋有	「猛スピードで母は」	(第126回・2001年下)
	唐十郎	「佐川君からの手紙」	(第88回・1982年下)
	吉行理恵	「小さな貴婦人」	(第85回・1981年上)
	堀田善衛	「広場の孤独」	(第26回・1951年下)
25	楊逸	「時が滲む朝」	(第139回・2008年上)

	青野聰	「愚者の夜」	(第81回・1979年上)
	高橋三千綱	「九月の空」	(第79回・1978年上)
	池田満寿夫	「エーゲ海に捧ぐ」	(第77回・1977年上)
	三田誠広	「僕って何」	(第77回・1977年上)
	林京子	「祭りの場」	(第73回・1975年上)
	畑山博	「いつか汽笛を鳴らして」	(第67回・1972年上)
	清岡卓行	「アカシヤの大連」	(第62回・1969年下)
	宇能鴻一郎	「鯨神」	(第46回・1961年下)
	北杜夫	「夜と霧の隅で」	(第43回・1960年上)
	開高健	「裸の王様」	(第38回・1957年下)
	辻亮一	「異邦人」	(第23回・1950年上)
	石塚喜久三	「纏足の頃」	(第17回・1943年上)
	芝木好子	「青果の市」	(第14回・1941年下)
	櫻田常久	「平賀源内」	(第12回・1940年下)
	半田義之	「鶏騒動」	(第9回・1939年上)
	中里恒子	「乗合馬車」	(第8回・1938年下)
	中山義秀	「厚物咲」	(第7回・1938年上)
	冨澤有爲男	「地中海」	(第4回・1936年下)
	石川淳	「普賢」	(第4回・1936年下)
	鶴田知也	「コシャマイン記」	(第3回・1936年上)
	石川達三	「蒼氓」	(第1回・1935年上)
40	鹿島田真希	「冥土めぐり」	(第147回・2012年上)
	田中慎弥	「共喰い」	(第146回・2011年下)
	赤染晶子	「乙女の密告」	(第143回・2010年上)
	笠原淳	「杢二の世界」	(第90回・1983年下)
	後藤紀一	「少年の橋」	(第49回・1963年上)
	川村晃	「美談の出発」	(第47回・1962年上)
	安部公房	「壁」	(第25回・1951年上)
38	小野正嗣	「九年前の祈り」	(第152回・2014年下)
	藤野可織	「爪と目」	(第149回・2013年上)

	奥泉光	「石の来歴」	（第110回・1993年下）
	多和田葉子	「犬婿入り」	（第108回・1992年下）
	三浦清宏	「長男の出家」	（第98回・1987年下）
	米谷ふみ子	「過越しの祭」	（第94回・1985年下）
	木崎さと子	「青桐」	（第92回・1984年下）
	加藤幸子	「夢の壁」	（第88回・1982年下）
	村上龍	「限りなく透明に近いブルー」	（第75回・1976年上）
	岡松和夫	「志賀島」	（第74回・1975年下）
	阪田寛夫	「土の器」	（第72回・1974年下）
	山本道子	「ベティさんの庭」	（第68回・1972年下）
	宮原昭夫	「誰かが触った」	（第67回・1972年上）
	大庭みな子	「三匹の蟹」	（第59回・1968年上）
	丸山健二	「夏の流れ」	（第56回・1966年下）

42	本谷有希子	「異類婚姻譚」	（第154回・2015年下）
	滝口悠生	「死んでいない者」	（第154回・2015年下）
	羽田圭介	「スクラップ・アンド・ビルド」	（第153回・2015年上）
	玄侑宗久	「中陰の花」	（第125回・2001年上）
	堀江敏幸	「熊の敷石」	（第124回・2000年下）
	松浦寿輝	「花腐し」	（第123回・2000年上）
	平野啓一郎	「日蝕」	（第120回・1998年下）
	花村萬月	「ゲルマニウムの夜」	（第119回・1998年上）
	藤沢周	「ブエノスアイレス午前零時」	（第119回・1998年上）
	松村栄子	「至高聖所（アバトーン）」	（第106回・1991年下）
	荻野アンナ	「背負い水」	（第105回・1991年上）
	瀧澤美恵子	「ネコババのいる町で」	（第102回・1989年下）
	南木佳士	「ダイヤモンドダスト」	（第100回・1988年下）
	新井満	「尋ね人の時間」	（第99回・1988年上）
	池澤夏樹	「スティル・ライフ」	（第98回・1987年下）
	髙樹のぶ子	「光抱く友よ」	（第90回・1983年下）
	尾辻克彦	「父が消えた」	（第84回・1980年下）
	森禮子	「モッキングバードのいる町」	（第82回・1979年下）

	野呂邦暢	「草のつるぎ」	(第70回・1973年下)
	郷静子	「れくいえむ」	(第68回・1972年下)
	古井由吉	「杳子」	(第64回・1970年下)
	斯波四郎	「山塔」	(第41回・1959年上)
	安岡章太郎	「悪い仲間・陰気な愉しみ」	(第29回・1953年上)
	八木義徳	「劉廣福」	(第19回・1944年上)
	小尾十三	「登攀」	(第19回・1944年上)
46	重兼芳子	「やまあいの煙」	(第81回・1979年上)
	柏原兵三	「徳山道助の帰郷」	(第58回・1967年下)
	近藤啓太郎	「海人舟」	(第35回・1956年上)
	吉行淳之介	「驟雨」	(第31回・1954年上)
	五味康祐	「喪神」	(第28回・1952年下)
	井上靖	「闘牛」	(第22回・1949年下)
	東野邊薫	「和紙」	(第18回・1943年下)
	小田嶽夫	「城外」	(第3回・1936年上)
45	森敦	「月山」	(第70回・1973年下)
	李恢成	「砧をうつ女」	(第66回・1971年下)
	寒川光太郎	「密猟者」	(第10回・1939年下)
44	西村賢太	「苦役列車」	(第144回・2010年下)
	朝吹真理子	「きことわ」	(第144回・2010年下)
	津村記久子	「ポトスライムの舟」	(第140回・2008年下)
	川上未映子	「乳と卵」	(第138回・2007年下)
	諏訪哲史	「アサッテの人」	(第137回・2007年上)
	モブ・ノリオ	「介護入門」	(第131回・2004年上)
	綿矢りさ	「蹴りたい背中」	(第130回・2003年下)
	青来有一	「聖水」	(第124回・2000年下)
	柳美里	「家族シネマ」	(第116回・1996年下)
	川上弘美	「蛇を踏む」	(第115回・1996年上)
	又吉栄喜	「豚の報い」	(第114回・1995年下)

54	庄野潤三	「プールサイド小景」	(第32回・1954年下)
52	柴崎友香	「春の庭」	(第151回・2014年上)
	小山田浩子	「穴」	(第150回・2013年下)
	磯崎憲一郎	「終の住処」	(第141回・2009年上)
	町田康	「きれぎれ」	(第123回・2000年上)
	室井光広	「おどるでく」	(第111回・1994年上)
	藤原智美	「運転士」	(第107回・1992年上)
	辺見庸	「自動起床装置」	(第105回・1991年上)
	小川洋子	「妊娠カレンダー」	(第104回・1990年下)
	村田喜代子	「鍋の中」	(第97回・1987年上)
	三木卓	「鶸」	(第69回・1973年上)
	田久保英夫	「深い河」	(第61回・1969年上)
	庄司薫	「赤頭巾ちゃん気をつけて」	(第61回・1969年上)
	丸谷才一	「年の残り」	(第59回・1968年上)
	大城立裕	「カクテル・パーティー」	(第57回・1967年上)
	高井有一	「北の河」	(第54回・1965年下)
	柴田翔	「されどわれらが日々――」	(第51回・1964年上)
	田辺聖子	「感傷旅行（センチメンタル・ジャーニイ）」	(第50回・1963年下)
	清水基吉	「雁立」	(第20回・1944年下)
50	吉田知子	「無明長夜」	(第63回・1970年上)
	菊村到	「硫黄島」	(第37回・1957年上)
49	又吉直樹	「火花」	(第153回・2015年上)
	目取真俊	「水滴」	(第117回・1997年上)
	笙野頼子	「タイムスリップ・コンビナート」	(第111回・1994年上)
	小島信夫	「アメリカン・スクール」	(第32回・1954年下)
48	山下澄人	「しんせかい」	(第156回・2016年下)
	高城修三	「榧の木祭り」	(第78回・1977年下)

芥川賞受賞作偏差値一覧

72	村田沙耶香	「コンビニ人間」	(第155回・2016年上)
	李良枝	「由熙」	(第100回・1988年下)
	高橋揆一郎	「伸予」	(第79回・1978年上)
70	尾崎一雄	「暢気眼鏡」	(第5回・1937年上)
68	青山七恵	「ひとり日和」	(第136回・2006年下)
	火野葦平	「糞尿譚」	(第6回・1937年下)
65	吉目木晴彦	「寂寥郊野」	(第109回・1993年上)
64	松本清張	「或る『小倉日記』伝」	(第28回・1952年下)
62	保坂和志	「この人の閾」	(第113回・1995年上)
	由起しげ子	「本の話」	(第21回・1949年上)
	長谷健	「あさくさの子供」	(第9回・1939年上)
59	日野啓三	「あの夕陽」	(第72回・1974年下)
58	宮本輝	「螢川」	(第78回・1977年下)
	中上健次	「岬」	(第74回・1975年下)
	津村節子	「玩具」	(第53回・1965年上)
	河野多惠子	「蟹」	(第49回・1963年上)
	大江健三郎	「飼育」	(第39回・1958年上)
56	絲山秋子	「沖で待つ」	(第134回・2005年下)
	古山高麗雄	「プレオー8の夜明け」	(第63回・1970年上)
	三浦哲郎	「忍ぶ川」	(第44回・1960年上)

各頁の表紙画像は初書籍化当時のものを掲載しています。『纏足の頃』『三匹の蟹』『プレオー8の夜明け』『祭りの場』『由煕』『運転士』『寂寥荒野』『おどるでく』『家族シネマ』は単行本、文庫版ともに二〇一七年一月現在品切れ。その他の作品も現在品切れのものが多数含まれているのでご注意ください。

小谷野敦（こやの あつし）

一九六二年（昭和三七）茨城県生まれ、埼玉県育ち。東京大学文学部英文科卒業、同大学院比較文学比較文化専攻博士課程修了、学術博士（比較文学）。大阪大学言語文化部助教授、国際日本文化研究センター客員助教授などを経て、文筆業。二〇〇二年、『聖母のいない国』でサントリー学芸賞受賞。著書に『悲望』『童貞放浪記』（共に幻冬舎文庫）、『文章読本X』（中央公論新社）、『弁慶役者 七代目幸四郎』（青土社）、『本当に偉いのか あまのじゃく偉人伝』（新潮新書）、『ヌエのいた家』（文藝春秋）など多数。

写真協力 龍生書林 http://www.kosho.ne.jp/~ryusei/
玉英堂書店 http://gyokueido.jimbou.net/catalog/
装幀 水戸部 功
DTP 横川浩之

芥川賞《あくたがわしょう》の偏差値《へんさち》

著者 小谷野《こやの》 敦《あつし》
発行所 株式会社 二見書房
東京都千代田区三崎町2－18－11
電話 03（3515）2311［営業］
03（3515）2313［編集］
振替 00170－4－2639
印刷 株式会社 堀内印刷所
製本 株式会社 村上製本所

ISBN978-4-576-17029-9
http://www.futami.co.jp/